One Hot Daddy

Sarah J. Brooks

ISBN: 9798595376730

Dieses Buch ist reine Fiktion. Alle in diesem Buch geschilderten Handlungen und Personen sind frei erfunden. Ähnlichkeiten mit lebenden oder verstorbenen Personen wären zufällig und nicht beabsichtigt.

Für meine Leser

Inhalt

Kapitel Eins

Lexi

„Achtung, Sahneschnitte!“, sagt meine Arbeitskollegin Jen und lehnt sich auf dem Tresen vor.

Ich blicke auf und mein Herz hört einen Moment lang auf zu schlagen. Man kann eine Menge daran erkennen, wie ein Mann geht, und der Typ, der sich da der Bar nähert, hat einen lässigen, sexy Gang. Er kommt an den Tresen und starrt mit seinen braunen Augen an mir vorbei auf die Reihe der Schnapsflaschen.

Jen nimmt mir die Bierflasche ab. „Lass ihn nicht entwischen“, murmelt sie und geht.

Ich bin zu fasziniert von dem Fremden, um zu antworten. Er trägt ein blaues Hemd, das seine Brust und die breiten Schultern betont. Mein Atem geht flach und mir werden die Knie weich.

Ich weiß nicht, wann ein Mann zuletzt eine solche Wirkung auf mich hatte. Und das heißt schon einiges, denn ich arbeite in der Alma Cocktail Bar und habe jede Nacht mit gutaussehenden Männern zu tun.

Ich merke, dass mir der Mund offensteht, und klappe ihn schnell zu. Dann nehme ich einen Lappen und wische vor ihm über den Tresen. Der ist zwar sauber, aber ich muss mich beschäftigen. „Hi, willkommen im Alma. Was möchtest du trinken?“

Mein Blick fällt auf seine vollen Lippen und ich stelle mir vor, wie ich daran knabbere. Er sieht aus, als könnte er gut küssen. Man kann nicht solche Lippen haben und dann ein schlechter Küsser sein.

Ich schiebe meine schlüpfrigen Fantasien beiseite und lächle ihn an. Er starrt mich an, als würde er mich von irgendwoher kennen. Sehr unwahrscheinlich. So einen Mann vergisst man nicht. Er hat eine unwiderstehliche sexuelle Anziehung. Ohne ein einziges Wort geäußert zu haben.

„Ein Bourbon auf Eis", sagt er. Seine Stimme ist wie Samt, ein zartes Streicheln. Eine Stimme, die einen zum Höhepunkt bringt, wenn sie einem schmutzige Worte ins Ohr flüstert.

Ich wende mich ab, um seinen Drink zu mixen und bete, dass er nicht merkt, wie mir der Atem stockt. Meine Hände zittern. Was zur Hölle ist los mit mir? Der Mann ist ein Gast. Es gibt in dieser Bar ein ungeschriebenes Gesetz, dass die Bedienung nicht mit einem Gast ausgeht. Eine Regel, die meine Kollegen ständig missachten.

Okay. Ich suche händeringend nach einem Grund, den sexy Fremden nicht romantisch zu verklären. Ich denke an meinen Ex, wobei Eric nicht wirklich als Ex zu bezeichnen ist, denn wir waren gerade einmal zwei Wochen zusammen.

Die meiste Zeit davon haben wir im Bett verbracht. Dann ist er verschwunden. Hat auf meine Anrufe nicht mehr reagiert und auch nicht auf Textnachrichten. Eine kurze Affäre. Das ist mir nicht zum ersten Mal passiert. Meine Schwester behauptet, ich verschenke mein Herz einfach zu schnell.

Sie hat recht. Sobald ich einen Mann attraktiv finde, fange ich binnen weniger Tage an, die Hochzeit zu planen. Was soll ich sagen, ich bin eben Optimist. Oder besser, ich war es. Jetzt nicht mehr. Ich werde nicht zulassen, dass man mir noch einmal wehtut. Keine Hochzeitspläne beim zweiten Date mehr.

Es ist nicht so, als würde ich nicht mehr daran glauben. Aber ich will mir jetzt mehr Zeit nehmen, um nach meinem Prinzen zu suchen. Ich weiß, er ist irgendwo da draußen. Einen guten Menschen zu finden, das treibt mich an. Ich sehne mich nach einer eigenen Familie. Eine Chance, die Dinge auf die richtige Art und Weise zu tun. Da ich aus zerrütteten Verhältnissen stamme, bewundere ich Familien, die so etwas wie Zusammenhalt kennen.

Ich möchte das für mich. Ich möchte irgendwohin gehören. Aber wegen eines Gastes zu sabbern, ist kein guter Anfang. Mal ganz abgesehen davon, dass Bars nicht der ideale Ort sind, um einen ernsthaft interessierten Partner zu finden.

Ich drehe mich zu dem Fremden um und stelle das Glas vor ihm ab. Er lächelt und sämtliche Warnsignale in meinem Kopf schalten sich einfach ab.

„Danke", sagt er und schaut sich in der Bar um.

Ich kenne diesen Blick. Fast alle Männer und auch einige Frauen, die hier in die Bar kommen, machen das. Er ist auf der Jagd. Er ist auf der Suche nach einer Frau. Ich mache einen Schritt zur Seite und fange wieder an, den Tresen abzuwischen.

Zu meiner Erleichterung kommen zwei weitere Gäste an die Bar. Einer ist Jeremy, ein Stammkunde.

„Hi, Lexi", sagt er und schiebt seiner Begleiterin den Barhocker passend hin, ganz der Gentleman.

„Hi", sage ich und lächle. Mit Jeremy muss man nicht viele Worte machen.

„Was möchtest du trinken?", fragt er seine Begleiterin mit einem liebenswürdigen Lächeln.

Sie ist hingerissen, das sieht man an ihrem bewundernden Blick. Ich verdränge die Erinnerung an die Frau, mit der Jeremy vor zwei Tagen hier war. Er wechselt die Frauen wie andere Leute die Unterwäsche, aber er ist immer freundlich und liebenswürdig zu ihnen allen.

Ich verkneife mir ein Urteil darüber und nehme ihre Bestellung entgegen. Als Barkeeper habe ich gelernt, dass mich das alles nichts angeht. Kurz darauf kommt eine Frau in die Bar. Sie sieht gut aus mit ihren roten Haaren und setzt sich direkt neben den sexy Fremden. Bestimmt hat er jetzt seine Beute entdeckt.

Sie bestellt ein Glas Rotwein. Ich gieße es ihr ein und als ich mich zu ihr umdrehe, unterhält sie sich mit dem Fremden. Meine Brust schnürt sich schmerzhaft zusammen. Sei nicht albern, ermahne ich mich. Ich arbeite hier und die Gäste sollen sich entspannen und unterhalten.

Trotzdem behalte ich die beiden im Auge, während ich andere Gäste bediene. Zu meiner Erleichterung wendet sich der Fremde von ihr ab, offenbar hat er das Interesse verloren. Ich muss lächeln und gehe beinahe automatisch zu ihm hin.

„Noch einen?“, frage ich.

Er wendet sich zu mir um. Mein Körper schmilzt unter seinem heißen Blick dahin. Er starrt mir auf den Mund und lässt keinen Zweifel daran, was ihm durch den Kopf geht. Meine Lippen fühlen sich auf einmal trocken an und ich lecke darüber.

„Nur wenn du auch einen mit mir trinkst“, sagt er.

Ich schaue auf meine Uhr. „In drei Stunden.“

„Ich werde warten.“

Er flirtet. Alle Männer machen das. Mein Verstand weiß das, aber mein Körper interessiert sich nicht dafür. Eine intensive Hitze steigt tief in mir auf. Es ist so lange her, seit ich zuletzt Sex hatte. Deshalb schweifen meine Gedanken ständig ins Schlüpfrige ab.

„Bis dahin hätte ich gern eine Flasche Wasser“, sagt er.

„Wenn wir etwas miteinander trinken wollen, sollten wir uns vorstellen“, sage ich.

„Das ist sicher eine gute Idee. Ich bin Ace."

Der Name passt zu ihm. „Ich heiße Lexi", sage ich und strecke ihm meine Hand hin.

Anstatt meine Hand einfach zu drücken, nimmt er sie in beide Hände und in mir erwacht ein Verlangen, das mich im Allgemeinen in Schwierigkeiten bringt. Als er mich loslässt, kribbelt meine Hand vor Erregung.

Wenn eine einfache Berührung, mich so entflammen kann, was, wenn er …? Dieser Mann ist gefährlich. Ich sollte mich von ihm fernhalten. Wenn ich wüsste, was gut für mich ist.

Ich schlucke schwer und versuche mir auszureden, später etwas mit dem Fremden zu trinken. Ich mache mir etwas vor und rede mir ein, dass ich doch immer nach der Arbeit etwas trinke. Ich setze mich an einen der Tische und trinke ein Glas, bevor ich nach Hause gehe.

Was spielt es schon für eine Rolle, wenn er sich mir anschließt? Nach dem Drink verabschieden wir uns voneinander und gehen unserer Wege. Ich bin erwachsen und kann meine Begierden zügeln. Ich kann seine Gesellschaft genießen, ohne mit ihm zu schlafen. Aber ich darf mir doch trotzdem vorstellen, was für ein Liebhaber er wohl wäre?

Ich wette, er wäre rücksichtsvoll. Ein Mann, der sich zunächst der Lust der Frau widmet, bevor er an sich selber denkt. Ich muss beinahe laut auflachen. Die meisten Männer sind ganz anders und ich mache mir etwas vor, wenn ich mir Ace als Idealtyp vorstelle. Eine Rechtfertigung dafür, dass ich mit einem Fremden ins Bett gehe.

Gegen zehn wird es voll und das bleibt auch so, bis wir schließen. Der sexy Fremde bestellt noch zwei weitere Drinks. Dann ist Feierabend und ich fange an, alles abzuwischen.

Anschließend setze ich mich an einen Tisch in der Ecke, trinke etwas und starre Ace an. Jetzt kann ich ihn mir gründlicher ansehen. Unter dem Hemd zeichnet sich sein Waschbrettbauch und seine enorme Armmuskulatur ab. Er ist eindeutig ein Mann, der gern ins Fitnessstudio geht.

Der Schatten eines dunklen Barts verstärkt seinen Sexappeal, aber da ist noch mehr. Ich versuche, die Anziehung, die er auf mich ausübt, zu analysieren. Ich habe noch nie so für irgendeinen Mann empfunden.

Er wirkt sehr beherrscht, als hätte er alles um sich herum unter Kontrolle. Andere Männer würden versuchen, das Gespräch am Laufen zu halten. Ace sitzt einfach da und lauscht der leisen Musik. Ich hingegen möchte schon gern reden. Bisher haben wir nur Namen ausgetauscht und über Belangloses geplaudert.

„Bist du hier aus der Gegend?“, frage ich.

„Ja, aber in dieser Bar bin ich zum ersten Mal“, sagt Ace. Er hat etwas Dunkles, Gefährliches an sich. Ich zittere innerlich.

„Ich wohne nicht allzu weit entfernt von hier“, sage ich und merke erst dann, was ich gesagt habe. Mir wird heiß.

Er mustert mich. „Wie wäre es, wenn wir das Gespräch bei mir fortsetzen?“

Ich forme in Gedanken das Wort nein. Panik steigt in mir auf. Was, wenn ich nein sage und ihn dann niemals wiedersehe? Was, wenn er der Richtige ist? Sollte es wirklich nur bei diesem Drink bleiben?

Ich weiß, er kann mir meinen inneren Konflikt ansehen. Ein anderer Mann würde mich drängen, mit ihm mitzugehen. Ace jedoch nicht. Er sitzt da und beobachtet mich. Er wartet darauf, bis ich mich zu einer Entscheidung durchringe. Und das finde ich total sexy. Er ist so selbstsicher, dass er einfach abwartet.

Als wüsste er, dass die Antwort ja sein wird. Ich muss mich

entscheiden. Nur auf einen Drink, sage ich mir.

Wem mache ich denn hier etwas vor, frage ich mich, als wir bald darauf wild im Fahrstuhl herumknutschen? Er schmeckt nach Bourbon mit einem Hauch Minze. Der Fahrstuhl hält an, er löst sich aus dem Kuss und führt mich zu seiner Wohnung.

Mir fällt auf, wie sparsam seine Wohnung möbliert ist, aber da zieht er mich schon wieder an sich und presst seinen Mund auf meinen. In meinem Kopf klingelt eine Alarmglocke. Das geht viel zu schnell. Wir sollten etwas mehr voneinander wissen, bevor wir zusammen ins Bett gehen. Aber vielleicht reicht es, wenn wir uns danach besser kennenlernen.

Er greift unter dem Top nach meinen Nippeln und jeder vernünftige Gedanke löst sich in Luft auf. Ich stöhne auf, als er gekonnt anfängt, meine Brustwarzen zu necken. Wir bewegen uns weiter und landen im Schlafzimmer, inzwischen vollkommen nackt, und ich bin bereits außer Atem und will von ihm genommen werden.

Ein bisschen peinlich ist diese Gier schon, aber ihm ergeht es nicht anders. Ace führt mich zum Bett und begibt sich zwischen meine Beine. Ich schreie auf, als er über meine Schamlippen leckt. Das hat mir so sehr gefehlt. Ich komme wieder und wieder, während er mich unermüdlich verwöhnt.

Mein Körper schreit nach mehr. „Ich will dich“, sage ich ihm und er gibt ein Knurren von sich.

Erst danach wird mir bewusst, dass wir ungeschützten Sex hatten. Ich stütze mich auf meine Ellenbogen und schaue ihn fragend an.

Ace mustert mich mit seinen wunderschönen braunen Augen und scheint meine unausgesprochene Frage zu verstehen. „Ich habe ihn vorher rausgezogen.“

Ich bin erleichtert. Ich habe noch nie etwas so Dummes gemacht. Das kann ich meiner Schwester gar nicht erst erzählen. Sie würde mir den Kopf abreißen und mir einen Vortrag über Geschlechtskrankheiten halten.

Ich beuge mich herab und küsse seine behaarte Brust. Er duftet nach Wald, als würde er im Freien arbeiten.

Ich schaue ihn an und möchte mich unterhalten. „Und was machst du so?"

Er spielt mit seinen Fingern in meinem Haar. „Im Augenblick möchte ich dich wieder und wieder vögeln." Er zieht mich auf sich und massiert meinen Rücken.

Zwischen meinen Schenkeln wird er wieder hart und ich verlagere mein Gewicht, bis er über meine Scham reibt. Er fasst meinen Hinterkopf und zieht mich zu sich herunter. Er knabbert an meiner Unterlippe und saugt daran, als hätte er noch nie etwas so Süßes gekostet.

Dann rutscht er tiefer und nimmt meinen linken Nippel in den Mund, während er mit den Fingern an dem anderen spielt. Meine Brustwarzen sind mein empfindlichster Körperteil und schon bald winde ich mich und stöhne seinen Namen. Er verwöhnt meine Nippel mit genau dem richtigen Druck.

Er leckt über meinen Bauch und schiebt mich in eine Position auf allen vieren. Dann rutscht er noch tiefer und packt mein Becken mit seinen großen Händen. Ich lasse meine Hüften kreisen, während er mich mit der Zunge verwöhnt.

Ich klammere mich an das Bettlaken, als sich der nächste Orgasmus in meinem Körper ausbreitet. Ace rutscht unter mir hervor und ich höre die Plastikverpackung rascheln.

Gleich darauf steckt er seinen Schwanz tief in meine Pussy und füllt mich aus. Mehr als das. Er füllt eine Leere in mir, von der ich keine Ahnung hatte. Er gleitet mit einem perfekten Rhythmus rein und raus.

Er lässt mich all das emotionale Auf und Ab der vergangenen Monate vergessen. Es spielt keine Rolle mehr, dass Eric mich hat sitzenlassen ohne eine Erklärung oder ein Wort des Abschieds. Es zählt nur das Hier und Jetzt und die Lust, die den Schmerz wegfegt.

Ist es möglich, sich in einen Mann zu verlieben, den man erst seit wenigen Stunden kennt? Ich habe so ein Gefühl bei Ace. Er ist etwas Besonderes. Der Sex ist unglaublich, aber es geht um mehr als das. Wir haben eine Verbindung, die beinahe spirituell ist. Ich habe es in dem Augenblick gespürt, als er in die Bar kam, und an der Art, wie er mich angeschaut hat. Er hat es auch gespürt, das weiß ich.

Ich sehe Sterne, als die Welt um mich herum in tausend Stücke zerspringt. Es dauert eine Weile, bis mein Körper aufhört zu zittern. Ace geht ins Bad. Als er zurückkommt, zieht er mich an sich und ich liege auf seiner Brust, als würden wir schon seit Jahren miteinander schlafen.

Ich bin erschöpft nach dem ganzen Sex und mir fallen die Augen zu. Wir machen keinen weiteren Versuch, miteinander zu reden, und das ist mir recht. Das können wir nach dem Aufwachen tun. Ich schlafe mit einem Lächeln auf dem Gesicht ein.

Es ist die Stille, die mich weckt. Ich blinzle, als grelles Sonnenlicht mir in die Augen scheint. Ich taste zur Seite, wo Ace gelegen hat. Das Bett ist leer. Ich lausche auf Geräusche aus der Küche oder aus dem Bad. Nichts. Als ich besser sehen kann, schaue ich mich im Schlafzimmer um.

Die Schranktüren stehen offen, als wäre jemand beim Packen. Mit klopfendem Herzen setze ich mich auf und blickte in den offenen Schrank. Er ist leer. Ich springe aus dem Bett und wickle mir die Bettdecke um. Dann werfe ich einen Blick in die anderen Zimmer.

Er ist weder im Bad noch in der Küche oder im Wohnzimmer. Es gibt keine Nachricht. Ich lache nervös auf. Bestimmt ist er nur kurz weg, um Frühstück für uns zu holen. Zwei Stunden später, nachdem ich geduscht und mich angezogen habe, klopft es an der Tür.

Erleichterung überkommt mich. Ich reiße die Tür auf und stehe einem Mann gegenüber, der einen Ordner bei sich hat, auf dem etwas von Immobilienmakler steht.

Er schaut mich aus schmalen Augen an. „Tut mir leid. Mr. Carter sagte, er hätte das Apartment bis heute geräumt?“

Kapitel Zwei

Ace

Zwei Jahre später

„Deckung!“, schreie ich meinen Kameraden zu. Ich tauche in einem Schützengraben ab, bevor es losgeht.

Der Geruch von verbranntem Fleisch holt mich aus meinem Versteck. Ein Schrei bleibt mir im Hals stecken, als ich sehe, welchen Schaden die Granate angerichtet hat. Ich krieche näher heran und erkenne Jareth. Ich schreie.

Ich setze mich im Bett auf und atme keuchend. Ich kann noch immer den Geruch von Rauch riechen. Hektisch sehe ich mich um und stelle fest, dass ich nicht mehr in Afghanistan bin. Ich bin in meiner gerade erst gekauften Wohnung in Los Angeles. Es ist vorbei. Keine Granaten mehr, kein Rauch. Niemand stirbt.

Kein Schmerz mehr. Aber das stimmt eben nicht. Ich habe das Schlachtfeld hinter mir gelassen, aber das Schlachtfeld hat mich nicht verlassen. Was für ein bekacktes Leben führe ich nur?

Ich sinke auf das Bett zurück und starre an die Decke. Meine Haut ist mit Schweiß bedeckt und es dauert einen Moment, bis meine Atmung sich wieder normalisiert hat. Ich werfe einen Blick auf die Uhr auf dem Nachttisch. Drei Uhr. Noch ein paar Stunden, bis ich aufstehen und zur Arbeit gehen muss.

Aber ich werde sowieso nicht wieder einschlafen, daher stehe ich auf und schlurfe in die Küche, um mir einen Kaffee zu machen. Ich öffne von dort die Balkontür und gehe hinaus.

Die Nachtluft ist kühl, aber erfrischend. Die Kälte gibt mir das Gefühl, lebendig zu sein. Das ist besser als die Abgestumpftheit, die ich in mir spüre, seit ich aus Afghanistan zurückgekehrt bin. Die Ausbildung zum Feuerwehrmann hilft mir außerdem, den Geist zu beschäftigen, und sie macht müde, sodass ich manchmal sofort einschlafe, wenn der Kopf aufs Kissen fällt.

Nervöse Unruhe bereitet mir Magenschmerzen und ich atme tief durch, um sie loszuwerden. Ich kann es mir nicht leisten, zu versagen. Ich habe es so weit geschafft. Die Ausbildung zum Feuerwehrmann war ehrlich gesagt ein Kinderspiel. Alles ist leicht, wenn man Bomben und unermessliches menschliches Leid erlebt hat.

Ich bin wieder in Kalifornien, aber das weiß niemand. Meine Eltern nicht, mein Bruder nicht und mein bester Freund Park auch nicht. Ich habe Schuldgefühle deswegen. Ich hätte Park mitteilen sollen, dass ich wieder da bin. Aber ich kannte ihn und seine Frau Rachel, sie würden eine große Willkommensparty für mich organisieren. Und das ist das Letzte, was ich jetzt brauche.

Ich fühle mich unter Menschen unwohl. Die Straßen entlangzulaufen, ohne ständig in Deckung zu gehen. Ich fühle mich schutzlos, wenn ich das Haus verlasse. Aber man hatte uns gesagt, dass das passieren würde. Es ist schwerer als gedacht, ins zivile Leben zurückzufinden. Das braucht seine Zeit. Wenn nur diese verfluchten Erinnerungen nicht wären.

Ich denke an Park und nehme mir vor, ihn im Laufe des Tages anzurufen. Mein Bruder Declan kommt mir in den Sinn und ich vermisse ihn, trotz allem, was zwischen uns passiert ist. Er ist ein Jahr älter als ich und wir waren früher wie beste Freunde. Bis eine Frau zwischen uns kam.

Ich wappne mich innerlich. Ich weiß, dass es richtig ist, mich von Menschen fernzuhalten, die nicht gut für mich sind. Declan gehört dazu. Meine Eltern ebenso. Sie hatten sich auf seine Seite gestellt, als er im Unrecht war. Um es vorsichtig zu formulieren.

Ich trinke zu viel Kaffee und bin viel zu aufgedreht, als ich mich auf den Weg zu meiner Fünf-Meilen-Runde mache. Anschließend kehre ich in meine Wohnung zurück, dusche und gehe zur Arbeit. Das Laufen tut mir gut, ich fühle mich wie ein normaler Mensch. Es fühlt sich gut an, wieder normal zu sein.

Ich wünschte, ich könnte dieses Gefühl konservieren und abrufen, wenn ich in eines dieser schwarzen Löcher falle und nicht mehr weiß, wie es sich anfühlt, einfach nur Ace Carter zu sein.

Ich bin aufgeregt, als ich zu meiner Feuerwache 255 fahre. Ich kann mich nicht erinnern, wann ich zuletzt so aufgeregt war. Es fühlt sich wie ein Neuanfang an. Ich gehöre zu den Menschen, die gern arbeiten, solange es der richtige Job ist.

Ich habe während meiner Militärzeit gelernt, dass ich gern Menschen helfen möchte. Als Feuerwehrmann ist das, als wäre ein Traum wahr geworden. Bevor ich zum Militär ging, hatte ich mit Declan eine Maklerfirma, die erfolgreicher war, als ich je erwartet hatte. Aber die Arbeit hat mich nie so erfüllt, wie es das Militär getan hat. Ich muss etwas tun, was der Gesellschaft dient, um meinem Leben einen Sinn zu geben. Feuerwehrmann ist perfekt für mich und ich kann es kaum erwarten, endlich anzufangen.

Es ist viertel vor sieben, als ich meinen SUV draußen vor der Wache abstelle.

Meine Handflächen sind feucht und mir ist etwas flau im Magen, als ich aus dem Wagen steige. Die Wache ist mir vage vertraut, ich öffne die Glastür und gehe hinein.

„Guten Morgen“, sagt eine dunkelhaarige Frau mittleren Alters und lächelt. „Mein Name ist Catherine. Sie müssen Ace Carter sein. Ich arbeite hier in Teilzeit in der Einsatzzentrale.“

„Freut mich, Sie kennenzulernen."

Sie grinst. „Willkommen."

Ich sehe mich um. Alles wirkt sehr ruhig, offenbar ist nicht viel los in der Einsatzzentrale.

„Gerade ist Schichtwechsel. Gehen Sie nur rein, alle sind im Aufenthaltsraum."

Ich atme tief durch. „Danke."

Ich öffne die Tür und betrete einen großen Raum mit bequemen Stühlen und einem riesigen Fernseher. Alle Anwesenden drehen sich zu mir um und stehen auf.

Ich hatte den Chef der Feuerwache bei einem Gespräch in der vergangenen Woche bereits kennengelernt. Er ist ein stämmiger, freundlicher Bursche namens Mason.

„Willkommen, Carter!", brüllt er und ergreift meine Hand. „Wir haben dich schon erwartet."

Meine Nervosität löst sich in Luft auf, angesichts des freundlichen Empfangs der Kollegen. Das hat mir gefehlt, seit ich Afghanistan verlassen habe. Ein Gefühl von Bruderschaft. Dazuzugehören. Für ein höheres Ziel zu arbeiten, zu wissen, dass man dazu beiträgt, die Welt ein kleines bisschen besser und sicherer zu machen.

Jemand drückt mir einen Becher Kaffee in die Hand. Namen werden genannt und sofort wieder vergessen, aber bald werde ich sie alle kennen. Sobald alle aus meiner Schicht da sind, setzen wir uns kurz zusammen, machen eine Übergabe mit der vorherigen Schicht und besprechen den Dienst. Dann verabschiedet sich die andere Schicht und mein erster Dienst beginnt offiziell.

Der Chef weist seinen Stellvertreter an, ein Auge auf mich zu haben, damit ich mich zurechtfinde.

„Also, wir bekommen viele Fehlalarme“, erklärt Collins mir. „Aber wir haben trotzdem reichlich zu tun hier, mitten in LA.“

Ich begleite ihn nach draußen und wir unterhalten uns, während wir die Fahrzeuge inspizieren und ein paar Wartungsarbeiten durchführen. Als wir gerade einen der Motoren reinigen, geht ein Notruf ein.

Die Lichter auf der Wache gehen an und alle setzen sich eilig, aber kontrolliert in Bewegung, um die Ausrüstung anzulegen. Die Anspannung ist spürbar. Adrenalin rauscht durch meine Adern. Das ist er. Mein erster Einsatz.

Der Notruf hat einen Brand gemeldet. Niemand mag Feuer. Das habe ich während der Ausbildung gelernt. Wir sind zu fünft auf dem Feuerwehrwagen und rasen wenige Sekunden später mit lauten Sirenen die Straße hinunter.

Das brennende Gebäude befindet sich in der Bay Street, aber glücklicherweise am Ende der Straße. Dunkle Rauchwolken steigen gen Himmel und das Erdgeschoss steht in hell lodernden Flammen.

Wir springen vom Wagen und bereiten unsere Ausrüstung vor. Ich werde nervös, als ich mich frage, ob wohl noch Menschen im Gebäude sind. Ich weiß, wie es sich anfühlt, wenn man vor lauter Rauch nichts sehen kann und in Panik gerät, weil man giftige Luft einatmet.

Meine Brust zieht sich zusammen und mein Herzschlag beschleunigt sich. Bevor meine Gefühle mich überwältigen können, macht sich die Ausbildung bemerkbar.

Zwei Stunden lang bekämpfen wir das Feuer mit allen Mitteln, bis es endlich unter Kontrolle ist. Als es gelöscht ist, bin ich total erschöpft, aber stolz auf mich.

Ich folge Collins durch das ausgebrannte Gemäuer, als über uns ein lautes Knarzen das Rauschen des Wassers übertönt, dann gibt es einen lauten Knall. Um mich herum wird alles schwarz.

Als ich wieder zu mir komme, sitze ich im Einsatzfahrzeug, Collins und der Chef sitzen links und rechts neben mir.

Meine Atemmaske fehlt, Overall und Hemd sind geöffnet, ich sitze hier mit entblößter Brust.

Verwirrt sehe ich die beiden Männer an. „Was ist passiert?" Ich vermute, dass es zu einer Verpuffung ganz in meiner Nähe gekommen sein muss. Aber offenbar habe ich keinerlei Verletzung erlitten.

Der Chef mustert mich besorgt. „Du hast da drin die Kontrolle verloren und alle angeschrien, sie sollten in Deckung gehen."

Ich verberge mein Gesicht in den Händen, als die Erinnerung zurückkehrt. Da war dieses laute Geräusch, das mich direkt zurück nach Afghanistan zurücktransportiert hat. Ich erinnere mich vage, dass ich in Deckung gegangen bin und Collins aufgefordert habe, das auch zu tun. Ich wollte nach meiner Waffe greifen und sie auf die Quelle des Lärms richten.

Ich schäme mich zutiefst. Das muss krank ausgesehen haben. Ein erwachsener Mann mit einer imaginären Waffe in der Hand.

Der Chef klopft mir auf die Schulter.

„Tut mir leid", sage ich. Ich kann nicht fassen, dass dies gleich an meinem ersten Tag passiert ist. Soviel zu einem guten ersten Eindruck.

„Hey, wir verstehen das. Du hast in den letzten Jahren einiges durchgemacht", sagt er.

„Du hast großartige Arbeit geleistet", sagt Collins, aber ich nehme es kaum wahr.

Ich empfinde nur Scham und Enttäuschung. Das hier hat mich in den letzten Monaten aufrecht gehalten. Die Chance, in einem Beruf zu arbeiten, der mir gefallen wird und mit dem ich der Gesellschaft dienen kann. Und ich muss es gleich am ersten Tag versauen. Ich balle wütend die Hände zu Fäusten.

„Entspann dich“, sagt der Chef. „Nimm dir den Rest des Tages frei und komm am Freitag zur Schicht wieder, wenn du dich dazu in der Lage fühlst. Wenn nicht, ruf mich an und wir überlegen uns etwas.“

Ich sollte für seine Freundlichkeit dankbar sein. Stattdessen bin ich wütend, weil ich wie ein Baby behandelt werde. Sie denken, ich bin zu empfindlich. Na toll.

***

Es ist fünf Uhr nachmittags und anstatt meine Schicht zu absolvieren, laufe ich in meinem Wohnzimmer auf und ab. Ich hatte vor morgen früh nicht hier sein wollen, nach einer erfolgreichen Schicht.

In Gedanken gehe ich noch einmal alles durch, was passiert ist, und versuche zu verstehen, was genau diesen Anfall ausgelöst hat. Es muss das Knarzen oder der Knall gewesen sein. Ich hasse laute, plötzliche Geräusche. Sie bringen mich direkt zurück ins Kriegsgebiet. Aber das lässt sich nicht verhindern.

Ich bräuchte einen Plan, falls es wieder passiert. Aber mir fällt absolut nichts ein. Ich hatte immer mit realen Feinden zu tun. Sichtbaren Gegnern. Aber jetzt ist mein Gegner in mir. Unsichtbar. Wie soll man gegen etwas kämpfen, das man nicht sieht?

Ich bin unruhig und komme mir vor wie ein Tier im Käfig. Ich muss raus. Ich könnte aus der Stadt rausfahren und Park besuchen. In einer Dreiviertelstunde wäre ich da. Aber ich verwerfe diese Idee schnell wieder.

Ich bin nicht in der geistigen Verfassung für ein Wiedersehen. Dann kommen weitere Erinnerungen. Eine Brünette mit lockigem Haar und den schönsten haselnussbraunen Augen, die ich je gesehen habe. Aber von ihr brauche ich nicht das Gesicht, so schön es auch war. Ich brauche das, was sie mir vor zwei Jahren gegeben hat – ihren heißen Körper.

Wie groß ist die Chance, dass sie noch immer im Alma arbeitet? Extrem gering. Aber es ist einen Versuch wert. Ich schnappe mir meine Schlüssel, die Jacke und mache mich auf den Weg zu meinem Wagen. Ich weiß nicht genau, was ich tun werde, aber ich brauche vor allem Ablenkung.

Jemanden, der mir hilft, zu vergessen. Die Brünette ist genau die Richtige dafür. Während der Fahrt zermartere ich mir das Hirn, aber ihr Name will mir einfach nicht mehr einfallen. Essie. Nein. Aber es war ein kurzer Name.

Eine Viertelstunde später parke ich hinter der Cocktailbar und stelle den Motor ab. Ich stelle mich innerlich darauf ein, zu kriechen. Von weiblicher Psychologie verstehe ich nichts, im Gegensatz zu meinem Bruder. Aber selbst ich weiß, dass ich sie nach unserer letzten Begegnung ziemlich übel abgefertigt habe.

Okay, es war mehr als das. Ich war ein Arschloch. Aber ich war wütend und verletzt. Mein Bruder hatte mir die Freundin ausgespannt. Meine große Liebe von der Highschool noch dazu. Ich hatte mit ihr den Rest meines Lebens verbringen wollen.

Es war reiner Trotz, dass ich mich daraufhin zum Militär gemeldet habe. Meine Nacht mit der Brünetten war die letzte Nacht, bevor ich ausgeflogen wurde. In jener Nacht schloss sich eine Wunde in mir und ließ mich etwas zur Ruhe kommen. Sie hat mir geholfen, ohne es zu wissen. Und jetzt hoffe ich, dass sie mir noch einmal helfen kann.

Ich betrete die Bar, die Atmosphäre hier drin soll alle Sorgen vergessen lassen. Leise, angenehme Musik, glücklich aussehende Menschen und leises Gelächter. Genau das, was ich jetzt brauche.

Kapitel Drei

Lexi

Als ich von dem Glas aufblicke, das ich gerade poliere, sehe ich ihn. Also, *ihn*. Pechschwarzes, seidiges Haar, ein Gesicht, das auf Magazincover gehört und Schultern, die von dem weißen T-Shirt kaum bedeckt werden.

Mir klappt die Kinnlade herunter und ich sehe ungläubig zu, wie er durch die Bar geht. Dann schaue ich mich verzweifelt um. Er darf mich nicht sehen. Ich kann ihm nie wieder in die Augen schauen. Ich will ihn auch nie wiedersehen. Ich sinke auf die Knie und hoffe, dass er am Tresen vorbei zu den Tischen geht.

Zitternd lausche ich auf seine Schritte.

„Entschuldigung, Ma'am." Seine Stimme ist tief und rau und mir stellen sich die Nackenhaare auf. „Ist alles in Ordnung mit Ihnen da unten?"

Er kann mich sehen. Ich atme tief durch und komme wieder auf die Beine, was aber nicht sehr würdevoll aussieht. Ich brauche einen Plan. Zum Überleben. Ich könnte eine Amnesie vortäuschen. Nicht gerade intelligent. Aber ich bin verzweifelt.

Ich starre sein umwerfendes Gesicht an und möchte ihm in die Fresse hauen. Ich beiße mir auf die Unterlippe, um ihm keine Beleidigungen entgegenzuschreien. *Bastard*, murmle ich leise vor mich hin.

Er lächelt und mein dummes Herz schlägt einen Salto. Ich starre ihn geistesabwesend an. Er ist ein Fremder. Ein Gast wie jeder andere.

„Willkommen im Alma", sage ich ganz automatisch. „Was kann ich für dich tun?"

Mein Herz klopft so heftig, dass ich befürchte, es könnte mir aus der Brust springen. So vieles ist seit jener Nacht passiert. Ich musste so oft an ihn denken. Habe geübt, was ich ihm sagen würde, wenn ich ihn je wiedersehen würde. Aber nun, wo er hier vor mir steht, fühlt es sich so unwirklich an.

Er legt den Kopf schief und die Geste wirkt schmerzlich vertraut. Alles an ihm hat sich in mein Gedächtnis eingebrannt.

„Willst du wirklich so tun, als würdest du mich nicht kennen?“, fragt er und seine Mundwinkel verziehen sich zu einem Lächeln.

Ich blicke in seine Augen und bin verwirrt. Der Ausdruck darin ist nicht misszuverstehen. Traurigkeit. Unendliche Traurigkeit, die mir zu Herzen geht. Ich kenne mich aus, denselben Ausdruck habe ich in den Augen meiner Schwester gesehen und sie in meinen, als wir klein waren. Ich frage mich, was der Grund dafür ist und lasse meinen Plan fallen.

Er ist mehr als ein Fremder, mit dem ich geschlafen habe. Er ist der Vater meiner Tochter. Auch wenn er das nicht weiß.

Ich seufze schwer. „Hallo, Ace. Schön, dich nach so langer Zeit wiederzusehen.“

Sein Gesicht leuchtet auf. „Das ist schon besser. Und es freut mich auch. Du siehst noch schöner aus als damals.“

Ich ziehe eine Augenbraue hoch. „Was ist denn mit deinem Mundwerk passiert?“

„Wie meinst du das?“

Er macht mit den Augen dasselbe wie damals. Das war der Grund dafür, dass ich sofort mit ihm in die Kiste gestiegen bin. Er zieht mich mit den Augen aus, fickt mich mit seinen Blicken. Mein Körper reagiert sofort. Ich bin schließlich auch nur ein Mensch. Aber mein Verstand bleibt hellwach.

Ich bin nicht mehr das Mädchen, dass er mit nach Hause genommen und die halbe Nacht gevögelt hat, nur um dann ohne ein Wort zu verschwinden. Ich habe einen bitteren Geschmack im Mund.

Er hat mir damit einen Schnellkurs in gedankenlosem Verhalten und den daraus resultierenden Konsequenzen gegeben. Luna kommt mir in den Sinn, aber ich verdränge jeden Gedanken an sie sofort wieder. Ich kann jetzt nicht an meine süße, wundervolle Tochter denken. Dann würden meine Mauern sofort einstürzen.

„Du hast letztes Mal kaum die Zähne auseinanderbekommen", sage ich.

„Es wundert mich, dass du das bemerkt hast", sagt er lässig grinsend. „Du warst doch sehr damit beschäftigt, das Gebäude mit deinem heißen Stöhnen zum Einsturz zu bringen."

Mein Gesicht wird heiß bei der Erinnerung an jene Nacht. Die Art, wie er mit meinem Körper umgegangen ist, als wäre er ihm so vertraut. Er wusste, wo er lecken und drücken musste. Keine Frau vergisst die heißeste Nacht ihres Lebens, auch wenn die Monate danach die reinste Hölle sind.

Ich atme tief durch und verdränge den Anflug von Groll, der sich in mir auszubreiten droht. „Bourbon auf Eis?"

Er zuckt die Achseln, als wäre es ihm egal. „Gern."

Ich bin froh, mich beschäftigen zu können. Ich drehe mich um und lasse mir Zeit beim Einschenken. Ich muss an die Zeit denken, als ich nur heulend auf dem Sofa lag, nachdem ich erfahren hatte, dass ich schwanger war. Ich habe wochenlang im Internet nach Ace Carter gesucht.

Die wachsende Verzweiflung und die Panik, als die Erkenntnis einsetzte, dass ich mit dem Job in der Bar unmöglich ein Baby unterhalten konnte. Ich verdoppelte meine Bemühungen, ihn aufzuspüren. Am Ende war Vanessa erfolgreich gewesen.

Sie fand einen Carter, jedoch nicht Ace, sondern dessen Bruder Declan. Ein Geschenk des Himmels.

Die Eiswürfel klirren im Glas, als ich Ace seinen Drink reiche. Unsere Finger berühren sich und ich verschütte beinahe den Inhalt. Schnell ziehe ich meine Hand zurück.

„Besteht die Aussicht auf einen Drink nach Feierabend?", fragt er mit einem Glitzern in den Augen.

Ich starre ihn sprachlos an. Dann wird mir klar, warum er hier ist. Er will den One-Night-Stand wiederholen. Er will genau das, was vor zwei Jahren schon einmal gelaufen ist. Wer macht so etwas? Wie grausam muss man sein, eine Frau zu ficken, sich für die nächsten zwei Jahre zu verpissen und dann für einen Nachschlag zurückzukommen?

Ich starre ihn an und mein Zorn löst sich in Luft auf, weil ich doch wieder an Luna denken muss. Sie ist ihm wie aus dem Gesicht geschnitten. Ich habe mir geschworen, dass Ace nie von seiner Tochter erfahren wird. Er soll nicht zu ihrem Leben gehören.

Sie verdient es aber, ihren Vater zu kennen.

Die Stimme in meinem Kopf ist sehr deutlich. Das macht mich wütend. Wo war er denn, als ich ihn gebraucht hätte? Luna ist ein Jahr und zwei Monate alt. Wir haben ohne ihn überlebt und werden das auch in Zukunft schaffen.

„Was meinst du dazu, schöne Frau?", fragt Ace.

Als Barkeeper lernt man schnell, Körpersprache zu lesen. Etwas stimmt mit Ace nicht. Als wir die Nacht miteinander verbracht haben, hat er mich Lexi genannt. Dann wird es mir klar. Er ist an einem Fick interessiert, aber er weiß nicht einmal mehr meinen Namen.

„Wie heiße ich?"

„Was ist das denn für eine Frage?" Ace wirkt beleidigt, aber mir entgeht nicht der Anflug von Panik im Blick.

„Es ist eine Frage. Wie heiße ich?"

Er starrt mich einfach an.

„Bist du Frauen gegenüber immer so charmant?"

„Tut mir leid", sagt er und das Leuchten verschwindet aus seinen Augen.

Mein Ego ist angeschlagen, aber ich werde es überleben. Ich hätte mir gewünscht, dass ich auf ihn einen ähnlich großen Eindruck gemacht hätte, wie er auf mich. Dass er irgendwo auf der Welt wach liegt und an unsere gemeinsame Nacht denkt.

Ich schlucke meine verletzten Gefühle herunter. Ich bin erwachsen, ermahne ich mich selbst. Ich habe einiges gemeistert, seit er einfach abgehauen ist. Außerdem will ich ihn eigentlich nicht loswerden. Ich treffe schnell eine Entscheidung.

„Ich heiße Lexi und ja, wir können nach Feierabend etwas zusammen trinken", sage ich und er grinst.

Ich habe nicht die Absicht, mit Ace auf einen Drink mitzugehen, aber etwas in mir will, dass er seine Tochter sieht. Ich weiß nicht, was ich mir davon verspreche. Ich wünschte, ich wäre stark genug, um ihn einfach zu ignorieren, bis er wieder verschwindet.

Mir ist klar, dass ich wieder enttäuscht werde. Ace ist kein Mann für Beziehungen, erst recht nicht für die Vaterrolle. Es ist egal, was ich mir einrede.

Zwei Stunden später verlassen wir gemeinsam das Alma. Ace vermutet, dass wir bei mir etwas trinken. Ich stelle das nicht klar.

„Sollen wir mit meinem oder mit deinem Wagen fahren?", fragt er.

„Fahr mir nach", sage ich.

Ich könnte mein Auto hier stehenlassen, ich hätte keine Angst, zu ihm in den Wagen zu steigen. Aber ich brauche Zeit zum Nachdenken. Ich habe eine Menge Fehler in meinem Leben gemacht, aber mit Luna darf ich mir keine Fehler erlauben. Ich liebe mein kleines Mädchen mehr als alles andere und Fehler dürfen da nicht passieren.

Ace folgt mir nach Hause. Vanessa ist Krankenschwester und arbeitet oft in der Nachtschicht. Tagsüber passt sie auf Luna auf. Sie ist toll und ohne sie hätte ich das alles nicht geschafft. Wir leben noch immer in demselben Haus, in dem wir aufgewachsen sind.

Es ist alt und heruntergekommen, aber es gehört uns, es ist unser Zuhause.

Ich stelle den Wagen vor dem Haus ab und eile zu Ace, bevor er aussteigen kann. Ich möchte nicht, dass er Vanessa begegnet, bevor ich die Chance hatte, mit ihr zu reden. Nicht, dass ich einen richtigen Plan hätte, aber trotzdem.

Ich beuge mich zum Fahrerfenster herab und atme seinen Duft ein. „Gib mir eine Minute“, sage ich betont freundlich. „Ich will checken, ob meine Schwester und meine Nichte zu Hause sind“, stammle ich.

So ganz gelogen ist es nicht. Vanessa hilft mir so viel, dass es fast so ist, als hätte Luna zwei Mütter. Er runzelt die Stirn, als sein Plan sich vor seinen Augen in Luft auflöst.

„Ich helfe ihr, meine Nichte aufzuziehen.“ Ich bin keine gute Lügnerin.

„Du ziehst das Kind deiner Schwester auf?“, fragt er.

Ich zucke mit den Achseln. „Ja.“ Ich beuge mich an sein Ohr. „Sie hat Probleme.“ Wenn Vanessa mich hören könnte, würde sie mich verprügeln. Meine Schwester ist geistig vollkommen gesund und stabil.

„Oh“, sagt er.

„Bin gleich wieder da."

Ich sprinte zur Haustür und öffne sie. Luna und meine Schwester sind in der Küche und malen ein Bild. Ich gehe direkt zu meiner Tochter und nehme sie in den Arm. Sie schlingt ihre kurzen Ärmchen um mich und ich halte sie ganz fest.

„Ist alles in Ordnung?", fragt Vanessa, die meine Stimmungen immer sofort wahrnimmt.

„Nein, nicht wirklich", sage ich und küsse Luna auf die Stirn. „Wie war dein Tag, Spatz?"

„Malen", sagt sie und macht sich lächelnd wieder an ihr Bild.

„Was ist passiert?", fragt Vanessa mit einem Hauch Panik in der Stimme.

„Nichts Schlimmes", versichere ich ihr schnell. „Zumindest nichts allzu Schlimmes." Ich atme tief durch und suche nach den richtigen Worten. „Rate mal, wer draußen steht?"

Sie macht große Augen. Wäre ich nicht so aufgeregt, müsste ich kichern. Vanessa liebt das Drama.

„Wer?", flüstert sie und blickt Richtung Fenster. „Mom?"

„Nein." Ich hätte damit rechnen müssen, dass sie zuerst an Mom denkt. Unsere Mutter ist vor einigen Jahren mit ihrem Lebensgefährten abgehauen. Das hat sie schon einmal getan, als Vanessa noch zur Schule ging.

Sie hat nie aufgehört, darauf zu hoffen, dass unsere Mutter irgendwann zurückkommt. Sie hat mal angerufen und betrunken eine Nachricht hinterlassen, dass sie mit ihrem Freund eine Reise machte. Nach diesem Anruf habe ich mich geweigert, auch nur einen einzigen Gedanken an sie zu verschwenden. Sie verdient weder meine Zeit noch meine Gedanken.

Ich deute auf Luna. „Dad."

Sie schlägt sich eine Hand vor den Mund. „Du machst Witze!"

„Nein, aber ich habe ihm nichts erzählt", erkläre ich schnell. „Und ich habe das auch nicht vor. Noch nicht jedenfalls."

Ace soll seine Chance bekommen, Luna kennenzulernen, aber erst einmal muss er zeigen, wer er wirklich ist und ob er sich wieder einfach verdrückt, wenn ihm der Sinn danach steht. Ich habe keine allzu große Hoffnung, dass er lange genug bleiben wird, um herauszufinden, was für ein Vater er wäre.

„Ich habe ihm gesagt, dass sie deine Tochter ist", flüstere ich. Zögernd gebe ich auch den Rest zu. „Ich habe angedeutet, dass du Probleme hättest."

Ich wappne mich für Vanessas Zorn. Meine Schwester ist mit einer weisen Seele zur Welt gekommen. Das sind wir beide. Oder es lag daran, dass das unverantwortliche Verhalten unserer Mutter uns zwang, schnell erwachsen zu werden. Wie auch immer, Vanessa möchte auf keinen Fall als unverantwortlich dargestellt oder wahrgenommen werden.

Sie legt den Kopf schief und ihre honigblonden Locken fallen ihr über die Wange. Zu meinem Erstaunen grinst sie. „Ich wollte immer schon mal richtig wild sein. Was für Probleme habe ich denn, dass ich mich nicht allein um mein süßes Kind kümmern kann?"

Ich zucke mit den Achseln. „Soweit habe ich das nicht durchdacht."

Sie wird wieder ernst. „Er hat es verdient, es zu wissen."

Das war ja zu erwarten. Vanessa hält viel von Fairplay, selbst wenn es schmerzhaft ist, das Richtige zu tun. So wie damals, als unsere Mutter nach dem ersten Abhauen wiederaufgetaucht ist. Vanessa war im College und arbeitete in der Bar. Mom brauchte dringend einen Platz, wo sie unterkommen konnte.

Ich hatte mein Herz längst gegen sie verschlossen und war bereit, sie zum nächsten Obdachlosen-Asyl zu bringen. Als die Ältere von uns beiden hatte ich am meisten von Moms Alkoholproblem abgekriegt. Die endlosen falschen Versprechungen, sich zu ändern, und nur eine Woche später war sie wieder betrunken.

Wir nahmen sie auf und kümmerten uns um sie, bis sie wieder an Gewicht zulegte und eine gesündere Gesichtsfarbe bekam. Nicht lange danach nahm sie ihre gewohnte Lebensweise wieder auf. Sie brachte Männer mit nach Hause und stank nach Alkohol, leugnete aber, dass sie trank.

Dann verschwand sie wieder und es brach Vanessa das Herz. Mir auch, wenn ich ehrlich war. Aber ich verdrängte diesen Schmerz und konzentrierte mich auf das, was im Leben wirklich wichtig war. Zum Beispiel dafür zu sorgen, dass meine Schwester ihre Ausbildung zur Krankenpflegerin beenden konnte.

„Verdient?“, wiederhole ich. „Niemand verdient irgendetwas, außer Kinder. Alle anderen müssen es sich erarbeiten, das gilt auch für Ace. Samen zu spenden, macht ihn zum Erzeuger, aber nicht zum Vater.“

„Lexi, ich weiß, dass du das nicht so meinst. Ich weiß, du wirst das Richtige tun“, sagt Vanessa.

„Ich werde tun, was für sie das Richtige ist“, sage ich und deute auf Luna. „Darauf kommt es an. Ace schulde ich gar nichts.“

Ich atme tief durch. „Du hast deine Ansicht geändert. Als wir mit Declan gesprochen haben, hat sich das bei dir noch ganz anders angehört.“

Sie zuckt die Achseln. „Das war damals und jetzt ist jetzt. Ich bin älter und weiser.“

„Ich auch.“

„Hast du dich je gefragt, wer unser Vater ist?“, fragt Vanessa.

„Oft. Keine Ahnung, warum Mom so ein Geheimnis daraus gemacht hat. Ich nehme an, er war vielleicht verheiratet.“ Das ist der einzige Grund, den ich mir vorstellen kann, warum sie es uns nie gesagt hat.

Ich weiß nur, dass unsere Eltern nie verheiratet waren. Dieses Rätselraten über die eigene Herkunft möchte ich Luna ersparen. Sie soll wissen, wer ihre Familie ist. Nicht wie Vanessa und ich. Wir sind beide in den Zwanzigern und sprechen noch immer über den Vater, den wir nie hatten.

Kapitel Vier

Ace

Die Versuchung, einfach wieder wegzufahren, ist groß. Aber dann muss ich daran denken, wie ich Lexi beim letzten Mal einfach habe sitzenlassen, und bleibe hier. Ich trommle mit den Fingern auf dem Armaturenbrett und starre das Haus an. Was geht da drinnen vor? Hat sie vergessen, dass ich hier draußen warte? Fünf Minuten später und ich habe keine Lust mehr zu warten. Ich steige aus und gehe zur Haustür.

Ich klopfe an und es dauert eine Weile, bis die Tür aufgeht. Lexi lächelt und hält mir die Tür auf.

„Tut mir leid, dass es so lange gedauert hat. Komm rein."

Drinnen ist es ziemlich dunkel. Ich folge ihr ins Wohnzimmer und sie fordert mich auf, Platz zu nehmen.

„Bin gleich wieder da", sagt sie.

Was mache ich hier? Das hier wird eindeutig keine Wiederholung unserer letzten Begegnung. Ich nehme eine Zeitschrift in die Hand und blättere sie durch, während ich mir eine höfliche Ausrede überlege, um schnell wieder zu verschwinden.

Frust steigt in mir auf. Ich starre auf die Zeitschrift in meiner Hand. *Liebe überwindet alles. Die Geschichte von Keila und George.* Ich sehe ein lächelndes Paar und ihre glücklichen Gesichter ärgern mich. Von wegen Liebe überwindet alles.

Woher nehmen die nur so einen Unsinn? Die Schreiberlinge solcher Artikel kennen offenbar das wirkliche Leben nicht. Die Liebe hat noch nie irgendetwas überwunden. Überlebensinstinkte tun das.

Ich schlage die Zeitschrift zu, sehe mich um und frage mich, was zum Teufel ich hier mache. Ungeduldig wippe ich mit dem Fuß. Lexi ist heiß und ich will ihr an die Wäsche, aber so viel Stress ist sie nicht wert. Ich kann mir eine andere Frau aufreißen.

Sie kommt mit einem süßen kleinen Mädchen an der Hand zurück ins Wohnzimmer. Eine Frau, die ihr sehr ähnlichsieht, ist auch dabei. Das muss wohl ihre Schwester sein. Sie hat dasselbe hinreißende ovale Gesicht, umrahmt von honigblonden Locken. Sie sehen aus wie Zwillinge.

„Ace, das ist meine Schwester Vanessa", sagt Lexi.

Ich stehe auf und lächle sie an. „Freut mich, dich kennenzulernen."

Sie lächelt und ergreift meine Hand. Ihr Händedruck ist fest, sie wirkt keineswegs verunsichert. Vanessa wirkt überhaupt vollkommen normal, nicht wie jemand, der psychische Probleme hat. Aber wer kann das schon so genau sagen? Ich wirke auch vollkommen normal, wenn ich die Straße entlanggehe, auch wenn ich keineswegs so normal bin.

Normal sind die Albträume und Erinnerungen nämlich nicht, die mich die halbe Nacht wachhalten.

„Freut mich auch", sagt Vanessa. „Schön, dass wir etwas Gesellschaft beim Abendessen haben."

Ich will die Einladung schon ablehnen, aber Lexi mischt sich schnell ein.

„Bitte bleib", sagt sie, als hätte sie gespürt, dass ich ablehnen wollte.

Wie soll ich denn da nein sagen, wenn zwei Frauen mit wunderschönen haselnussbraunen Augen mich anschauen? „Danke", sage ich freundlich. Ist ja eigentlich nett, ein selbst gekochtes Essen zu bekommen, wenn ich ehrlich bin.

Außerdem habe ich nichts weiter vor und vielleicht wird ja doch noch etwas aus der Nummer mit Lexi.

„Und das hier ist Luna“, sagt Lexi.

Das süße kleine Mädchen blickt zu mir auf. Sie sieht Vanessa gar nicht ähnlich. Kommt wahrscheinlich eher nach dem Vater. „Hi, Luna. Schön, dich kennenzulernen.“ Ich kann nicht gut mit Kindern umgehen. Was sagt man denn da?

„Ich bin dran mit Kochen“, sagt Lexi. „Willst du mir in der Küche Gesellschaft leisten?“

„Sicher“, sage ich.

Die Küche ist eng und klein. Ich empfinde die bodenlose Ungerechtigkeit des Lebens. Ich habe so viel Platz in meiner Wohnung und bin ganz allein. Lexi lebt hier mit ihrer Schwester und ihrer Nichte so beengt.

„Willst du ein Bier?“, fragt Lexi.

„Sicher“, sage ich und schiebe meine langen Beine unter den Küchentisch.

Als sie sich vorbeugt, um ein Bier aus dem Kühlschrank zu holen, wird der Stoff des schwarzen Kleides gedehnt und betont ihren Hintern, was meine Fantasie aufweckt.

„Wie war Afghanistan?“, fragt sie.

Ich will schon antworten, erstarre dann aber. Ich kann mich nicht erinnern, Lexi irgendetwas Persönliches erzählt zu haben, aber ich kann mich irren. Je mehr ich versuche, mich an unsere gemeinsame Nacht zu erinnern, desto mehr entziehen sich mir diese Erinnerungen.

„Übel“, sage ich und dann kann ich mich nicht mehr zurückhalten. „Ich habe Dinge gesehen, die kein Mensch je erleben sollte.“

„Das glaube ich dir“, sagt sie und schaut mich mitfühlend an.

Ich muss mich irgendwie beschäftigen. Angesichts der Zutaten auf der

Arbeitsfläche, wird sie Pasta zubereiten, mit Käse und Salat. Ich kremple meine Ärmel auf. „Kann ich dir helfen? Ich bin ganz gut mit Salaten."

„Warum nicht?", sagt sie.

Ich wasche mir die Hände am Spülbecken und putze dann den Salat. „Was ist mit dir? Was hast du so getan?"

Sie schweigt einen Moment und ich befürchte schon, dass sie nicht antworten will. Als sie dann spricht, ist ihre Stimme voller Emotionen.

„Nicht viel. Ich bin schon froh, dass ich meinen Job noch habe."

Ich bin etwa ratlos. Bin ich jetzt nicht einmal mehr in der Lage, ein normales Gespräch mit einer Frau zu führen? Gab es eine wirtschaftliche Rezession, von der ich nichts mitbekommen habe?

„Wolltest du schon immer Barkeeper werden?", frage ich.

„Wie kommst du darauf? Es ist ein Job. Es war nie die Frage, was ich wollte."

Ich höre auf, die Tomaten zu schneiden und trinke einen Schluck Bier. Als es mir die Kehle herunterläuft, seufze ich zufrieden. Dann sehe ich Lexi nachdenklich an. „Du musst doch Träume gehabt haben, als du noch kleiner warst."

Sie schüttelt den Kopf. „Nein. Ich wollte einfach nur einen Job."

Zum ersten Mal seit ich Lexi in der Bar gesehen habe, sehe ich in ihr mehr als nur die Frau, der ich an die Wäsche will. Da ist ein Widerspruch, der mich neugierig macht. Oberflächlich betrachtet ist sie eine unterhaltsame sexy Frau ohne eine einzige Sorge auf der Welt.

„Ich wollte immer Feuerwehrmann werden", sage ich, um die Stille zu überbrücken. „Und das bin ich jetzt. Heute war mein erster Arbeitstag."

„Das ist schön für dich. Wie lief es?"

Ich verdränge die Vorstellung daran, auf dem Boden zu kauern und auf unsichtbare Ziele zu schießen. Mir wird bewusst, dass ich nur dann eine Chance in diesem Job habe, wenn ich einen Therapeuten aufsuche.

„So schlimm, ja?“, fragt Lexi.

Ich will es leugnen, aber wieso eigentlich? Nach heute Nacht werde ich Lexi wahrscheinlich nie wiedersehen. Was sie offensichtlich sucht, ist ein Mann, der mit ihr ausgeht. Dieser Mann bin ich nicht. Was ich brauche, ist ein heißer sexy Körper, in dem ich mich verlieren kann. Ein unkomplizierter Fick.

„Es war kein idealer Anfang, aber das ist es, was ich machen will und ich werde es irgendwie hinkriegen.“ Ich will mehr als alles andere Feuerwehrmann sein. Das ist der einzige Grund, warum ich es morgens aus dem Bett schaffe.

Unser Gespräch ist danach etwas flüssiger und mir kommt der Gedanke, dass derjenige, der Lexi irgendwann mal bekommt, ein echter Glückspilz ist. Sie ist klug und witzig. Ihre Schwester kommt in die Küche, um dem Kind das Essen aufzuwärmen. Sie macht einen vernünftigen Eindruck, aber wer weiß schon, ob das auch so ist, wenn kein Besuch im Haus ist.

Wir setzen uns eine Weile später zum Essen hin. Lexi, Vanessa und ich. Das Kind schläft längst. Ich frage mich kurz, ob Lexi wohl mit zu mir kommen würde, aber da sie bereits ein Gähnen unterdrückt, ist wohl nicht mehr damit zu rechnen.

„Du bist also Soldat, ja?“, fragt Vanessa.

„Ich war die letzten zwei Jahre in Afghanistan“, sage ich.

„Danke für deinen Dienst an der Allgemeinheit“, sagt sie.

„Dasselbe könnte ich zu dir auch sagen. Lexi hat mir erzählt, dass du Krankenpflegerin bist“, sage ich, in der Hoffnung, das Thema wechseln zu können. Ich kann nicht gut damit umgehen, wenn Menschen mir für meinen Dienst in der Armee danken wollen.

„Das ist nicht dasselbe“, sagt Vanessa. „Heißt das, du bist fertig mit deinem Dienst?“

Sie stellt mir eine Frage nach der anderen. Ich komme mir vor wie bei einem Verhör meines vorgesetzten Offiziers.

„Vanessa, lass unseren Gast in Ruhe“, sagt Lexi irgendwann.

Vanessa zuckt mit den Achseln, aber es stört sie offenbar nicht, dass sie zu neugierig war. Aber nun überlässt sie mir und Lexi das Gespräch. Das Essen schmeckt lecker und ich entspanne mich. Meine Probleme kommen mir nicht mehr so schwerwiegend vor.

Die Frauen möchten nicht, dass ich das Geschirr abwasche. Also bedanke ich mich und verabschiede mich. Lexi begleitet mich zum Auto. Zu meinem Erstaunen umarmt sie mich.

„Danke für den netten Abend. Das war unerwartet“, sagt sie aufrichtig und ich bekomme ein schlechtes Gewissen.

Ich bemühe mich, den Duft nach Zitronen zu ignorieren, der sie umgibt, und wie weich und einladend ihr Körper sich in meinen Armen anfühlt. Sie macht keinen Schritt zurück nach der Umarmung, sondern hebt ihr Gesicht zu mir an. Eine eindeutige Einladung. Ich neige den Kopf hinunter und küsse sie gierig.

Ich küsse sie, wie ein Mann, der seit zwei Jahren keine Frau mehr geküsst hat. Ihr Mund ist weich und nachgiebig und ebenso gierig. Sie krallt sich mit den Händen in mein Haar und ich packe ihren Hintern, um sie gegen meine Erektion zu ziehen.

Sie stöhnt in meinem Mund und lässt keinen Zweifel daran, was unser Kuss mit ihr macht. Ich wünschte, wir wären nicht hier draußen, sondern irgendwo, wo ich meine Hand unter ihren Rock schieben und ihre nasse Pussy fühlen könnte.

Ich beende schließlich den Kuss. So heiß das auch alles ist, ich bin kein Teenager und ich mag dabei keine Öffentlichkeit. Ich wette, irgendwo blicken Leute in den Nachbarhäusern durch ihre Vorhänge.

„Bis demnächst", sage ich, auch wenn ich das für unwahrscheinlich halte. Lexi ist eine Komplikation, die ich weder will noch brauche.

Stacy hatte wirkungsvoll jene Illusionen zunichtegemacht, die ich je über Beziehungen hatte. Sie hat jede romantische Neigung in mir vernichtet. Für andere Menschen mag das mit der Ehe funktionieren, bei mir aber nicht.

„Okay", sagt sie und macht einen Schritt zurück.

Ich steige ins Auto und winke bedauernd, dann fahre ich davon. Sie wäre eine ideale Freundin. Aber ich brauche keine Beziehung. Ich bin nicht so blöd zu glauben, dass alle Frauen so untreu sind, aber ich will es auch nicht ausprobieren.

Mein Plan für die Zukunft ist, ein einfaches Leben zu führen. Mich auf Lexi einzulassen, wäre genau das Gegenteil. Ich habe außerdem gespürt, dass da etwas nicht in Ordnung war. Was genau, weiß ich natürlich nicht, aber das will ich auch gar nicht. Irgendetwas stimmt mit Lexi und ihrer Schwester nicht.

Ich glaube, dass Lexi mir die Wahrheit über Vanessa gesagt hat. Sie scheint die Verantwortung für ihre Nichte übernommen zu haben. Sie benimmt sich eher wie ihre Mutter als Vanessa. Ich habe genug eigene Probleme und muss mich nicht auch noch mit ihren befassen.

Als ich nach Hause komme, schaue ich auf die Uhr. Neun. Nicht zu spät, um Park anzurufen, hoffe ich. Ich hole mein Handy heraus und suche nach seiner Nummer. Ich fange an zu grinsen, als es wählt.

Park nimmt nach dem fünften Klingeln ab, gerade als ich bereits wieder auflegen will.

„Park?“

„Ace, bist du das?“

Ich lache. Es tut so gut, seine Stimme zu hören. Es ist, als würde man nach Hause kommen. „Ja. Ich bin wieder da. Wie geht es dir? Und Rachel?“

„Es ist Ace!“, sagt er zu jemandem und spricht dann wieder ins Handy. „Seit wann bist du wieder da?“

„Seit ein paar Wochen.“

„Und rufst jetzt erst an?“ Dann berichtet Park von allen Leuten, die ich kenne, selbst von denen, die mich nicht mehr interessieren, wie mein Bruder.

Er hat eine überraschende Neuigkeit für mich. „Rachel und ich haben ein kleines Mädchen. Sie heißt Kacy und ist achtzehn Monate alt.“

Ich grinse. „Glückwunsch! Ich kann es kaum erwarten, sie kennenzulernen.“ Ich kann mir Park und Rachel gut als Eltern vorstellen.

Die beiden waren schon in der Highschool unzertrennlich und es war klar, dass sie irgendwann heiraten und Kinder bekommen würden. Ich war Trauzeuge bei ihrer Hochzeit und freue mich für die beiden. Als ich nach Afghanistan aufbrach, waren sie ganz versessen darauf, endlich ein Kind zu bekommen.

Rachel kommt ans Telefon und wir unterhalten uns. Ich verspreche ihr, am Wochenende nach Santa Monica rauszufahren. Park kommt zurück.

„Ich wette, du kannst es kaum erwarten, Serenity zu sehen“, sagte er.

Serenity ist mein Segelboot, das ich in seine Obhut gegeben hatte. Er und Rachel haben eine Firma für Segeltouren in der Bucht von Santa Monica.

Um ehrlich zu sein, war ich zu beschäftigt mit der Planung meiner Zukunft, um an irgendetwas anderes zu denken. Aber die Erwähnung meines Segelboots weckt den Wunsch in mir, draußen auf dem Wasser zu sein.

„Ja“, sage ich. „Und euch auch.“

„Hast du irgendetwas von deinem Vater gehört?“, fragt Park.

Mein Magen verkrampft sich. „Nein.“ Ich hatte vor zwei Jahren jeglichen Kontakt mit meiner Familie abgebrochen.

„Er hatte einen leichten Schlaganfall“, sagt Park. „Aber er hat sich gut erholt.“

Ich versuche mir meinen robusten Vater krank vorzustellen, aber ich kann es nicht. Meine Gefühle sind ein einziges Chaos, aber vor allem ist es Bedauern. Bedauern darüber, dass wir keine Beziehung haben, wie sie zwischen Vater und Sohn sein sollte.

Ich räuspere mich. „Wie kommt meine Mutter damit zurecht?“

„Deine Mutter ist eine starke Frau. Es geht ihr gut“, sagt Park.

Unsere Mütter sind gut befreundet, schon seit der Schulzeit. Wir verabreden uns für übernächstes Wochenende. Als ich auflege, ist das Gefühl der Zufriedenheit von vorhin verschwunden.

Ich fühle mich ruhelos, wurzellos. Als könnte eine einzige Windböe mich davontragen. Das ist das Gefühl, das meine Familie in mir auslöst.

Ich war zwar heute schon einmal Joggen, aber ich bin zu unruhig für irgendetwas anderes. Ich ziehe mir eine Sporthose an und verlasse das Haus. Es ist schon etwas spät zum Laufen und ich komme durch ein paar finstere Gegenden, aber das macht nichts. Ich hätte kein Problem damit, irgendeinem Idioten zu begegnen, der meint, mich überfallen zu können.

Kapitel Fünf

Ace

Es ist keine Option, sondern eine Notwendigkeit. Ich wiederhole diese Worte wie ein Mantra, während ich mit dem Fahrstuhl hinauf in den sechsten Stock fahre, wo sich die Praxis des Therapeuten befindet. Ich habe mich erkundigt und Jerome Anderson hat sich angehört, als wüsste er, was er tut.

Seine Referenzen haben ihn als Spezialisten für Fälle wie mich ausgewiesen.

Ich bin furchtbar nervös, aber wenn ich meinen Job behalten will, muss ich das hier tun. Der Fahrstuhl kommt viel zu schnell oben an. Die Tür gleitet auf und ich atme tief durch, bevor ich einen Fuß vor den anderen setze. Als ich gestern den Termin vereinbarte, wurden mir per Mail Formulare zugeschickt, die ich ausgefüllt und zurückgeschickt habe.

Er kennt also schon mein Problem. Das sollte es leichter machen. Tut es aber nicht.

Einen Therapeuten aufzusuchen, ist genau das Gegenteil von dem, was ich als Soldat gelernt habe. Ich bin ein Mann. Albträume sind etwas für Kinder. Ich komme mir wie ein Schwächling vor, als ich den Gang hinuntergehe, zur letzten Tür. Mit jedem Schritt werden meine Beine schwerer und ich bin kurz davor, einfach auf dem Absatz kehrtzumachen.

Aber dann fällt mir der Gesichtsausdruck des Chefs wieder ein und ich weiß, er wird nicht immer so viel Verständnis haben. Er erwartet, dass ich meine Probleme in den Griff bekomme und mich ganz auf die Arbeit konzentrieren kann. Genau das habe ich vor.

Was bleibt mir denn sonst, wenn ich den Job verliere? Nichts. Ich muss tun, was möglich ist, um meine psychischen Probleme in den Griff zu bekommen. Ich krümme mich innerlich bei diesem Begriff, den ich sonst nicht einmal zu denken wage. Ich hasse es, mir einzugestehen, dass ich psychische Probleme habe.

Das klingt, als wäre ich verrückt. Das bin ich aber nicht. Ich bin traumatisiert und ein Weichei. Von den Kameraden meiner Einheit habe ich niemals gehört, dass die solche Flashbacks hätten. Was stimmt nur nicht mit mir? Ich atme tief durch. Deshalb bin ich hier. Ich weiß nicht, warum ausgerechnet mir das passiert, ich will nur, dass das aufhört.

Die braunhaarige Frau an der Rezeption lächelt mich an, als wüsste sie, dass ich kurz davor bin, wieder abzuhauen. Sie schaut mich aber nicht an, als wäre ich ein Versager, weil ich hergekommen bin.

„Sie sind sicher Mr. Carter?“

„Ja.“ Meine Stimme klingt fremd in meinen Ohren.

Außer uns beiden ist niemand hier und ich bin froh darüber. Ich könnte es nicht ertragen, wenn jemand mich anstarren und sich fragen würde, was wohl nicht mit mir stimmt. Schlimm genug, hier zu sein. Muss ja keiner mitkriegen.

„Der Doktor erwartet Sie bereits“, sagt sie und steht auf. Ich folge ihr durch eine Tür in ein Sprechzimmer. Ich trete ein.

Jerome Anderson trägt eine Brille und ist deutlich jünger, als ich erwartet hatte. Er grinst und steht auf, als er mich sieht. „Mr. Carter, willkommen. Ich freue mich, Sie kennenzulernen.“

Es kommt mir vor, als hätte es ein Missverständnis gegeben. Er schüttelt mir kräftig die Hand, tatsächlich aufrichtig erfreut, mich kennenzulernen. Als wäre dies ein freudiges Wiedersehen und keine Therapiesitzung.

„Setzen Sie sich bitte“, sagt er und kehrt auf seinen Platz hinter dem Schreibtisch zurück.

Ich hatte mit einer Couch gerechnet. Oder mit einem Stuhl, auf dem ich mich hinlegen kann, die Augen schließen und so tun, als würde ich mit mir selbst sprechen. Mich dem Mann gegenüber hinzusetzen, macht mich erst recht nervös.

Er faltet die Arme auf dem Tisch und beugt sich vor, um mich anzusehen. „Sie sind mein erster Soldat mit posttraumatischer Belastungsstörung."

Ich bin enttäuscht. Ich hatte erwartet, einen Experten vorzufinden. Ich will kein Versuchskaninchen sein. Vielleicht urteile ich zu vorschnell. Er wirkt zumindest enthusiastisch. Zu enthusiastisch.

Seine Augen funkeln, als er mich nach meinen Erlebnissen fragt. Je blutiger, desto besser, scheint es. Während ich rede, mustert er mich, als wäre ich eine Kreatur aus dem All. Als würde er einen Film anschauen. Das einzige, was fehlt, ist Popcorn. Ich halte mich nicht lange damit auf, ihm zu beschreiben, was ich erlebt habe, sondern erzähle ihm von meinen Schlafstörungen, den Albträumen und Flashbacks.

Er stellt mir ein paar Fragen. Wann ich Afghanistan verlassen habe, wann die Flashbacks anfingen. Standardfragen. Ich antworte so aufrichtig, wie ich kann. Ich bin aufgeregt, weil es so aussieht, als hätte er eine Lösung für mich. Vielleicht ein paar Übungen, die ich machen kann.

Oder Medizin. Egal, Hauptsache, ich bekomme mein Leben zurück.

„Trinken Sie viel Kaffee?", fragt er.

Ich trinke Kaffee ebenso gern wie die meisten Menschen und sage ihm das.

„Lassen Sie den Kaffee mal weg", sagt er entschieden.

Zwanzig Minuten später stehe ich verblüfft wieder auf dem Flur. Mit zu viel Kaffee als Diagnose. Eine Frau geht an mir vorbei und schaut mich an, als wäre ich verrückt, was ja vielleicht auch stimmt. Der Gedanke reißt mich aus meinem Elend und ich gehe beinahe mechanisch zum Fahrstuhl.

Ich fühle mich verarscht. Als wäre ich zu seinem Vergnügen hier gewesen und wurde anschließend rausgeworfen.

Ich kann jetzt nicht in meine Wohnung zurückkehren. Ich kann mich der Tatsache jetzt nicht stellen, dass ich wieder bei null gelandet bin. Der Besuch beim Therapeuten war reine Zeitverschwendung. Ich steige in mein Auto und fahre ziellos umher.

Zwanzig Minuten später parke ich den Wagen vor Lexis Haus. Ich blicke auf die Uhr. Vier Uhr nachmittags. In einer Viertelstunde etwa wird sie nach Hause kommen. Ich versuche, möglichst an nichts zu denken und spiele mit dem Radio herum, springe von einem Sender zum nächsten. Dann taucht ihr Wagen auf. Sie stellt ihn ab und kommt zu Fuß in meine Richtung.

„Hi", sagt sie. „Was für eine nette Überraschung. Willst du reinkommen?"

Ich bin erleichtert. Sie denkt offenbar nicht, dass ich ein Stalker bin. „Hi. Sorry, dass ich hier so unangemeldet auftauche. Ich hatte deine Telefonnummer nicht."

„Ist schon okay", sagt sie.

Eine leichte Brise zerzaust ihr Haar und weht ihr ein paar Strähnen um die Wangen. Ich strecke die Hand aus und streiche sie ihr aus dem Gesicht. Sie wirkt so süß und unschuldig. Was mache ich denn hier? Sie ist ein nettes Mädchen, das einen guten Mann verdient. Ich bin nur hier, weil ich sie ficken will.

Sie will das auch, sagt mein Gewissen.

Wir schauen einander in die Augen. „Willst du mit zu mir kommen?" Keine Spielchen, nicht die geringste Andeutung, dass es mehr sein könnte. Der Eindruck soll auf keinen Fall entstehen.

Kein Date. Keine Versprechungen für die Zukunft. Nur für heute Nacht.

Sie denkt einen Moment darüber nach. „Okay, ich komme mit. Gib mir eine Minute."

Erleichterung überkommt mich. Ich brauche sie. Sie geht ins Haus und kommt gleich darauf zurück.

Ihr Zitronenduft umgibt mich, als sie die Tür öffnet und ins Auto steigt. Ich warte, bis sie sich angeschnallt hat, dann starte ich den Motor. Wir schweigen unterwegs, aber die sexuelle Anspannung im Wagen wächst mit jeder Minute.

Als wir bei meiner Wohnung ankommen, kann ich nur noch daran denken, wie dringend ich meinen Schaft in ihrer süßen, warmen Pussy versenken will. Ich brauche ein Ventil. Ich brauche Lexi.

Ich stelle den Wagen in der Tiefgarage ab, nehme sie bei der Hand und gehe mit ihr zum Fahrstuhl. Sobald wir drin sind, ziehe ich sie an mich und nehme ihr Gesicht in meine Hände. Ich küsse sie zärtlich und unterdrücke das Verlangen, sie einfach gierig zu verschlingen.

Ich will mir Zeit lassen. Will mich in ihrem süßen Körper ganz und gar verlieren. Der Fahrstuhl hält an, ich nehme wieder ihre Hand und führe sie hinaus. Ich suche nach meinem Schlüssel und öffne die Wohnungstür. Sobald wir drin sind, verliere ich keine Zeit mehr. Ich nehme Lexi direkt mit ins Schlafzimmer.

Ich schließe die Tür und öffne Knopf für Knopf ihre Bluse. Ihre Brust hebt und senkt sich heftig. Sie steht dort, mit hängenden Armen, als wolle sie sich mir einfach überlassen. Als ich den letzten Knopf geöffnet habe, streife ich ihr die Bluse von den Schultern.

Ich atme scharf ein, als ich ihren Anblick in mich aufnehme. „So schön", murmle ich und streichle ihre nackten Schultern.

Als wir damals zusammen waren, habe ich Lexis perfekte Figur nicht richtig gewürdigt. Ihre Brüste sind voll und drängen sich gegen den Seiden-BH.

Sie zittert, als ich meine Hände darauflege. Ich streiche mit den Daumen über den Stoff und sie stöhnt leise. Ich lege eine Hand in ihren Nacken und beuge mich vor, um sie zu küssen.

Ich streiche mit den Lippen über ihren Mund, zärtlich zunächst. Ich will sie kosten, überall. Ich nehme ihre Unterlippe zwischen die Zähne und beiße sanft hinein. Sie schlingt ihre Arme um meinen Nacken und drängt ihre Brüste gegen meine Brust.

Lexi lässt jegliche Zurückhaltung fallen und wir verschlingen einander, ihre Zunge spielt mit meiner. Sie schmeckt so süß, als hätte sie an Erdbeeren gelutscht. Ich verliere jedes Zeitgefühl, während wir uns küssen und streicheln. Ich versuche, meine Lust zu zügeln, aber das wird nicht mehr lange gehen.

„Warte", sagt Lexi und zieht sich zurück.

Sie öffnet ihre Hose und streift sie herunter. Ich tue das ebenfalls, dann ziehe ich mir auch mein Hemd aus. In Rekordzeit sind wir beide vollkommen nackt und lassen uns auf das Bett fallen.

„Nimm mich, Ace", flüstert sie mir ins Ohr.

Genau diese Worte will ich hören. Aber dieses Mal bin ich nicht so weit weggetreten, dass ich das Kondom vergesse. Ich hole eines aus dem Nachtschränkchen, reiße die Verpackung auf und streife es über meinen steifen Schaft, während ich Lexi anschaue. Sie ist so schön, wie sie da auf dem Bett liegt, die Lippen leicht geöffnet, die Brüste beben mit jedem Atemzug.

Ich lasse meine Hände über ihren Körper gleiten, hinunter zu ihren Schenkeln. Ich packe sie an den Hüften und hebe ihr Becken an, dann tauche ich mit dem Kopf zu ihrer Pussy ab. Ich schiebe meine Zunge in ihre Nässe und lecke ihren Saft.

Sie packt meinen Kopf und stöhnt laut, als ich gnadenlos ihre Klitoris bearbeite. Meinen pulsierenden Schwanz ignoriere ich zunächst und konzentriere mich ganz auf Lexis Lust. Ihre Schreie werden drängender und ihr Griff um meinen Kopf wird fester. Ihre Beinmuskeln spannen sich an und sie stößt einen kehligen Schrei aus, als sie kommt.

Ich ziehe meine Zunge aus ihrer Pussy und ersetze sie mit meinem Schwanz. Mit geschlossenen Augen dringe ich langsam in sie ein.

„Es ist so lange her", sagt Lexi.

„Für mich auch", sage ich.

Sie war die letzte Frau, mit der ich Sex hatte.

Ich bewege mich anfangs langsam, erhöhe aber dann das Tempo. Sie hebt ihr Becken an, ich achte darauf, mit jedem Stoß auch ihre Klitoris zu verwöhnen, was mir angesichts ihrer Schreie, offenbar auch gelingt.

„Bitte", schreit sie und wirft den Kopf hin und her.

„Komm für mich, meine Schöne", sage ich.

Sie erstarrt einen kurzen Moment, dann zittert sie und ihre Pussy verkrampft sich um meinen Schwanz. Ich gebe mich meiner angestauten Lust hin und ergieße mich in ihr.

Als wir wieder einigermaßen bei Atem sind, legt Lexi ihren Kopf auf meine Brust und ich streichle ihr Haar. Für einen Mann, dessen Job auf dem Spiel steht, fühle ich eine erstaunliche innere Ruhe.

„Du wirst nicht wieder heimlich davonschleichen und mich dem Vermieter ausliefern, oder?", fragt sie.

Es dauert einen Moment, bis ich verstehe, was sie meint. Ich bekomme ein schlechtes Gewissen. „Das tut mir so leid. Ich war damals nicht ich selbst."

„Und jetzt?"

„Ist es besser."

„Was ist heute passiert?", fragt sie.

Es hat keinen Sinn, es zu leugnen. Sie kann mich leicht durchschauen und ich will ihre Intelligenz nicht beleidigen, indem ich lüge. „Es war einer dieser Tage, an denen einfach alles schiefgeht."

Sie seufzt. „Kenne ich. Musst du morgen arbeiten?"

Ich hatte daran gar nicht gedacht. „Ja."

Die Therapie ist offenbar nichts für mich. Ich muss eine andere Möglichkeit finden, meinen inneren Tumult zu besänftigen. Tiefenatmung. Bevor ich einen Anfall bekomme, gibt es den Bruchteil einer Sekunde, in der mir das bewusst ist. Ich muss diesen Moment nutzen, um mich unter Kontrolle zu bringen, damit ich den Anfall verhindern kann.

Mir kommt der Gedanke, Lexi mit nach Santa Monica zu nehmen. Wie ich Park und Rachel kenne, werden sie aus unserem Wiedersehen eine große Sache machen. Lexi wäre eine Art Puffer, damit sie mir nicht zu viele Fragen stellen.

„Was machst du am Wochenende?", frage ich. „Ich will nach Santa Monica Bay fahren, um ein paar Freunde zu besuchen. Ich würde mich freuen, wenn du mitkommst."

In meinem Kopf läuten die Alarmglocken. Der Plan war, mit Lexi zu schlafen und dann meiner Wege zu gehen. Nicht, sie in mein Leben zu lassen. Nach dem Wochenende ziehe ich mich wieder von ihr zurück, nehme ich mir vor.

„Das wäre schön, aber ich kann nicht. Vanessa muss arbeiten und ich passe auf Luna auf."

Mir fällt ein, dass Park und Rachel auch eine kleine Tochter haben. „Wir könnten sie mitnehmen. Meine Freunde haben auch eine Tochter in ihrem Alter."

Sie schaut mich an. „Bist du sicher?"

„Ja", sage ich und ziehe sie auf mich, bis sie ganz auf mir liegt.

Ich spiele mit ihren vollen Brüsten, dann richtet sie sich auf und setzt sich rittlings auf mich. Sie nimmt meinen Schwanz in die Hand und reibt ihn, dann schiebt sie sich ihn zwischen die Beine, reibt damit über ihre nassen Schamlippen und ich stöhne laut auf. Ich will wieder in ihr sein.

Ich kann nicht genug von ihr bekommen.

Ich packe ihre wundervollen Brüste, während ihre Pussy meinen Schwanz in sich aufnimmt. Die süßen Laute ihrer Lust sind Musik in meinen Ohren. Sie wirft den Kopf in den Nacken und bewegt das Becken vor und zurück. Ich stoße hinauf, passe mich ihren Bewegungen an und vergrabe meinen Schwanz noch tiefer in ihr.

„Lexi", rufe ich wieder und wieder.

Ich umfasse ihre Taille und ziehe sie auf mich herunter, bis sie auf mir liegt. Ich will sie küssen, will ihren süßen Mund auf meinem spüren. Während wir uns küssen, bewegen sich unsere Becken weiterhin im Einklang.

Ich schaue tief in ihre ausdrucksvollen braunen Augen. Sie sind wie Seen voller Verlangen, ich erkenne darin meine eigene Begierde.

Unsere Blicke halten einander fest, während wir uns lieben. Ich nehme jeden Ausdruck von ihr auf, jeden lustvollen Schrei. Anschließend nehme ich sie in meine Arme und schlafe das erste Mal seit langer Zeit ungestört von Albträumen.

Kapitel Sechs

Lexi

Ich erwache davon, dass ein Mund an meinem Nippel saugt. Ich hoffe, ich träume nicht. Falls doch, möchte ich den Traum so lange wie möglich genießen. Ich biege den Rücken durch, als ein lustvoller Schauer über meinen Körper läuft. Ein Stöhnen entringt sich meiner Kehle.

Der Mund wandert zu meiner anderen Brustwarze und Hände spielen mit meinen Brüsten. Dann spüre ich etwas Hartes auf meinem Oberschenkel. Das ist definitiv kein Traum. Ace. Der Mann ist im Bett ein echtes Naturtalent. Er küsst meinen Bauch, wandert tiefer und begibt sich zwischen meine Beine.

Er neckt erbarmungslos meine Klitoris und ich rufe seinen Namen. Gerade als ich denke, dass ich es nicht mehr aushalten kann, fängt er an, seinen Schwanz über meine nassen Schamlippen zu reiben. Ich packe seinen knackigen Hintern und ziehe ihn an mich. Ich brauche ihn, um das drängende Verlangen tief in mir zu stillen.

Ace lässt seinen Schwanz in mich hineingleiten und ich seufze glücklich auf. Wir klammern uns aneinander und bewegen uns im Einklang auf dem Weg zum Höhepunkt. Es geht schnell, ist süß und intensiv. Ich bin noch nie so schnell gekommen. Mein Körper zittert, als würde er nicht verstehen, was gerade passiert ist.

Ace murmelt etwas, als er kommt, dann sinken wir zurück auf das Bett. Er hält mich sicher in seinen Armen und so schlafen wir ein.

Im Morgengrauen erwache ich. Ace hat keine Vorhänge vor den Fenstern. Die aufgehende Sonne ist ein fantastischer Anblick. Ich liege still da und betrachte die hellen Farben, in die das Zimmer getaucht wird.

Vorsichtig, um ihn nicht zu wecken, drehe ich mich um und betrachte Ace.

Er schläft fest, die Hände auf der Brust gefaltet, das Gesicht entspannt. Als ich ihm beim Schlafen zusehe, kommt mir eine Frage in den Sinn. Was hätte ich außer Barkeeper werden wollen?

Es ist erschreckend, aber mir fällt nichts ein. Ich weiß es einfach nicht. Ich arbeite, um mir meinen Lebensunterhalt zu verdienen. Punkt. Ich weiß, es gibt Menschen, die ihren Job lieben, so wie meine Schwester Vanessa.

Sie wollte schon Krankenpflegerin werden, da war sie noch ein Kind. Sie hat immer Krankenhaus gespielt. Als die Ältere war ich mehr damit beschäftigt, auf sie aufzupassen und mir Sorgen um unsere Mutter zu machen, als an meine Zukunft zu denken. Die Gegenwart war kompliziert genug.

Unsere Mutter war oft betrunken und wir lebten in der ständigen Angst, in einer Pflegefamilie zu landen. Ich konnte es kaum erwarten, die Schule zu beenden und zu arbeiten, damit ich mich und meine Schwester durchbringen konnte.

Ace regt sich und die gerade noch so friedlichen Züge werden ernst. Er öffnet die Augen und setzt sich ruckartig auf.

„Hey", sage ich, denn ich habe den Eindruck, er schläft noch.

Er dreht sich zu mir. „Runter, das fliegt gleich in die Luft", sagt er, packt mich am Arm und drückt mich nach unten.

„Ace, hör auf, ich bin es!"

Eine kräftige Hand hält mich unten, meine Nase wird gegen die Matratze gedrückt. Ich rudere mit den Armen herum und schreie seinen Namen. Er ist zu stark. Angst kriecht in mir hoch.

Dann lässt er mich los, ich höre ein Klicken, dann geht das Licht an.

Als ich mich aufrichte, hat Ace das Gesicht in den Händen vergraben.

„Es tut mir leid“, sagt er schließlich und lässt die Hände sinken.

„Was ist passiert?“, frage ich.

„Albtraum“, sagt er und legt sich wieder hin.

Ich habe das Bedürfnis, ihn zu beschützen, lege mich neben ihn und nehme ihn in den Arm. Er dreht sich zu mir und nimmt mich ebenfalls in seine Arme. Sein Atem wird langsam wieder normal. Seine Arme um mich herum werden schlaff und ich stelle fest, dass er wieder eingeschlafen ist.

Ich löse mich von ihm und steige vorsichtig aus dem Bett. Möglichst leise ziehe ich mich an, dann blicke ich auf ihn herab. Sein Gesicht ist halb unter der Bettdecke begraben. Ich hoffe, er bekommt nicht noch einen Albtraum. Leise schleiche ich mich aus dem Schlafzimmer.

Die Wohnung ist sehr hell und ich bewundere die geräumige Ausstattung, während ich meine Handtasche suche und das Handy heraushole. Ich rufe mir ein Taxi und sehe mich noch etwas um, während ich darauf warte. Ace ist eindeutig kein Mann, der finanzielle Sorgen hat, aber das überrascht mich auch nicht.

Nach allem, was ich aus den Gesprächen mit seinem Bruder Declan erfahren habe, hatten die beiden ein erfolgreiches Maklerbüro zusammen. Declan hat erzählt, sie hätten sich zerstritten und Ace hat sich zur Armee gemeldet. Declan hat die Firma verkauft und den Gewinn mit seinem Bruder geteilt.

Das ist alles, was ich über Ace weiß. Ich hatte nicht erwartet, dass er so bald aus Afghanistan zurückkehren würde. Ich hatte mich innerlich darauf eingestellt, ihn niemals wiederzusehen. Er kämpfte im Krieg. Da bestand eine reelle Chance, dass er nicht überleben würde. Luna hätte ihren Vater nie kennengelernt und Ace hätte nie erfahren, dass er Vater ist.

Dieser Gedanke zerreißt mir das Herz und ich bin sehr versucht, ihm hier und jetzt von Luna zu erzählen. Aber Luna ist zu wichtig. Ich kann kein Risiko eingehen. Ich muss erst wissen, was für ein Mensch Ace ist.

Ich öffne leise die Tür und gehe. Im Taxi schicke ich meiner Schwester eine Nachricht, dass ich auf dem Heimweg bin. Ihre Schicht beginnt um acht und ich möchte nicht, dass sie sich Sorgen macht.

Zu Hause angekommen, öffne ich langsam die Haustür. Vanessa sitzt in der Küche, es riecht nach Kaffee.

„Lange Nacht, ja?"

Ich grinse und setze mich.

Vanessa stellt mir eine Tasse Kaffee hin und setzt sich wieder. Ich trinke dankbar einen Schluck. Mein Körper schmerzt auf sehr angenehme Weise.

„Bist du sicher, dass du weißt, was du tust?", fragt sie.

Ich denke einen Moment darüber nach und antworte wahrheitsgemäß. „Nein."

„Sei vorsichtig, okay? Ich möchte nicht, dass dir jemand wehtut."

„Wird nicht passieren. Mein Herz ist sicher verwahrt. Es diente ausschließlich der körperlichen Befriedigung."

Vanessa kichert. „Ich bin nicht sicher, ob der fragliche Herr das auch so sieht."

„Er hat es mit mir damals doch nicht anders gemacht. Nur waren die Folgen für mich größer."

„War es eine heiße Nacht?"

„Absolut." Aber auch wenn Vanessa und ich uns sehr nahestehen, so erwähne ich den Albtraum von Ace doch nicht. „Er hat mich und Luna eingeladen, Freunde in Santa Monica zu besuchen."

Vanessa macht große Augen. „Santa Monica? Hast du es ihm gesagt?"

„Natürlich nicht."

„Wird Declan auch da sein?"

„Das bezweifle ich. Die beiden haben sich zerstritten, weißt du nicht mehr?"

Sorgenfalten tauchen auf Vanessas Stirn auf. „Ich denke, du solltest ihm alles sagen. Je länger du damit wartest, desto schwieriger wird es."

Ich erinnere mich wieder daran, wie Ace mich ins Bett gedrückt hat. Ich hatte einen Moment lang wirklich Angst. Ich weiß, sein Albtraum hatte irgendetwas mit seiner Zeit in Afghanistan zu tun.

„Wovor genau hast du Angst?", fragt Vanessa.

„Ich befürchte, dass Luna sich an ihn gewöhnt und er dann wieder verschwindet und uns sitzenlässt."

„Dich oder Luna?"

„Sehr witzig."

Sie seufzt und steht auf. „Ich muss mich für die Arbeit umziehen."

„Ich gehe schnell duschen und wecke dann Luna", sage ich und stehe ebenfalls auf. Sie wacht meistens zwischen sieben und viertel nach auf.

Ich schlurfe den Flur hinunter Richtung Bad. Ich ziehe mich aus und schrubbe mich unter dem warmen Wasser. Ich habe noch zehn Minuten, bis Luna aufwacht. Nachdem ich mich abgetrocknet habe, gehe ich nach nebenan in ihr Zimmer.

Leise öffne ich die Tür und gehe durchs Zimmer.

Luna schnarcht und ich muss kichern, als das laute Geräusch aus ihrer kleinen Kehle ertönt. Ich ziehe mir ein T-Shirt über und eine Shorts, dann knie ich mich neben ihr Bettchen. Manchmal fällt es mir schwer zu glauben, dass dieses wundervolle Geschöpf meinem Körper entsprungen ist.

Bis auf das Schnarchen schläft sie so fest wie ihr Vater.

Bei diesem Gedanken bleibt mir die Luft weg. Ihr Vater ist wieder da.

Ich habe mir bisher nicht gestattet, darüber nachzudenken, was das für uns beide bedeutet. Die Vorstellung, Lunas Vater könnte Teil ihres Lebens sein, ist überwältigend. Ich streiche ihr sanft eine Locke aus der Stirn. Sie hat rabenschwarzes Haar, genau wie Ace.

Die Ähnlichkeit ist verblüffend. Ich war ziemlich in Sorge, dass Ace es auch auffallen könnte. Declan hat es sofort gesehen, als er uns nach der Geburt im Krankenhaus besucht hat.

„Sie ist auf jeden Fall ein Carter", hatte er gesagt.

Luna regt sich und reißt die Augen auf, als sie mich erkennt.

„Mama", sagt sie.

Sie nennt Vanessa ebenfalls Mama.

„Guten Morgen, mein Spatz", flöte ich und hole sie aus ihrem Bettchen.

Ich halte ihren warmen kleinen Körper im Arm und küsse sie. Sie legt ihre Arme um mich und ich trage sie ins Wohnzimmer. Sie kuschelt gern morgens früh, daher setzen wir uns Arm in Arm auf die Couch.

Vanessa kommt kurz darauf ins Wohnzimmer. Sie lächelt, als sie uns sieht. „Der schönste Teil des Tages, was?"

Ich nicke. Sie kommt zu uns und küsst Luna auf den Hinterkopf. Luna blickt auf und lächelt Vanessa an. „Mama."

„Guten Morgen, Spatz", sagt Vanessa. „Habt einen schönen Tag, ihr beide, und macht was Schönes."

„Machen wir", sage ich.

„Bis morgen Abend dann. Ich übernachte bei Miles."

„Viel Spaß", sage ich.

Miles ist ihr gelegentlicher Freund. Ich mache mir Sorgen, ob das beschissene Leben, das unsere Mutter uns zugemutet hat, irgendwie auf unsere Fähigkeit abfärbt, eine richtige Beziehung zu haben. Wie sonst wohl ließe sich erklären, dass Vanessa und ich nicht in der Lage sind, eine normale Beziehung zu führen wie andere Frauen?

Bald darauf fängt Luna an, unruhig zu werden, und rutscht mir vom Schoß. Sie ist jetzt richtig wach und bereit für den neuen Tag. Ich gebe ihr etwas warme Milch zu trinken. Während sie damit beschäftigt ist, räume ich das Wohnzimmer auf und packe ein paar Sachen für sie zusammen, auch wenn Ace nicht vor elf Uhr hier sein wird, um uns abzuholen.

Ich bin aufgeregt. Es ist riskant, zu viel zu erwarten. Aber eigentlich tue ich das gar nicht. Ace hat mir einmal das Herz gebrochen, er wird es wieder tun, wenn ich es zulasse. Aber das werde ich nicht. Er ist nur Teil meines Lebens wegen Luna. Wenn er sich als zuverlässig herausstellen sollte, dann werde ich ihm sagen, dass Luna seine Tochter ist.

Aber das muss ja nicht heißen, dass wir bis dahin nicht Spaß miteinander haben könnten, vor allem im Bett. Ich kann mir auch nehmen, was ich will, und den Rest einfach ignorieren.

Kapitel Sieben

Ace

Das Wetter ist perfekt für einen Tag am Wasser. Lexi wird es hier gefallen. Ich stelle den Wagen ab und springe voller Elan heraus. Ich kann es nicht erwarten, Parker und Rachel zu sehen und ihre Tochter kennenzulernen. Ich eile zu Lexis Haustür und klopfe an.

Die Tür geht auf und ihr Anblick jagt einen elektrischen Schock durch meinen Körper. Ihre Nichte auf ihrem Arm streckt mir eine Puppe entgegen.

„Sie mag dich", sagt Lexi lachend. „Sie verschenkt ihre Puppe nur an Leute, die sie mag."

Ich nehme die Puppe zögernd in die Hand. „Danke."

Lexi lacht. „Entspann dich. Du gehst damit keine Verpflichtungen ein. Hältst du sie mal? Ich hole unsere Tasche."

Ich habe noch nie ein Kind auf dem Arm gehalten, aber Lexis Nichte kann das natürlich nicht wissen und lässt sich gut gelaunt von mir zum Auto tragen.

„So zerbrechlich ist Luna nicht", ruft Lexi hinter mir.

Das sagt sie so einfach. Luna malt mit der Puppe Linien auf mein Gesicht, während ich absolut stillhalte. Hin und wieder hält sie inne und blickt mich an, als wollte sie überprüfen, ob ich noch lebe. Ich blinzle und sie kichert. Gegen meinen Willen bin ich hingerissen und lache schließlich auch.

„Ihr zwei freundet euch ja schnell miteinander an", sagt Lexi, als sie zu uns kommt.

Sie öffnet die hintere Tür und befestigt den Kindersitz. Dann nimmt sie mir Luna ab. Erstaunlicherweise habe ich es gar nicht eilig, sie herzugeben. In den wenigen Minuten habe ich einen Eindruck davon bekommen, warum so viele Menschen Kinder mögen. Luna ist leicht zufriedenzustellen und sie hat ein süßes Lächeln.

„Bereit?", frage ich Lexi, als ich auf der Fahrerseite einsteige.

Ihr Blick ist offen und einladend. Es kostet mich all meine Selbstbeherrschung, mich nicht vorzubeugen und sie zu küssen.

„Erzähl mir von deinen Freunden", sagt Lexi.

„Park und ich sind zusammen aufgewachsen. Unsere Mütter waren beste Freundinnen, daher waren wir oft zusammen. Er hat Rachel geheiratet, die mit uns zur Schule gegangen ist."

Lexi kichert. „Klingt wie die Beschreibung auf einem Fahndungsplakat."

Ich grinse und verstehe, was sie meint, aber ich halte mich nur ungern mit unnötigen Details auf.

„Was ist mit dir?", fragt sie. „Hattest du auch einen Schatz auf der Highschool?"

Erinnerungen an Stacy überkommen mich. Sie war meine Highschool-Liebe. Wir vier waren unzertrennlich. Ich schiebe die Gedanken an Stacy beiseite.

„Nein." Mein Ton ist schärfer als geplant und ich bereue es sofort.

Lexi fummelt am Radio herum, bis sie einen Sender nach ihrem Geschmack findet. Sie entscheidet sich für einen, der Popmusik spielt und schon bald turnt sie auf ihrem Sitz herum und singt laut mit. Sie ist nicht gerade mit einer guten Stimme gesegnet, aber ihre Begeisterung macht das wieder wett.

Ich lächle und singe mit bei den Liedern, die ich kenne.

Hin und wieder werfe ich einen Blick in den Rückspiegel. Luna schläft und wacht nicht einmal auf während der dreiviertelstündigen Fahrt zur Bucht. Ich lasse mich vom Navi zu Parks neuer Adresse leiten. Als ich zuletzt bei ihnen war, wohnten sie noch in einer Wohnung an der Rothrow Street.

Ich pfeife vor mich hin auf der Fahrt nach Hudson's Height. Das ist eine gute Gegend, kein Vergleich zu der alten Wohnung. Offenbar haben sie es zu etwas gebracht. Das freut mich. Es hätte keine besseren Leute treffen können.

„Das ist nett hier", sagt Lexi.

„Stimmt", sage ich und schlucke schwer. Wir sind höchstens zwanzig Minuten von dem Ort entfernt, an dem ich aufgewachsen bin.

Eine seltsame Sehnsucht überkommt mich, aber es ist so lange her, seit ich zuletzt mit meinen Eltern gesprochen habe, dass ich gar nicht wüsste, wo ich anfangen sollte. Wenn ich ehrlich bin, hege ich noch immer einen gewissen Groll gegen sie. Aber es hat keinen Sinn, über die Vergangenheit zu murren, sage ich mir und stelle den Motor ab.

Dann drehe ich mich zu Luna um. Ihr kleiner Körper bewegt sich unter lauten Schnarchgeräuschen. Ich muss kichern.

„Ich wusste nicht, dass Babys schnarchen", sage ich zu Lexi und sie schlägt sich eine Hand vor den Mund, um nicht laut zu lachen.

„Ich vorher auch nicht. Und so laut."

„Wir sollten sie nicht wecken", sage ich. „Sie sieht so friedlich aus, es wäre falsch, sie aufzuwecken."

„Wir können nicht ewig im Auto sitzenbleiben."

„Wieso nicht?" Ich öffne das Fenster, damit es nicht zu heiß wird im

Auto. Wir stehen unter einem großen Baum, der reichlich Schatten spendet.

Lexi schnallt den Gurt ab und schlägt ihre Beine unter. Das Sommerkleid rutscht hoch und entblößt ihre geschmeidigen Schenkel.

„Moment mal!“, sagt sie plötzlich. „Ich kann das Meer sehen!“ Sie deutet zwischen den Häusern hindurch.

Sie hat recht. Der Anblick des Wassers weckt eine Sehnsucht in mir, dort draußen zu sein, auf meinem Segelboot.

„Deine Freunde müssen sehr erfolgreich sein, wenn sie sich ein Haus so nah am Wasser leisten können“, sagt Lexi. „Es muss himmlisch sein, mit so einem Anblick morgens aufzuwachen.“

„Ich nehme dich mal mit auf meinem Segelboot“, sage ich.

Sie starrt mich ungläubig an. „Du hast ein Segelboot?“

„Ja, aber ich habe es seit zwei Jahren nicht mehr gesehen. Ich habe es in der Obhut von Park und Rachel zurückgelassen. Sie organisieren Segeltouren hier in der Bucht.“

„Cool“, sagt Lexi. „Das wäre toll.“

„Mama!“, sagt eine verschlafene Stimme.

„Hallo, schlafende Prinzessin“, sagt Lexi zu Luna und schaut mich dann an. „Sie nennt sowohl mich als auch Vanessa Mama.“

Ich bewundere die enge Beziehung zwischen den Schwestern. Ich muss an Declan denken. Hier in Santa Monica kommt mir der Verrat noch viel größer vor. Ich kann ihm niemals mehr vertrauen. Warum sollte ich dann überhaupt noch eine Beziehung zu ihm haben?

„Können wir jetzt gehen?“, fragt Lexi. „Luna fängt an zu nörgeln.“

„Sicher. Soll ich sie tragen?“

„Gern.“

Luna streckt mir ihre Arme entgegen, sobald ich die hintere Tür öffne.

Sie anzuschauen, lässt mich automatisch lächeln. Vanessa kann sich glücklich schätzen, sie zu haben. Lexi trägt die kleine Tasche und gemeinsam gehen wir zum Haus. Ich drücke auf die Klingel und gleich darauf geht die Tür auf.

Park steht da und grinst. Ich auch.

„Ich kann nicht glauben, dass du wieder da bist", sagt er.

Ich schiebe Luna auf die Hüfte und umarme Park. „Schön, wieder zu Hause zu sein." Wo auch immer Park und Rachel wohnen, da ist zu Hause.

„Und wer ist die Prinzessin, die sich an dir festhält?", fragt Park.

Bei dem Wort Prinzessin schaut Luna Park an.

„Ace, warum hast du nie ein Wort gesagt? Sie ist dein Ebenbild", ruft Park.

Ich lache. „Von wegen." Ich nehme Lexis Hand und stelle sie vor. „Luna ist ihre Nichte."

„Kacy wird begeistert sein, eine neue Freundin zu haben. Willkommen bei uns zu Hause, Lexi", sagt Park und lässt uns hinein. „Die anderen sind hinter dem Haus."

Wir unterhalten uns auf dem Weg durch das Wohnzimmer und die Küche. Das Haus ist groß und sehr schön eingerichtet.

Aber das Beste am Haus ist die Veranda auf der Rückseite. Zu meiner Überraschung sitzen dort einige Leute und entspannen sich.

„Rachel hat es sich nicht nehmen lassen, ein Barbecue zu organisieren, um dich daheim willkommen zu heißen", sagt Park entschuldigend. „Ich wollte es ihr ausreden, aber du weißt ja, wie sie ist."

„Ja, kein Problem", sage ich. Ich erkenne auf die Entfernung ein paar Gesichter. Dann sehe ich Rachel auf der Wiese, die sich von der Hüpfburg entfernt und zu uns herüberkommt.

„Da bist du ja endlich!“, sagt sie, als sie in Hörreichweite ist.

Luna strampelt und ich verstehe, was sie will. Sie möchte auf dem Boden abgestellt werden. Ich lasse sie langsam herunter, gerade als Rachel bei uns ankommt.

Ich nehme sie in den Arm. „Hi.“

„Willkommen zu Hause“, sagt sie, die Stimme von meinem Hemd gedämpft. Sie macht einen Schritt zurück und mustert mich auf ihre ganz spezielle Art. „Du bist dünner geworden.“

Ich grinse. „Das macht der Job.“

„Rach“, sagt Park. „Das sind Aces Freundin Lexi und ihre Nichte Luna.“

Ganz selbstverständlich nimmt Rachel Lexi fest in die Arme, es spielt keine Rolle, dass sie Fremde sind. Lexi grinst mich über Rachels Schulter hinweg an.

Park kann sich glücklich schätzen, sie zu haben. Sie sind das einzige Paar, das ich kenne, das eine nahezu perfekte Ehe führt.

Nachdem sie Lexi losgelassen hat, nimmt sie Lunas Hände und schaut zu mir auf. „Ace?“

„Nein, nein“, sagt Park schnell. „Ist sie nicht. Das dachte ich auch erst.“

„Wirklich?“, fragt sie. „Wie wäre es mit der Hüpfburg? Kacy wird sich freuen, eine Freundin ungefähr in ihrem Alter zu haben.“

„Ich würde Kacy gern kennenlernen“, sage ich zu Rachel.

„Komm, ich stelle dich vor“, sagt Rachel.

Park hält mich am Arm zurück. „Wir kommen gleich nach“, sagt er zu seiner Frau. „Schön, dich zu sehen. Wie geht es dir?“

Als wir uns zuletzt gesehen haben, ging es mir nicht gut. Meine

Verlobte hatte mich für meinen Bruder abserviert und meine Eltern hatten mir schlicht gesagt, ich solle doch einfach erwachsen werden. Wenn ich jetzt darüber nachdenke, muss man mir wohl angesehen haben, wie ich mich fühlte. Wie eine Bombe, die kurz davor war zu explodieren.

„Verdammt gut“, sage ich und stecke die Hände in die Hosentaschen. „Die Zeit beim Militär hat mir gutgetan, gewissermaßen.“

Auch wenn ich immer noch wütend auf Declan und meine Eltern bin, ist das nichts mehr im Vergleich zu dem unbändigen Zorn von damals.

„Was ist mit Stacy?“, fragt Park.

Ich zucke mit den Achseln. „Ich habe das Gefühl, ich bin einer Bombe ausgewichen.“

„Das ist gut“, sagt Park. „Denn sie ist hier. Ich weiß, dass Rachel das bedauert. Sie konnte ja nicht ahnen, dass du eine Freundin mitbringst. Und Stacy hat sie geradezu angebettelt, kommen zu dürfen.“

Ich starre Park an und lasse meinen Blick über die Gäste an den Tischen schweifen. Eine Frau dreht sich zu uns um. Ich erkenne Stacy sofort. Als könnte sie spüren, dass wir über sie reden, steht sie auf und kommt auf uns zu. Ich warte darauf, dass sich mein Zorn wieder einstellt.

Aber da ist nichts. Als sie bei uns ankommt, schaffe ich es sogar zu lächeln. Ich komme mir vor wie ein Mann, der knapp dem Gefängnis entronnen ist. Ich habe Schmerz und Eifersucht hinter mir gelassen, die mich immer heimgesucht haben, wenn ich an Stacy und Declan dachte.

„Ace!“, sagt sie und streckt mir ihre Hände entgegen.

Mag sein, dass ich sie nicht mehr hasse, aber das heißt nicht, dass wir jetzt Freunde sein können. Sie lässt die Hände sinken und merkt, dass es für sie keine Umarmung geben wird.

„Stacy.“

Park entschuldigt sich und geht.

„Ich freue mich, dich zu sehen", sagt sie. „Ich habe gehofft, eines Tages die Chance zu bekommen, mich bei dir zu entschuldigen für das, was ich getan habe", sagt sie und ihr treten Tränen in die Augen.

Ich bleibe ungerührt. „Wo ist Declan?"

„Keine Ahnung. Wir haben uns getrennt, als du fortgegangen bist."

Jetzt bin ich doch erstaunt. Nach all dem Schmerz und dem Durcheinander haben sie sich einfach getrennt? Ich war immer davon ausgegangen, dass sie noch zusammen sind, vielleicht gar verheiratet.

„Was soll ich sagen? Tut mir leid?", schimpfe ich.

„Nein, natürlich nicht", sagt sie. „Ich bin diejenige, die sich entschuldigen muss. Es war falsch, dich so sitzenzulassen. Declan und ich passten gar nicht zusammen."

„Wer hat denn wen verlassen?", frage ich.

Sie schließt die Augen kurz und als sie sie wieder öffnet, schimmern Tränen darin. „Ist doch egal."

„Mir nicht", sage ich.

„Declan hat sich von mir getrennt", sagt sie sichtlich niedergeschlagen.

Mir wird klar, dass sie sich nicht etwa entschuldigt, weil es ihr aufrichtig leidtut, sondern weil sie darauf hofft, bei mir noch eine Chance zu bekommen.

„Na gut, du hast gesagt, was du zu sagen hattest. Jetzt bin ich dran. Wir beide sind fertig miteinander. Wir können nichts mehr füreinander sein, nicht einmal Freunde. Verstanden?" Ich weiß, das klingt brutal, aber ich muss sicher sein, dass das wirklich bei ihr ankommt.

Ich will ihr nicht noch einmal über den Weg laufen. Sie gehört in die Vergangenheit und da soll sie auch bleiben. In der Vergangenheit.

„Sei nicht fies, Ace“, sagt sie und schmollt. „Du warst früher nie so.“

Ich spare mir eine Antwort und gehe zur Hüpfburg, wo Lexi und Luna sind. Ich küsse Lexi auf den Mund. Sie macht große Augen, lächelt aber.

„Ich habe Rachel gesagt, dass ich auf die beiden aufpasse“, sagt sie und deutet auf Luna und ein Mädchen in ihrem Alter, das aussieht wie eine Miniaturausgabe von Rachel.

„Hi, Kacy“, sage ich und sie kommt hüpfend zu mir.

„Hi“, sagt sie in einem Singsang-Ton.

„Acy“, ruft Luna und versucht, sich hinzustellen, fällt aber gleich wieder um. Ihr lautes Lachen bringt mich zum Lächeln.

Ich schaue einen Moment den beiden Mädchen zu. „Ich hole uns etwas zum Trinken“, sage ich dann zu Lexi. „Was möchtest du?“

„Limonade, wenn es geht?“

Rachel fängt mich am Tisch mit der Limonade ab und hält mich am Arm fest. „Es ist mir egal, was du dazu meinst, Ace, aber das Kind ist von dir.“

Ich lache laut auf. „Ich wünschte, es wäre so.“

„Seit wann bist du mit Lexi zusammen? Los, antworte schnell. Park macht mir sonst die Hölle heiß, wenn er merkt, dass ich dich ausfrage.“

Ich kichere. Die beiden sind so unterschiedlich. Rachel hat kein Problem damit, ihre Nase in anderer Leute Angelegenheiten zu stecken. Park hingegen kümmert sich nur um seinen eigenen Kram.

„Wir sind uns das erste Mal begegnet, direkt bevor ich nach Afghanistan aufgebrochen bin. Und wir sind uns erneut begegnet, als ich zurückkam“, erkläre ich. „Luna ist das Kind ihrer Schwester.“

Sie schaut mich nachdenklich an. Dann nimmt sie mir die Limonade ab. „Ich gehe zu Lexi. Du sagst hallo zu all den anderen.“

„Okay“, sage ich und mache mich auf den Weg zu den anderen Tischen. Ich kenne fast alle hier, denn ich bin hier aufgewachsen.

Es ist schön, mit den Leuten zu plaudern. Alle sind inzwischen verheiratet und haben Kinder. Als ich in Afghanistan war, kam es mir vor, als wäre die Zeit stehengeblieben. Ich war davon ausgegangen, dass bei meiner Rückkehr alles hier so wäre wie vorher.

Es ist ein wenig verstörend, dass ich als Einziger hier unverheiratet bin. Rachel kommt mit Lexi herüber und stellt sie allen als meine Freundin vor. Zum Glück ist Stacy inzwischen gegangen.

Lexi kommt gut mit allen aus, sie ist deutlich gesprächiger als ich. Es ist schön, sich zurückzulehnen und ihr dabei zuzusehen. Mein Interesse an ihr ist mehr als nur flüchtig. Aber das liegt vielleicht auch daran, dass ich zu viel Zeit nur mit Männern verbracht habe.

Kapitel Acht

Lexi

„Das ist perfekt“, sage ich zu Ace, als wir uns auf einen Felsen hocken und auf den Ozean hinausblicken.

Der intensive Geruch von Sand und Seegras erfüllt die Luft. Eine leichte Brise streicht durch die Blumen und Bäume um uns herum. Ich kann mir nicht vorstellen, wie es ist, nur wenige Schritte von hier entfernt zu leben. Wie cool ist das denn?

Alle anderen sind im Haus geblieben, Luna und Kacy machen ein Nickerchen. Sie haben darauf bestanden, im selben Bett zu schlafen und ich habe ein gutes Gefühl dabei, Luna in Rachels Obhut zu lassen. „Ich mag deine Freunde.“

Park und Rachel sind warmherzig und gastfreundlich. Offenbar sind all diese Freunde hier in Santa Monica zusammen aufgewachsen. Wie schön muss es sein, Freunde aus der Kindheit zu haben, mit denen man dann auch noch gemeinsam Kinder aufzieht.

„Es sind gute Leute“, sagt Ace.

Er wirkt hier draußen so entspannt und ich frage mich, warum er in LA lebt, wenn er ebenso gut hier wohnen könnte. Ich weiß von Declan, dass er hier aus der Gegend stammt.

„Ich an deiner Stelle würde hier leben wollen“, sage ich zu ihm.

Er kichert. „Das habe ich, bevor ich zur Armee ging. Aber Veränderungen haben auch etwas Gutes. Man kann nicht immer an einem Ort bleiben.“

Ich schiebe das Kinn vor. „Und warum nicht? Ich bin in LA geboren und aufgewachsen und ich habe nicht vor, von dort wegzuziehen.“

Ace schaut mich an. Sein Blick bohrt sich in meinen und ein Schauer läuft mir über den Rücken. Er ist der heißeste Typ, dem ich je begegnet bin. Und das meine ich nicht nur rein optisch, auch wenn er natürlich perfekt aussieht.

Es liegt an der Energie, die er ausstrahlt. Ein sexueller Reiz, der mich in ein sexbesessenes Weibchen verwandelt.

Ich muss daran denken, wie nett es doch wäre, ihn jetzt zu küssen. Ihn dazu zu bringen, mich hier unter freiem Himmel zu lieben.

„Du hast wirklich nie daran gedacht, woanders hinzuziehen?“, fragt er.

Ich blicke hinaus auf den Ozean. Wie weit er sich ausdehnt und dann einfach im Nichts verschwindet. Wo ich nun darüber nachdenke, würde ich schon gern einmal verreisen. Ich wüsste gern, wie andere Menschen leben.

„Nein, bisher nicht“, sage ich.

„Da draußen ist eine ganze Welt zu entdecken“, sagt er. „Andere Orte zu sehen, gibt einem eine andere Perspektive.“

Wenn er solche Dinge sagt, möchte ich ihm zu gern sagen, dass Luna seine Tochter ist. Aber etwas hält mich davon ab. Eine Art Selbsterhaltung, nehme ich an. Es kann nicht schaden, noch etwas damit zu warten.

„Eines Tages bekomme ich vielleicht mal die Chance zu reisen“, sage ich.

„Ich bin mit meinem Segelboot schon etwas herumgekommen“, sagt er.

„Ach ja? Wohin?“

„Lass mich überlegen“, sagt er und rattert dann eine ganze Liste mit exotisch klingenden Orten herunter. „Auf den Bahamas, Cayman-Inseln, Jamaika, Dominikanische Republik.“

Ich höre gebannt zu und blicke auf das Meer hinaus, während er spricht, und versuche mir vorzustellen, wie es ist, einfach davonzusegeln.

„Es ist mit nichts zu vergleichen, wenn man draußen auf dem Meer ist, ganz über seine Zeit verfügen kann und nirgends erwartet wird", sagt Ace.

Es klingt himmlisch. Ich verliere jedes Zeitgefühl, während wir dort sitzen, auf das Meer hinausblicken und reden. Wir sind hier draußen andere Menschen. Weniger verhalten. Offener mit unseren persönlichsten Gedanken. Ich mag diese Version von Ace.

„Wir haben eine halbe Stunde Fahrt", sagt Ace.

Erstaunt blicke ich auf meine Uhr. Wir haben anderthalb Stunden hier mit Reden verbracht. „Luna wird sich fragen, wo wir sind", sage ich und springe auf.

Als wir zu Park und Rachel zurückkehren, stelle ich fest, dass meine Sorge unbegründet war. Luna und Kacy spielen fröhlich in der Hüpfburg. Als die Zeit zum Aufbruch gekommen ist, macht Luna einen Aufstand und bricht fast in Tränen aus.

„Die beiden kommen gut miteinander aus, nicht wahr?", sagt Rachel, als sie uns mit Park zum Auto begleitet.

„Sehr gut sogar. Danke, dass wir hier sein durften", sage ich.

„Ihr seid uns jederzeit willkommen", sagt sie freundlich.

***

Es ist erstaunlich, wie man einen frischen Blick auf andere Optionen bekommt, wenn man mal seinen gewohnten Trott hinter sich lässt. Mein Leben bestand immer aus reinem Überleben. Erst habe ich Vanessa aufgezogen, jetzt Luna. Ich habe nie darüber nachgedacht, etwas an meinem Leben zu ändern.

„Möchtest du noch mit reinkommen?", frage ich Ace, als wir zu Hause sind. „Ich kann uns etwas zu essen machen. Vanessa kommt erst morgen von der Schicht." Warum musste ich das extra erwähnen?

Ich weiß, warum. Ich bin schon den ganzen Tag scharf auf Ace gewesen. Jedes Mal, wenn ich seine großen Hände betrachtet habe, habe ich mir vorstellt, sie auf mir zu spüren, streichelnd, neckend, wie sie mich zum Höhepunkt bringen.

„Okay, danke", sagt Ace. „Ich trage sie hinein."

„Danke."

Er hebt Luna behutsam aus dem Kindersitz. Er ist viel vorsichtiger, als ich es getan hätte, denn sie wacht nicht einmal davon auf. Es ist etwa fünf Uhr und sie hat sich zum Glück an ihre normalen Schlafenszeiten halten können heute, aber ich nehme an, von dem vielen Toben mit Kacy wird sie sehr erschöpft sein.

Ich folge Ace und starre auf seinen umwerfend knackigen Hintern, als er zum Haus geht. Es wird nicht besser dadurch, dass ich weiß, wie er sich anfühlt, die kräftigen Muskeln seiner Beine auf mir. Ich fange gleich an zu sabbern. Mein Körper steht in Flammen.

Nachdem wir Luna in ihr Bettchen gelegt haben, schleichen wir uns aus dem Zimmer Richtung Küche.

„Was möchtest du essen?", frage ich.

„Was auch immer du isst", sagt er. „Ich bin nicht wählerisch, wenn es ums Essen geht. Hauptsache, es füllt den Magen."

Ich starre ihn entsetzt an. „Wie kannst du so etwas sagen? Es geht beim Essen doch nicht nur darum, dass es satt macht. Das ist ein Erlebnis. Essen bringt die Menschen zusammen, bringt sie anderen Kulturen nahe."

Er starrt mich ratlos an.

„Okay, denk einfach mal daran, wie ein gutes Essen alle fünf Sinne anspricht."

Er lächelt. Geschmack und Geruch kann sich jeder vorstellen. Jeder sollte Essen lieben. Wer das nicht kann, … tja. Das Einzige, was dem nahekommt, ist Sex.

Ace kichert und hebt die Hände. „Ich bin bereit, mich vom Gegenteil überzeugen zu lassen."

„Gut. Also, wir kochen etwas Besonderes und ich habe die Zutaten alle dafür im Haus."

Es ist einfach eine Ausrede, um etwas Ausgefallenes zu kochen. Ich koche gern, aber für meine Schwester und mich lohnt sich das nicht, Luna zählt noch nicht. Da macht es keinen Spaß, neue Rezepte auszuprobieren.

„Ich mache etwas Einfaches für Luna, falls sie aufwacht. Und für uns mache ich eine Lasagne. Wie klingt das?"

„Klingt gut."

Anstatt sich hinzusetzen und ein Bier zu trinken, wie ich es ihm angeboten habe, packt er Lunas Tasche aus und räumt das schmutzige Geschirr in die Spüle.

Was ist denn heißer als ein Mann, der hilft, ohne dass man ihn dazu auffordern muss?

„Willst du irgendwann auch mal Kinder haben?", frage ich, während ich alle Zutaten zusammensuche.

„Ich denke schon, ja", sagt Ace.

„So richtig überzeugt klingst du aber nicht", sage ich in scherzhaftem Ton, aber innerlich spanne ich mich doch an. Es ist ein bisschen zu spät, einen Mann zu fragen, ob er Kinder will, wenn er längst Vater ist.

„Ich war mir nicht sicher, aber der Tag mit Luna heute hat meine Meinung geändert. Sie hat mich daran erinnert, was reine Freude ist."

Ich habe Tränen in den Augen und wische sie mir mit der Schürze ab. Ace hat es perfekt formuliert. In der Welt kann es hässlich zugehen, aber wenn ich nach Hause komme und Luna ansehe, dann verblasst das alles und ich empfinde reine Freude.

Ich bekomme ein schlechtes Gewissen und das Atmen fällt mir schwer. Ich enthalte ihm sein Kind vor, wenn ich weiterhin schweige. Meine Unterlippe fängt an zu zittern. Ich stehe vor einer Entscheidung.

Einatmen. Ausatmen. Mein Herz rast so schnell, dass ich befürchte, Ace wird etwas merken. Ich atme tief durch, ohne mir etwas anmerken zu lassen. Okay. Ich werde noch eine Nacht drüber schlafen und morgen treffe ich eine Entscheidung.

„Ist alles in Ordnung?", fragt Ace an der Spüle, wo er mit dem Abwasch beschäftigt ist.

Ich lächle. „Alles gut. Bestens."

Luna wacht nicht auf und Ace und ich essen in Ruhe und räumen anschließend auf. Es fühlt sich häuslich und gemütlich an. Ich muss mich ermahnen, daran zu denken, dass mein Interesse an Ace in erster Linie seine Rolle als Lunas Vater zu sein hat. Umwerfender Sex ist nur ein Bonus, den ich genieße, aber nicht unbedingt brauche.

„Ich sollte jetzt gehen", sagt er, als der letzte Teller sauber im Schrank steht.

„Luna und ich hatten einen tollen Tag", sage ich.

Die Stimmung, die eben noch entspannt war, nimmt an sexueller Spannung zu. Ich möchte nicht, dass er geht. Ich will seine Arme um mich spüren. Wenigstens heute Nacht möchte ich so tun, als wären wir eine richtige Familie.

„Ich auch", sagt er und sein Blick verharrt auf meinen Lippen.

Wie von einer unsichtbaren Kraft angezogen, mache ich einen Schritt nach vorn, im selben Moment wie Ace, und schlinge meine Arme um seinen Nacken. Er legt seine Hände auf meine Taille und zieht mich an sich.

Ich stöhne auf, als sich unsere Lippen berühren. Ein Seufzen entrinnt meiner Kehle. Mein Körper steht in Flammen und nur er kann dieses Feuer löschen. Ich schließe die Augen und gebe mich all den Empfindungen hin, die durch meinen Körper schwirren. Sein Duft steigt mir in die Nase, er riecht nach Wald und Barbecue.

Das Verlangen tief in mir wächst und ich dränge mich an ihn. Ich will jeden Zentimeter seines Körpers spüren. Aber das reicht nicht. Ich brauche seine Hände auf meiner nackten Haut. Seinen Schaft in mir. Von ihm in Besitz genommen zu werden.

Ich beende den Kuss, bewege mich aber nicht weg. Sein Gesicht ist direkt vor mir. „Willst du die Nacht hier verbringen?"

„Was ist mit Luna?", fragt er sanft.

Es wäre leicht, ihn zu lieben. Und sich von ihm das Herz brechen zu lassen. Ich sollte es wohl wissen. Aber dieses Mal bin ich erwachsen. Ich weiß, was ich will und was ich nicht will. Und im Augenblick will ich Aces Körper.

„Das ist kein Problem."

Als ich die Worte ausspreche, werde ich in die Vergangenheit zurückversetzt. Ich sehe meine Mom vor mir, wie sie genau diese Worte zu irgendeinem fremden Mann sagt, den sie in einer Bar aufgelesen und mit nach Hause genommen hat. Ich spüre einen stechenden Schmerz in der Brust. Es ist nicht dasselbe. Ich bringe nicht gewohnheitsmäßig fremde Typen mit nach Hause. Und Ace ist Lunas Vater.

„Ich gehe, bevor sie aufwacht", sagt er, als hätte er gesehen, dass ich hin- und hergerissen bin.

„Okay“, sage ich leise und nehme seine Hand.

Ich führe ihn in mein Schlafzimmer und fange an, sein Hemd aufzuknöpfen. Sobald seine Brust nackt ist, fahre ich mit den Fingern über seine harten Muskeln.

„Lexi.“ Die Art, wie er meinen Namen sagt, jagt mir einen Schauer über den Rücken. Seine Stimme ist voller Emotionen. Er sagt es, als würde ich ihm etwas bedeuten.

Seine Hände gleiten über meine Rippen, meine Hüften, dann packt er den Saum meines Sommerkleides und zieht es mir über den Kopf. Dann umfasst er mein Gesicht und küsst mich leidenschaftlich. Anschließend dreht er mich um und öffnet meinen BH. Er fährt mit dem Finger am Saum meines Höschens entlang und ich schnappe nach Luft.

Er küsst meine Wirbelsäule entlang und streift mir das Höschen herunter. Ich steige hinaus und drehe mich zu ihm um.

Sein Blick gleitet über mich. „Du bist so wunderschön.“

Er umfasst meine Brüste, drückt sie zusammen und beugt sich herab, um über die Brustwarzen zu lecken. Ich gerate ins Schwanken und halte mich an seinen Schultern fest. Er ist noch bekleidet, aber ich will seine nackte Haut spüren.

Ich bekomme die restlichen Knöpfe seines Hemdes nicht schnell genug auf. Er hilft mir und zieht das Hemd aus, während er mich weiterhin anschaut. Anschließend zieht er sich selbst die Hose und die Boxershorts aus. Er steht in seiner strahlenden Nacktheit vor mir. Dann nimmt er meine Hand und führt mich zum Bett.

Wir halten uns nicht mit der Bettdecke auf. Ich lehne mich zurück und Ace begibt sich direkt zwischen meine Schenkel und drückt sie auseinander. Mein Körper kribbelt vor Erwartung. Ich stöhne leise, als sein Atem über meine Schamlippen streift. Ich bin kurz davor, ihn anzubetteln, mich zu lecken, als ich endlich seine Zunge auf meiner Spalte spüre.

Heiße Lust durchfährt mich, als Ace anfängt, mich hingebungsvoll zu lecken. Ich wimmere und stöhne und fasse seinen Kopf. Seine Zunge taucht tief in mich.

„Bitte“, sage ich wieder und wieder.

Tränen brennen in meinen Augen. Wie konnte ich zwei Jahre ohne das hier aushalten? Ace hat mich für jeden anderen Mann verdorben. Er steckt einen Finger in mich und fickt mich, während seine Zunge mich weiter leckt, bis es fast unerträglich wird.

Ein zweiter Finger bringt mich zum Orgasmus, meine Pussy umklammert seine Finger. Ich spüre, wie Nässe aus mir heraustropft. Ich wollte einen Mann noch nie so sehr wie Ace in diesem Augenblick. Es ist ein so tiefes, grundlegendes Verlangen wie nach Sauerstoff.

„Ich habe nichts dabei“, sagt Ace.

„Ich nehme die Pille“, sage ich. Seit Luna habe ich mir das zur Gewohnheit gemacht.

Er richtet sich auf, legt sich auf mich und küsst mich. Ich kann mich in seinem Mund selber schmecken, was ziemlich heiß ist. Sein Mund wandert über mein Kinn, den Hals hinunter zu meinen Brüsten. Er leckt über die empfindlichen Nippel und weckt neue Lust in mir.

Ein Wimmern entringt sich meiner Kehle, als die Lust von meinen Nippeln direkt zu meiner Pussy wandert. Ein tiefes Verlangen überkommt mich, von ihm ausgefüllt zu werden.

„Bitte, Ace.“

„Was brauchst du, Baby?“, fragt er.

Das Kosewort lässt mich wie Butter in der Sonne schmelzen. „Dich.

Ich brauche dich."

Er löst sich von meinen Nippeln und bringt seinen Schwanz vor meiner Pussy in Position.

Ja, ja, denke ich, als er in mich eindringt. Ich hebe mein Becken an, will ihn tiefer in mir haben. Ich schreie auf vor Lust, als sein Schwanz jeden anderen Gedanken in meinem Kopf verdrängt. Ich schlinge meine Beine um seine Hüften und wir bewegen uns im Einklang.

Wellen der Lust erfassen mich mit jedem neuen Stoß. Sinnloses Gebrabbel kommt über meine Lippen. Ich beiße die Zähne zusammen, als ein weiterer Orgasmus mich erschüttert. Ace presst mir eine Hand auf den Mund und ich merke, dass ich zu laut gewimmert habe.

Seine Stöße werden härter und schneller. Meine Pussy verkrampft sich, als er kommt, und presst ihm jeden Tropfen Saft heraus.

Kapitel Neun

Ace

Schüsse.

Geschrei.

„Wir werden angegriffen!“

Ich richte mein Gewehr nach vorn, aber ich kann wegen des Rauchs kaum etwas sehen. Die Schüsse kommen näher. Ich sehe die Umrisse meiner Freunde. Meiner Kameraden. Wir stecken hier gemeinsam drin. Wir sind Brüder. Ich muss sie beschützen.

Mein Herz klopft heftig in meiner Brust. Ich klammere mich fester an mein Gewehr, aber meine Hände sind schweißnass. Ein ekelerregender Gestank steigt mir in die Nase. Ich kenne diesen Geruch. Frisches Blut. Jemand wurde getroffen. Ich gehe auf die Knie und taste die Umgebung ab.

Wer ist es? Lee? Er war vor mir und jetzt kann ich ihn nicht mehr sehen. Oh Gott, bitte lass es nicht Lee sein. Er ist gerade erst Vater geworden und hat sein Kind noch nicht einmal gesehen. Wilson war auch vor mir. Mir wird schlecht. Wilson hat eine Braut, die daheim auf ihn wartet.

„Ach du Scheiße! Runter!“

Ich erkenne die Stimme meines Vorgesetzten. Ich tauche ab und bedecke meinen Kopf, während ich darauf warte, dass etwas in die Luft fliegt. Ich habe noch nie solche Angst gehabt. Wir werden alle sterben. Meine Eltern, Declan, Park, Rachel, ich werde sie alle nie wiedersehen. Ein Schrei erhebt sich über das Gewehrfeuer.

Es wird dunkel und ich muss blinzeln.

„Ace, was zur Hölle tust du da?“

Ich brauche einen Moment, um zu mir zu kommen. Dann stelle ich mit Entsetzen fest, dass ich an der Wand kauere, nackt, und Lexi blickt auf mich herab. Mein Atem kommt stoßweise und ich schaue zu ihr auf. Ihre Augen sind vor Angst geweitet.

Mein Gesicht wird heiß vor Scham. Ich muss aufstehen. Als ich es tue, versteift sich Lexi und sie sieht sich um, als suche sie nach einer Fluchtmöglichkeit.

Sie hat Angst vor mir. Sie glaubt, ich würde ihr etwas antun.

„Lexi!“ Ich mache einen Schritt auf sie zu, sie weicht zurück. „Ich würde dir nie etwas tun. Das schwöre ich.“

Sie nickt, aber ihr Blick sagt etwas anderes. Ich kann die Angst in ihren Augen nicht ertragen. Ich muss gehen. Sofort. Ich schnappe mir meine Boxershorts und meine Hose und ziehe mich an. Ich streife das Hemd über, mache mir aber nicht die Mühe, es zuzuknöpfen. Lexi bittet mich nicht, zu bleiben. Ich kann es ihr nicht verdenken. „Es tut mir leid“, sage ich und gehe.

Sie verschränkt die Arme vor der Brust und nickt.

Als ich ins Auto steige, werfe ich einen Blick auf die Uhr. Zwei Uhr morgens. Ich sitze in meinem Wagen, umgeben von Dunkelheit, mein Atem geht immer noch unregelmäßig. Ich umklammere das Lenkrad. Ich bin am Ende.

Immer wieder taucht Lexis verängstigtes Gesicht vor meinem inneren Auge auf. Ich muss mich von ihr fernhalten. Ich habe ihr gesagt, dass ich ihr niemals wehtun würde, aber wie soll ich das garantieren, wenn ich bei diesen Anfällen gar nicht ich selbst bin?

Ich hatte mir selbst eingeredet, dass alles besser würde, wenn ich erst einmal wieder zu Hause bin. Jetzt muss ich mich einer Tatsache stellen, der ich aus dem Weg gehen wollte. Ich habe das alles verdrängt, seit ich Afghanistan verlassen habe. Ich war fünf Wochen in einem Krankenhaus und hatte in der Zeit ständig Albträume und Flashbacks.

Ich habe mit einem Psychologen der Armee gesprochen und wurde mit posttraumatischer Belastungsstörung diagnostiziert. Ich habe mich selbst informiert, was das ist. Gefallen hat mir das alles nicht. Es hörte sich nach einer Krankheit für Weicheier an. Ich lag da im Bett, die Beine verbunden nach einer Schussverletzung, und die erzählten mir, dass mein Kopf auch krank wäre.

Wo war denn der Beweis für diese Krankheit? Ich weigerte mich, diese Diagnose zu akzeptieren und behielt es anschließend für mich, wenn ich solche Flashbacks hatte. Ich musste doch nur nach Hause, dann würde schon alles wieder gut werden.

Aber nun stelle ich fest, dass ich diesem Stresssyndrom nicht entkommen kann. Dem Therapeuten neulich habe ich von PTBS nichts erzählt. Seit Jahren mag ich zum ersten Mal wieder eine Frau. Lexi. Aber ich habe sie schon verloren, bevor überhaupt die Chance bestand, dass etwas daraus entstehen könnte.

Diese Belastungsstörung beherrscht mein Leben. Als Nächstes wird sie mich den Job kosten. Das darf ich nicht zulassen. Ich weiß nicht, was ich tun kann, aber ich finde schon eine Lösung. Ich bin ein Kämpfer, auch wenn ich den Feind nicht mit den Augen sehen kann.

Ich brauche noch zwanzig Minuten, bis ich mich so weit beruhigt habe, dass ich nach Hause fahren kann. Mein Kopf ist schwer und ich bin zu überwältigt, um zu schlafen, aber ich lege mich trotzdem hin. Zu meinem Erstaunen werden meine Augenlider doch schwer und ich schlafe ein.

***

Ich fühle mich erstaunlich frisch, als ich Stunden später erwache. Ich tauche mein Gesicht in Wasser und erfrische mich. Zurück im Schlafzimmer ziehe ich ein T-Shirt über und eine Shorts. Das Laufen wird mir helfen, über einen Plan nachzudenken. Ich brauche einen, wenn ich meinen Job behalten will.

Was mir an LA wirklich gefällt, sind die Wanderstrecken. Sie winden sich die Berge hinauf und man hat einen großartigen Blick über die Stadt. Während ich laufe, erwäge ich meine Möglichkeiten. Viele sind es nicht.

Nur ein Profi kann mir helfen. Ich brauche einen Therapeuten. Der erste war ein Fehlgriff und ich habe zu schnell aufgegeben. Ich werde weitersuchen, bis ich einen Passenden gefunden habe. Es ist ein großes Zugeständnis für mich und ich bin erleichtert, als ich mich dazu durchgerungen habe.

Nachdem ich fünf Meilen gelaufen bin, kehre ich in meine Wohnung zurück, Schweiß läuft mir den Rücken herunter. Ich gehe unter die Dusche und höre ein Klopfen an der Tür, als ich gerade wieder das Wasser abstelle. Ich trockne mich schnell ab und schlinge mir ein Handtuch um die Hüfte.

Als ich die Tür öffne, steht dort zu meinem Erstaunen Declan.

Ihn hier zu sehen ist wie ein Schlag in die Magengrube. Zuletzt habe ich ihn gesehen, als er vor mir auf dem Boden lag, nachdem ich ihm in die Fresse gehauen hatte. Eine normale Reaktion auf jemanden, der mir die Verlobte ausgespannt hat. Von allen Männern auf der Welt hätte er als Einziger niemals so illoyal sein dürfen. Mein eigener Bruder.

„Was zur Hölle willst du hier?“, frage ich.

Er hat sich in den letzten zwei Jahren kein bisschen verändert. Er ist groß, aber sehr fit. Declan treibt gern Sport. Er läuft auch. Ich muss daran denken, wie wir gemeinsam gelaufen sind und über Ideen gesprochen haben. Als ich noch in Santa Monica lebte und wir eine gemeinsame Firma hatten.

Bevor er alles ruinierte, weil er meinte, unbedingt mit meiner Freundin schlafen zu müssen.

„Können wir reden? Bitte?“, sagt er.

„Fünf Minuten“, knurre ich. „Oder nein, nur zwei.“ Ich halte die Tür auf und er kommt herein.

Ich gehe mit ihm ins Wohnzimmer und setze mich ihm gegenüber. Ich spüre, dass ich weich werde. Ich habe meinen Bruder vermisst. Vor der Sache mit Stacy standen wir uns so nahe, wie es zwei Brüder nur konnten. Ich verhärte mein Herz. Declan ist ein Arschloch.

„Ich bin froh, dass du zurück bist. Ich habe mir Sorgen um dich gemacht. Wir alle. Mom und Dad ebenfalls.“

„Bist du hier, um mir das zu sagen?“ Ich mache Anstalten, aufzustehen.

„Bitte besuche die Eltern doch mal.“ Seine Stimme bricht. „Du fehlst ihnen. Sie reden über nichts anderes.“

Ich bin nicht mehr wütend auf meine Eltern, weil sie keinen moralischen Kompass besitzen und es offenbar nicht schlimm fanden, dass mein Bruder mir die Verlobte ausgespannt hat. Das habe ich hinter mir gelassen. Aber ich bin dennoch nicht scharf darauf, sie wiederzusehen.

Declan zerrt mich zurück in ein Leben, das ich hinter mir gelassen habe. Er hat mich hintergangen, aber ich habe das verarbeitet. In den zwei Jahren habe ich mir oft ausgemalt, wie ich Declan zu Brei schlagen würde. Aber wenn ich ihn nun anschaue, ist es mir eigentlich egal.

Irgendwie ist es fast schon bedauerlich, dass es mit ihm und Stacy nicht geklappt hat. All der Schmerz umsonst.

„Vielleicht mache ich das“, sage ich schließlich.

Er sieht überrascht aus. Offenbar hatte er nicht damit gerechnet. Sonst hält ihn nichts hier. Ich stehe auf und er folgt mir. Er reibt sich über den Nacken, eine Geste, die mir so vertraut ist. Er möchte noch etwas sagen.

„Schau mal", sagt er. „Wegen Stacy ..."

Ich versteife mich.

„Es tut mir echt leid, aber da gibt es etwas, das ich dir sagen muss. Ich habe nie mit ihr geschlafen", sagt Declan.

Ich habe in der Armee viele Lektionen gelernt. Eine davon lautet, erst denken, dann reden. Ich gehe in Gedanken meine Entfremdung von Declan noch einmal durch.

Wir waren bei meinen Eltern daheim, vergnügten uns am Pool und hatten Spaß. Mir war aufgefallen, dass Declan irgendwann verschwand. Gleich darauf verschwand auch Stacy. Ich redete mir ein, es wäre albern, sie zu verdächtigen. Das würden sie nie tun. Aber ich konnte meinem Gespräch mit Park doch nicht mehr folgen und ging ihnen nach.

Ich fand sie in Declans altem Zimmer. Sie waren so beschäftigt miteinander, dass sie nicht einmal hörten, wie ich die Tür öffnete. Ich packte Declan am Hemd und zerrte ihn vom Bett.

Die Männer mussten mich mit Gewalt von ihm fernhalten. Und jetzt wollte er mir einreden, nie mit Stacy geschlafen zu haben.

Was für ein großer Haufen Scheiße.

„Setz dich hin", sage ich und nehme wieder Platz. „Rede."

Ich werde schwach. Ich will, dass es die Wahrheit ist. Declan fehlt mir. Mein großer Bruder fehlt mir. Er war der perfekte ältere Bruder. Er hat immer auf mich aufgepasst. Deshalb war es so unglaublich schmerzhaft, ihn mit Stacy zu erwischen.

Er setzt sich und schaut mich an. „Ich muss etwas ausholen. Eine

Woche vor dem Barbecue war ich mit Park im Club 59. Du wolltest nicht mitkommen und meintest, du fühlst dich nicht gut."

Ich erinnere mich an das Wochenende. Stacy war mit ihren Freundinnen unterwegs und ich freute mich auf einen Abend allein zu Hause. Als Declan fragte, ob ich mitkommen wolle, habe ich Kopfschmerzen vorgetäuscht, weil ich wusste, dass sie ein einfaches Nein nicht hinnehmen würden.

„Wie dem auch sei, wir gingen aus und wen treffen wir da im Club? Stacy. Nur eben nicht allein. Sie war mit einem Typen da."

Ich ahne, worauf das hinauslaufen wird. „Wahrscheinlich ein Bekannter." Warum verteidige ich die Frau, die mich betrogen hat?

Declan starrt mich an. „Es hätte nicht viel gefehlt und sie hätten es direkt auf der Tanzfläche miteinander getrieben. Es war für jeden dort offensichtlich, was los war."

Ich schlucke schwer. Auch wenn ich nichts mehr für Stacy empfinde, ist diese Vorstellung dennoch schmerzhaft.

„Gegen Mitternacht verließen sie gemeinsam den Club", sagt Declan.

Ich könnte seine Worte anzweifeln und behaupten, dass er lügt, aber eines weiß ich über Declan. Er lügt nie.

„Warum hast du mir das nie erzählt?", frage ich.

„Du hättest es mir nicht geglaubt."

„Aber Park war doch dabei."

„Park wollte nicht mit in die Sache hineingezogen werden. Er meinte, er wollte nicht derjenige sein, der dir solchen Schmerz zufügt."

Ich schüttle den Kopf. Aber das klingt schon irgendwie nach Park. Er vermeidet Konfrontationen um jeden Preis.

„Aber ich musste etwas unternehmen. Ich konnte nicht zulassen, dass du mit dieser Frau eine Zukunft planst. Sie war nicht zum Heiraten geeignet und würde dir am Ende doch nur das Herz brechen."

Declan sieht am Boden zerstört aus, während er mir das alles erzählt.

„Also fasste ich den Plan, mit ihr zu flirten und von dir entdeckt zu werden. Es war der einzig sichere Weg, dass du sie verlassen würdest", sagt Declan.

Mein Herz rast. Seine Erklärung ist absoluter Schwachsinn, aber aus seiner Sicht ergibt sie vielleicht Sinn. So löst Declan seine Probleme. Er wählt immer die komplizierteste und dramatischste Möglichkeit. Ich bin wie vor den Kopf geschlagen, aber auch unendlich erleichtert.

Mein großer Bruder ist doch kein Arschloch.

Es ergibt schon Sinn, denn ich habe mich immer gefragt, warum er mit ihr in sein Zimmer gegangen ist. Er hätte bessere Möglichkeiten gehabt, wenn er nicht hätte erwischt werden wollen.

Und wenn er sie einfach hätte vögeln wollen, hätte er bloß einen anderen Zeitpunkt wählen müssen, anstatt beim Treffen bei meinen Eltern.

„Du bist ein Idiot", sage ich.

Er grinst unsicher. „Ich weiß. Aber es hat funktioniert. Du hast sie fallenlassen."

Mir kommt ein anderer Gedanke. „Was ist mit Mom und Dad? Sie haben sich auf deine Seite gestellt."

Dad hatte darauf bestanden, dass wir wie Erwachsene darüber reden, wie er es ausdrückte. Sie fragten Declan, was das alles sollte und er murmelte etwas von wegen, er und Stacy hätten sich ineinander verliebt. Wenn ich nun darüber nachdenke, klingt das alles überzeugend.

Er hat sich nie für Stacy interessiert und nannte sie hinter ihrem Rücken einen Hohlkopf.

Dad meinte, ich solle es wie ein Mann nehmen, meine Mutter faselte etwas davon, auch ich würde irgendwann jemanden finden, den ich lieben könnte. Die hatte ich ja bereits gefunden, schrie ich sie an, aber niemand hörte mir noch richtig zu.

„Wie erklärst du ihr Verhalten?", frage ich.

Es ist ihm sichtlich peinlich. „Kann ich nicht. Sie waren eben auf meiner Seite." Er lässt den Kopf hängen und blickt dann wieder auf. „Ich bin nicht für Mom und Dad verantwortlich. Und es ist mir ehrlich gesagt auch egal. Ich möchte einfach endlich meinen kleinen Bruder wiederhaben."

Er starrt mich an, als könnte er nicht recht glauben, dass ich wieder da bin. „Warum zur Hölle musstest du dich gleich zur Armee melden? Ich habe mir solche Sorgen gemacht! Ich glaube nicht, dass ich seither eine einzige Nacht erlebt habe, in der ich nicht schweißgebadet aufgewacht bin."

Meine Brust wird eng, ich kann meine Gefühle nicht in Worte fassen. Ich habe einen Kloß im Hals und muss schwer schlucken. Dann stehe ich auf. „Wollen wir ein Bier trinken gehen?"

„Worauf du einen lassen kannst."

Kapitel Zehn

Lexi

Ich kann Ace nicht wiedersehen. Er kann nicht Teil unseres Lebens sein. Er ist zu gefährlich. Ich weiß nicht, welche Dämonen ihn heimsuchen. Ich weiß nur, dass er mir eine Heidenangst macht und ich mache mir Sorgen, dass er Luna etwas antun könnte.

Den ganzen Tag über gehen mir diese Gedanken durch den Kopf. Luna bekommt ihr Mittagessen, dann lege ich sie wieder hin. Ich putze das Haus, das ich am Morgen schon einmal geputzt habe, aber ich muss mich irgendwie beschäftigen. Das Grübeln über Ace treibt mich in den Wahnsinn.

Ich gehe noch einmal im Geiste die vergangene Nacht durch. Ich bin von einem entsetzlichen Schrei erwacht und dachte zuerst, Luna hätte einen Albtraum. Aber dafür war die Stimme zu tief. Ich bin hochgeschreckt und habe ihn dann in der Ecke gesehen. Er hielt eine unsichtbare Waffe in der Hand.

Schnell wurde mir klar, dass Ace offenbar glaubte, wieder in Afghanistan zu sein. Er fluchte laut und schrie dann klare Anweisungen.

„Was brauchst du, Mann? Fuck, kannst du mich sehen?“

„Runter! Runter!“

Und dann hielt er sich die Ohren zu und schaukelte vor und zurück, als wäre etwas Schreckliches passiert.

Selbst jetzt fange ich bei der Erinnerung wieder an zu zittern. Gerade war Ace noch der starke, fürsorgliche und unterhaltsame Mann, der mit Luna und mir den Tag verbracht hat, und auf einmal verwandelt er sich in etwas Furchterregendes, gefangen in seinen eigenen Albträumen.

Mir ist so etwas noch nie begegnet. Wie kann ein Albtraum so real sein, dass man sich körperlich darin bewegt? Er war beängstigend und ich wollte ihn ehrlich gesagt loswerden. Rückblickend hätte er mir wahrscheinlich nichts getan, zumal er ja nicht wirklich eine Waffe hatte, und er machte nicht den Eindruck, als würde er um sich schlagen.

Das Geräusch eines Schlüssels holt mich in die Gegenwart zurück und ich seufze erleichtert, als ich Vanessa sehe. Ich war noch nie so froh, jemanden zu sehen.

„Hi", sagt sie und schaut sich um. „Ich hatte damit gerechnet, Loverboy hier vorzufinden."

„Und ich habe erst viel später mit dir gerechnet. Sag nicht, dass du dich mit Miles gestritten hast."

Sie rollt mit den Augen. „Bekommt man hier auch einen Kaffee?"

„Klar." Ich gehe mit ihr in die Küche. Ich muss mit ihr reden. Sobald der Kaffee kocht, erzähle ich Vanessa alles. Ich hoffe, sie kann als Krankenpflegerin dazu irgendetwas Erhellendes sagen.

„Hast du je von einer posttraumatischen Belastungsstörung gehört?", fragt sie.

„Sicher. Das tritt auf, wenn jemand ein sehr traumatisches Erlebnis hinter sich hat", sage ich.

„Bei Soldaten und Zivilisten aus Kriegsgebieten kommt das häufig vor. Sie kehren körperlich heim, aber geistig bleiben sie oft im Kriegsgebiet."

Das beschreibt ziemlich genau das, was ich bei Ace beobachtet habe. Ich fange an zu verstehen. Natürlich habe ich über PTBS gelesen, aber aus irgendeinem Grund hatte ich den Geisteszustand von Soldaten dabei ausgeklammert. Aber natürlich ergibt das Sinn. Soldaten erleben ständig traumatisierende Dinge.

Mein Mitgefühl für Ace wächst. Ich wünschte, ich könnte ihm seinen

Schmerz nehmen.

„Bei uns im Krankenhaus leitet ein Therapeut eine Selbsthilfegruppe. Er hat sich auf Traumata spezialisiert und soweit ich weiß, war er selbst einmal Soldat. Er heißt Robert Glass.“

„Hast du seine Kontaktdaten?“

Ich sollte mich wahrscheinlich nicht einmischen, aber Ace ist ein Vater. Ich sollte alles tun, um ihm zu helfen. Allein für Luna. Ich ringe einen Moment mit mir, aber dann ist die Entscheidung gefallen. Ich hole Stift und Papier und lege es vor Vanessa auf den Tisch.

Später gehe ich mit Vanessa und Luna in den Park, aber meine Gedanken sind noch immer mit Ace beschäftigt. Ich möchte ihn noch einmal sehen. Nur um ihm die Kontaktdaten des Therapeuten zu geben, mehr nicht.

„Anschubsen!“, quiekt Luna, als sie auf der Schaukel sitzt.

Vanessa macht Fotos mit dem Handy. Luna und ich erschaffen gemeinsame Erinnerungen, aber ohne ihren Vater. Die Ereignisse der letzten Nacht haben mir bestätigt, dass ich Ace noch nichts von Luna erzählen darf. Er muss sich erst helfen lassen.

Mein Handy vibriert. Als ich den Namen auf dem Display sehe, rufe ich nach Vanessa, damit sie für mich den Platz an der Schaukel übernimmt.

Ich wische über das Display und nehme den Anruf an. „Hi, Declan.“

„Lexi, hi“, sagt er. Seine Stimme ist der von Ace irritierend ähnlich.

Aber da endet die Ähnlichkeit zwischen den Brüdern dann auch schon. Declan ist ein ruheloser Geist. Er wirkt immer so, als sollte er eigentlich woanders sein. Ace hingegen strahlt Frieden aus. Seine Gegenwart entspannt. Man hat den Eindruck, er sei immer genau da, wo er sein möchte.

Der Anruf überrascht mich nicht. Ace spricht viel von Park und ich bin davon ausgegangen, dass der wiederum Declan davon berichten würde, dass Ace und ich zusammen bei ihm waren.

„Du hast es ihm nicht gesagt, oder?“, fragt er.

„Nein. Und das habe ich zunächst auch nicht vor.“

Ich höre, wie er scharf die Luft einsaugt. „Warum nicht?“

Ich komme mir wie ein Verräter vor, aber Declan sollte die Wahrheit erfahren. „Es geht ihm nicht gut, Declan. Er hat PTBS und ich möchte Luna keinem Risiko aussetzen.“

„Wer behauptet das?“, tobt Declan.

„Glaub mir, es ist so.“

„Ich habe gerade den ganzen Nachmittag mit ihm verbracht und es war alles in Ordnung mit ihm. Wer immer dir das erzählt hat, ist ein Lügner.“

Ich weiß, dass Declan alles für seinen Bruder tun würde. „Niemand hat mir das erzählt. Ich habe es selbst erlebt.“

Er schweigt einen Moment. „Ace würde keiner Fliege etwas zuleide tun.“

Ich weiß im Grunde meines Herzens, dass Declan recht hat. Ace würde unter normalen Umständen niemandem etwas antun. Aber er ist nicht er selbst. „Ich weiß.“

„Er braucht eben einen Grund, wieder glücklich zu sein“, sagt Declan. „Gib ihm diesen Grund. Erzähl ihm, dass er eine Tochter hat.“

Tränen steigen mir in die Augen. Ich kann nicht tun, was Declan da verlangt. So wie er sich um seinen Bruder sorgt, so sorge ich mich um meine Tochter. „Noch nicht. Aber ich werde ihm als Freund zur Seite stehen. Und wenn ich sehe, dass sich sein Zustand verbessert, werde ich es ihm sagen."

„Na gut. Danke, Lexi. Manch andere Frau hätte sofort das Weite gesucht. Wie sieht es mit Geld aus?"

„Ich komme zurecht. Was du mir monatlich gibst, reicht vollkommen aus. Du musst das nicht mehr tun", sage ich, auch wenn ich ohne seine monatliche Zahlung etwas in Bedrängnis geraten könnte.

Aber Luna fehlt es an nichts. Und allein dafür werde ich Declan ewig dankbar sein, dass er für seinen Bruder in die Bresche gesprungen ist.

„Vergiss nicht, das bleibt unter uns", sagt er und beendet das Gespräch.

Er besteht darauf, dass Ace nichts von dieser finanziellen Unterstützung erfährt. Ich habe nicht vor, es ihm zu erzählen. Denn dann müsste ich ihm ja auch von Luna erzählen und dazu bin ich noch nicht bereit.

„Ich nehme an, Declan möchte, dass du Ace von Luna erzählst?", fragt Vanessa, als ich mich zu ihr setze.

„Woher weißt du das?"

„Weil es das Richtige wäre."

Ich verstehe nicht, warum sie meine Sichtweise nicht kapiert. „Selbst nach allem, was letzte Nacht passiert ist?"

Vanessa schüttelt den Kopf. „Es ist nicht deine Entscheidung, ob er ein guter Vater wird oder nicht. Er ist Lunas Vater, mit oder ohne PTBS. Hast du eine Vorstellung davon, wie glücklich es ihn machen würde, wenn er wüsste, dass er Vater ist?"

„Woher willst du das wissen? Es gibt Männer, die keine Kinder wollen. Er könnte so einer sein."

„Du hast mir selbst erzählt, wie viel Spaß er mit Luna hatte. Klingt das wie jemand, der keine Kinder will?“

Sie kann mich nicht verstehen, ebenso wenig wie Declan. Aber für sie ist es eben anders. Luna ist meine Tochter. Ihr Wohlergehen steht an erster Stelle. Mir sind Aces Rechte als Vater oder sein Glück egal.

Für mich zählt allein, dass es Luna gutgeht und ihr niemand etwas antut. Und das schließt ihren Erzeuger mit ein. Wenn er an ihrem Leben teilhaben will, muss er sich das erst verdienen. So lauten meine Regeln.

Ich wechsle das Thema, denn wir werden uns sowieso nicht einigen.

Auf dem Heimweg vom Park machen wir Halt, um ein Eis zu essen. Luna liebt Eiscreme und ich liebe es, ihr dabei zuzuschauen, wie sie sich damit einsaut, weil sie nicht so schnell schlecken kann, wie das Eis schmilzt. Wir müssen alle kichern, selbst Luna.

Zu Hause angekommen entschließe ich mich, Ace aufzusuchen und ihm die Infos zu dem Therapeuten zu geben. Das ist das Mindeste, was ich für ihn tun kann.

Sein Wagen steht auf dem Parkplatz. Ich atme tief durch, steige aus und schließe mein Auto ab. Ich weiß nicht, wie er auf mich reagieren wird, nachdem ich Zeuge seines Anfalls gewesen bin. Ich stelle mich innerlich darauf ein, vor die Tür gesetzt zu werden.

Ich fahre mit dem Fahrstuhl hinauf und habe einen Moment des Zweifels. Dies wäre meine Chance, für immer aus seinem Leben zu verschwinden. Nach dem, was letzte Nacht passiert ist, weiß ich, dass Ace von sich aus nicht versuchen würde, mich wiederzusehen. Ich muss den ersten Schritt tun. Und wenn nicht, würde er sich von mir fernhalten.

Ich stehe da vor seiner Tür und weiß doch, dass ich ihn nicht verlieren möchte. Wegen Luna, rede ich mir ein. Ich hebe die Hand und klopfe an.

Mein Herz schlägt heftig in meiner Brust. Was wenn …? Bevor ich den Gedanken zu Ende führen kann, geht die Tür auf und er steht da und sieht … einfach umwerfend aus. Kein Vergleich zu dem Mann, der auf meinem Fußboden kauerte.

Falls er überrascht ist, mich zu sehen, lässt er es sich nicht anmerken. Er macht einen Schritt zur Seite. „Lexi, komm rein."

Ich hatte mir eigentlich vorgenommen, ihm den Zettel mit den Daten des Therapeuten einfach in die Hand zu drücken und schnell wieder abzuhauen. Aber das erscheint mir jetzt doch ein wenig unhöflich.

Ich zwinge mich zu einem Lächeln. „Danke."

Ich liebe seine Wohnung. Alles hier ist so luxuriös und gemütlich und schön. Ich setze mich auf einen Stuhl, von dem aus ich den Park sehen kann. Denselben Park, in dem ich heute Nachmittag mit Luna und Vanessa war.

„Kann ich dir etwas anbieten?", fragt er.

Normalerweise bin ich diejenige, die hinter dem Tresen diese Frage stellt.

„Nein, danke. Ich wollte dir nur das hier geben." Ich hole den Zettel aus meiner Handtasche, auf den Vanessa die Daten des Therapeuten geschrieben hat.

Er nimmt ihn und wirft einen Blick darauf. „Was ist das?"

Ich verkrampfe mich. Das kann auch schiefgehen. Ace hat mich nicht um meine Hilfe gebeten. Er hat nicht einmal erwähnt, dass er vielleicht einen Therapeuten bräuchte. „Das ist der Name und die Adresse eines Therapeuten, von dem meine Schwester mir erzählt hat. Er arbeitet mit Menschen, die eine posttraumatische Belastungsstörung haben. Viele seiner Klienten sind Soldaten."

Ich habe das Gefühl, eine 24-Stunden-Schicht in der Bar hinter mir zu haben, als ich fertig bin mit meiner Erklärung. Ace mustert mich einen Moment lang. Die Anspannung ist unerträglich. Auf einmal wird mir klar, dass dies alles beenden könnte, was zwischen uns war.

„PTBS, ja?“, sagt er schließlich und ich sinke auf dem Stuhl erleichtert in mich zusammen.

„Ja.“

„Ich werde einen Termin ausmachen“, sagt er und ich bin so stolz auf ihn, dass mir das Herz aufgeht.

Es kann nicht leicht sein, zuzugeben, dass man ein Problem hat, erst recht nicht für einen Mann. Mein Respekt für ihn wächst gewaltig an. Aber ansonsten gibt es hier nichts mehr für mich zu tun. Ich springe auf.

„Ich gehe dann mal wieder.“

Ace steht auf. „Willst du noch ein bisschen bleiben?“

Unsere Blicke treffen sich. Die sexuelle Spannung im Zimmer steigt. Mein Körper pulsiert vor Verlangen nach Berührung. Ausgefüllt zu sein. Aber das ist nicht der Grund, warum ich hier bin.

„Ein anderes Mal vielleicht“, sage ich und mein Körper ächzt.

Ich will ihn. Ich will von seiner Männlichkeit ausgefüllt und befriedigt werden. Aber wichtiger ist es, dass es ihm besser geht. Er muss an sich arbeiten und dazu braucht es Abstand zwischen uns.

Er nickt. „Ich verstehe.“

Ich glaube, dass er das wirklich tut. Er legt mir eine Hand auf den Rücken und begleitet mich zur Tür. Bevor ich gehe, gebe ich ihm einen sanften Kuss. Sein Duft erfüllt mich und ich muss mich beinahe losreißen von ihm.

„Gib Luna einen Kuss von mir“, sagt er. „Und sag Vanessa danke.“

„Mache ich.“

Ich trete die Flucht an, denn wenn ich nur noch eine Minute länger hier verweile, erliege ich der Versuchung. Mit Bedauern fahre ich davon, denn ich weiß nicht, ob ich Ace je wiedersehen werde. Ob er mich anruft. Alles ist so durcheinandergeraten.

Es ist nicht seine Schuld, dass es ihm nicht gut geht. Es schmerzt, dass ich ihm nichts von Luna sagen kann. Einerseits weiß ich, dass er ein Recht darauf hat, zu wissen, dass sie seine Tochter ist. Aber es liegt in meiner Verantwortung, meine Tochter zu beschützen. Nichts fühlt sich mehr richtig an.

Kapitel Elf

Ace

„Wie war es in Afghanistan?“, fragt Jason Cooper mich.

Er ist ein großer, kompakter Mann, muskulös wie fast alle Feuerwehrleute, und einer der Kameraden in meiner Wache. Ich dachte, Soldaten und Sportler würden am meisten trainieren, aber für Feuerwehrleute gilt das offenbar auch. Ich habe noch keinen Kollegen mit Übergewicht gesehen, weder in der Ausbildung noch auf der Wache.

Wir sitzen mit einigen Leuten im Pausenraum und trinken Kaffee. Wir machen eine Pause nach den morgendlichen Routineaufgaben. Es hat bisher einige Notrufe gegeben, die sich aber alle als Fehlalarm herausstellten.

Ich gebe Jason Cooper meine übliche Antwort. „Hart. Aber es musste getan werden.“

Er nickt. „Wir sind stolz auf dich. Danke dafür, dass du deinem Land gedient hast.“

Jeder hier sagt das. Seit ich aus Afghanistan zurück bin, haben sich viele Menschen bei mir bedankt, aber von diesen Leuten hier bedeutet es mir etwas. Sie zeigen mir damit, dass sie verstehen, was letzte Woche mit mir passiert ist.

Sie akzeptieren mich mit all meinen Schwächen. Es schnürt mir die Kehle zu, als ich antworte. Zum Glück geht gleich darauf der Alarm los und eine Durchsage ertönt.

Ein Wohngebäude an der Delta Street brennt. Dreißig Sekunden später sitzen wir auf dem Löschfahrzeug und rasen zur Brandstelle. Ich bin jetzt weniger nervös, seit ich weiß, dass meine Kameraden über meine

Belastungsstörung Bescheid wissen. Wie beim Militär muss man sich auch in diesem Job absolut vertrauen.

Die Kollegen müssen wissen, dass sie sich auf mich verlassen können und umgekehrt. Ich bin ganz bei mir selbst. Wenn ich spüren sollte, dass ich wegdrifte, muss ich mir mehr Mühe geben, geistig nicht die Bodenhaftung zu verlieren. Ich darf das hier nicht versauen.

Als wir in die Delta Street einbiegen, steigen bereits dicke Rauchwolken gen Himmel. Vor dem Haus hat sich eine Menschenmenge versammelt, eine Frau wedelt mit den Händen herum.

Sie kommt auf uns zu gerannt. „Mein Junge ist noch da drin. Bitte …“

Ich bin voll konzentriert. Wir springen vom Wagen und steuern den Hydranten auf der anderen Straßenseite an.

„Ich kümmere mich um den Hydranten“, sagt der Kollege Michael.

Die Leiter wird bereits ausgefahren, ich weiß genau, was wann zu erledigen ist. Meine Ausbildung war intensiv und umfangreich.

Stan und ich haben Schutzkleidung angelegt. Er ist dafür zuständig, im Gebäude nach Personen zu suchen und sie zu bergen. Ich bin ihm zugeteilt. Die Eingangstür ist offen und es riecht nach Rauch trotz Atemmaske.

Die Brandursache liegt im hinteren Teil des Gebäudes, aber durch die starke Rauchentwicklung ist der eigentliche Brandherd nicht zu erkennen. Während die anderen Kollegen mit Löschen beschäftigt sind, machen Stan und ich uns auf die Suche nach Personen im Gebäude.

„Hilfe!“, ruft jemand im oberen Stockwerk.

„Wir holen dich!“, schreit Stan.

Die Zeit scheint quälend langsam zu vergehen, während wir uns die Treppe hinaufbewegen. Oben finden wir dann einen Teenager, der sich in die Badewanne geflüchtet hat. Durch das geöffnete Badezimmerfenster dringt Sauerstoff ein.

„Danke“, sagt er wieder und wieder, während wir ihn aus dem Haus führen.

Das ist der Grund, warum wir tun, was wir tun. Es gibt kein besseres Gefühl, als jemandem zu helfen. Ein Leben zu retten.

Eine Stunde später ist der Einsatz vorbei. Der Chef klopft mir auf den Rücken, als er an mir vorbeikommt. Mir schwillt die Brust vor Stolz. Ich habe einen erfolgreichen Einsatz ganz dringend gebraucht. Zurück auf der Wache hole ich den Zettel heraus, den Lexi mir gegeben hat, und rufe dort an.

Die Selbsthilfegruppe trifft sich jeden Mittwoch. Ich werde hingehen.

Wir bekommen noch zwei Notrufe, aber es ist nichts Ernstes dabei. Für den Abend laden Lucas und einige der Jungs mich zu einem Bier in die Bar gegenüber ein. Ich komme gern mit. Ich habe keinerlei Verpflichtungen. Ich denke kurz an Lexi und frage mich, was sie wohl macht.

Die Bar gehört zwei kräftigen Burschen, die früher bei der Feuerwehr waren. Luca stellt mich ihnen vor. Jim hat graue Haare und lächelt freundlich, Marcus ist ernster, aber auch freundlich zu seinen Gästen.

An den Wänden hängen Bilder von Kollegen, über der Bar befindet sich ein Regal mit Feuerwehrhelmen. Wir setzen uns an den Tresen und bestellen Bier.

„Bist du aus LA?“, fragt jemand und wir fangen an, uns besser kennenzulernen.

Es ist schön, sich zu entspannen und zu plaudern. Meine Gedanken schweifen immer wieder zu Lexi ab. Es hat mich überrascht, dass sie mir mit dem Therapeuten weitergeholfen hat. Nachdem sie meinen Anfall miterlebt hat, war ich mir sicher, sie niemals wiederzusehen.

Sie ist eine mutige Frau. Und klug. Sie hat sich erkundigt und herausgefunden, was mit mir nicht stimmt. Es berührt und beschämt mich gleichermaßen.

***

Ich bin guter Dinge, als ich am Nachmittag meinen Wagen vor dem Krankenhaus abstelle und hineingehe. Am Empfang werde ich in die Abteilung eine Etage höher verwiesen. Ich nehme die Treppe. Bewegung kann nie schaden, auch wenn ich am Morgen joggen war.

Ich folge ein paar Stimmen den Flur entlang in ein größeres Besprechungszimmer. An der Tür bleibe ich stehen und sehe mich um. Etwa fünfzehn Personen sitzen in einem Halbkreis. Ein Mann in formeller Kleidung kommt auf mich zu.

„Willkommen“, sagt er. „Ich bin Robert Glass.“

Sein Blick ist fest auf mich gerichtet. So etwas kenne ich nur von anderen Soldaten. Verstehend. Meine Bedenken lösen sich in Luft auf. Hier wird man mir helfen, das spüre ich.

„Ich bin Ace Parker.“

Er nickt. „Komm rein, wir fangen gleich an.“

Alle winken, sagen hallo und einer deutet auf den leeren Stuhl neben sich. Offenbar haben sie nur auf mich gewartet, denn es geht sofort los. Ich habe das Gefühl, nach Hause zu kommen, während ich den Leuten zuhöre.

„Ich möchte zurück in den Krieg“, sagt ein Mann. „Wenigstens gibt es dort etwas für mich zu tun. Ich gehöre dahin.“

Ich weiß genau, was er meint. So schlimm es in den Kriegsgebieten auch sein mag, man weiß genau, was von einem erwartet wird. Im

Zivilleben habe ich jeden Tag das Gefühl, durch unbekannte Gewässer zu navigieren.

Wir sind es gewohnt, Befehle zu bekommen. Aber hier befiehlt niemand etwas. Wir sind auf uns allein gestellt. Für andere ist das nicht nachvollziehbar. Man möchte nach Hause. Aber wenn man dann zu Hause ist, will man wieder zurück in den Krieg.

„Ich bin eine Last für die wichtigsten Menschen in meinem Leben: meine Frau und meine Kinder." Seine Stimme bricht und er vergräbt das Gesicht in den Händen.

Der Mann neben ihm klopft ihm auf die Schulter. Alle seufzen auf. Während ich ihnen zuhöre, wird mir bewusst, dass meine Situation gar nicht so dramatisch ist. Ja, ich habe Probleme bei der Arbeit, aber die Kollegen zeigen Verständnis und unterstützen mich.

Der Gedanke an Kinder erfüllt mich mit Bedauern. Natürlich wäre es schlimm, eine Belastung für die Familie zu sein. Ich frage mich, wie es wohl wäre, ein oder zwei Kinder zu haben. Sofort wandern meine Gedanken zu Luna. Vielleicht habe ich eines Tages ein kleines Mädchen wie sie.

Das Treffen dauert etwa eine Stunde. Als ich an der Reihe bin, stelle ich mich als verwundeter Soldat vor, und erkläre, was mir bei der Arbeit passiert ist. Ich erzähle nur die Fakten, aber anschließend fühle ich mich, als hätte ich einige Kilos an emotionalem Ballast abgeworfen.

Gegen vier Uhr endet die Sitzung und ich entschließe mich spontan, ins Alma zu gehen. Ich will diesen Erfolg feiern, mehr nicht. Der einzige Grund, warum es das Alma sein muss, ist der, dass ich mich dann bei Lexi bedanken kann.

Ich fahre pfeifend los. Ich weiß nicht, wann ich zuletzt gutgelaunt gepfiffen habe. Ich bin glücklich, einfach, weil ich am Leben bin. Okay. Ich freue mich auch darauf, Lexi wiederzusehen.

Kurz darauf betrete ich die Cocktailbar. Sofort wandert mein Blick zur Bar. Als ich sie dort mit dem Rücken zu mir entdecke, muss ich lächeln.

Sie hat mir noch immer den Rücken zugewandt, als ich mich auf einen Barhocker setze. Als sie sich endlich umdreht, formt sich ihr üppiger Mund zu einem breiten Lächeln. Sie steht mir direkt gegenüber und ich wünschte, der Tresen wäre nicht zwischen uns.

„Guten Tag, Sir", sagt sie. „Willkommen im Alma. Was darf es sein?"

Ich tue so, als müsste ich darüber nachdenken. „Ich möchte mich gern überraschen lassen."

Sie schaut mich aus schmalen Augen an und beugt sich über den Tresen, um mich genauer zu mustern. Wir sind uns so nahe, dass wir uns küssen könnten, wenn ich mich auch vorbeuge. Ihr vertrauter Zitronenduft steigt mir in die Nase.

„Du siehst wie ein Mann aus, der gern harten Schnaps trinkt. Ein Mann, der etwas vertragen kann."

Ihre Worte wandern direkt bis zu meinem Schwanz. „Stimmt. Und du siehst aus wie eine Frau, die sich Zeit dafür nimmt, den perfekten Drink zu mixen, damit er genau richtig ist."

Ihre geröteten Wangen sind ein Hinweis darauf, dass unsere Neckereien sie auch nicht ganz unbeeindruckt lassen.

„Ja", haucht sie. Ihr Blick wandert zu meinem Mund, dann wendet sie sich ab.

Ich rutsche auf dem Hocker herum, um meinen Schaft in eine bequemere Position zu bringen. Hoffentlich gibt es jetzt keinen Notfall, es wäre mir peinlich jetzt aufstehen zu müssen.

Als sie mir den Drink hinstellt, ist der spielerische Gesichtsausdruck verschwunden.

„Wie war die Arbeit?“, fragt sie. Aber ich weiß, dass sie eigentlich wissen will, wie die Sitzung bei der Selbsthilfegruppe war.

„Die Arbeit war gut. Und die Sitzung auch. Danke, Lexi. Du hättest das nicht tun müssen, aber du hast es getan, um mir zu helfen.“

Ihre Züge werden weicher. „Gern geschehen.“

Ein Gast kommt an die Bar und sie kümmert sich um ihn. Zwischendurch unterhalten wir uns locker. Ich erkundige mich nach Luna und Vanessa.

„Meine Schicht ist gleich vorbei“, sagt sie um kurz vor fünf.

„Willst du noch irgendwo etwas trinken? Ich kenne eine ruhige Bar.“

„Gern. Aber nicht allzu lange. Vanessa hat die Nachtschicht.“

Kurz darauf verlassen wir gemeinsam die Bar.

„Mein Auto oder deines?“, frage ich.

„Gerne deins“, sagt sie.

Ich nehme sie mit in die Bar gegenüber der Feuerwache.

„Da arbeite ich“, sage ich, als wir aussteigen, und deute auf die Wache.

„Nett“, sagt sie. Ihre Augen funkeln. „Jede Frau hat doch Fantasien über einen Mann in Uniform.“

„Freut mich, wenn ich helfen kann“, sage ich und verbeuge mich.

Sie lacht. Ich liebe den Klang ihres Lachens. Es ist so herzlich. Es ist so selten, dass es jeden in Hörweite erfreuen muss.

Lexi nimmt meine Hand, als wir die Bar betreten. Ich bin stolz, als ich mit ihr hineingehe. Drinnen hört man gedämpfte Stimmen, im Gegensatz zum Alma. Hier gibt es keine Musik, die die Gespräche stört.

„Eine schöne Frau hast du dir da geangelt, Ace“, sagt Jim und lächelt Lexi freundlich an. „Willkommen in der First Bar.“

„Danke“, sagt sie.

Ich bin erstaunt, dass Jim sich an meinen Namen erinnert, obwohl ich erst einmal hier war.

„Wir setzen uns an einen Tisch“, sage ich zu ihm und wir bestellen unsere Getränke.

„Marge bringt sie euch gleich“, sagt Jim. „Macht es euch schon mal bequem.“

Ich ziehe Lexi einen Stuhl heraus und setze mich ihr gegenüber.

Sie seufzt auf. „Hier ist es toll! Vor allem die Ruhe.“

Ich kichere. „Ich hatte gehofft, dass du das sagst.“

„Ich dachte, ich kenne alle Clubs in LA, immerhin bin ich hier aufgewachsen. Aber diese Bar kannte ich noch nicht.“ Sie schaut sich um. „Ich verstehe, warum. Sie richtet sich vor allem an Feuerwehrleute.“

Ich muss lachen, aber eigentlich hat sie recht. „Die Besitzer sind ehemalige Feuerwehrleute und haben früher drüben auf der Wache gearbeitet.“

Ich erzähle ihr etwas mehr über die beiden. Unser Gespräch wird kurz unterbrochen, als Jims Frau Marge uns die Getränke bringt.

„Viel Spaß damit“, sagt sie zwinkernd und geht wieder.

„Ist das hier ein Date?“, fragt Lexi flirtend. Sie ist viel entspannter und ich ebenfalls. Aber mehr als dieses zweite Bier werde ich nicht trinken.

In den letzten Tagen ist so viel passiert. Vor allem das Gespräch mit Declan. Auf einmal sehe ich doch einen Hoffnungsschimmer, was Beziehungen angeht. Vielleicht, ganz vielleicht kann zwischen mir und Lexi doch etwas entstehen.

„Möchtest du denn, dass es ein Date ist?“

„Eine Frage mit einer Gegenfrage beantworten, so so.“ Sie trinkt einen Schluck Wein und blickt mich über den Rand des Glases hinweg an.

Lexi ist hinreißend. Ich verstehe nicht, warum sie allein ist. „Wieso hast du eigentlich keinen Freund?“

Sie legt den Kopf schief. „Ich schätze, ich habe eben noch nicht den Richtigen gefunden. Was ist mit dir?“

„Ich bin noch nicht lange genug wieder da, um jemanden zu finden.“

„Und ich bin zu beschäftigt mit der Arbeit und mit Luna.“

Ich verstehe nicht, was Vanessa für Probleme hat, die sie davon abhalten, sich vernünftig um Luna zu kümmern. Sie macht einen total normalen Eindruck. Aber es geht mich auch gar nichts an. Und da ich nicht plane, allzu lange mit Lexi zu tun zu haben, kann es mir auch egal sein.

„Ich weiß, was du meinst“, sage ich. „Manchmal muss die Partnersuche eben warten.“

Wir unterhalten uns weiter und lernen uns etwas besser kennen und verbringen einen netten Abend zusammen.

Kapitel Zwölf

Lexi

Auf dem Weg nach Hause habe ich das Gefühl, mein Körper stehe in Flammen. Ich blicke auf Aces kräftige Hände am Lenkrad und stelle mir vor, wie er mich streichelt. Ich will mehr davon.

Zum ersten Mal seit ich Ace kennengelernt habe, kommt es mir so vor, als würde ich einen Einblick bekommen, wer er wirklich ist. Er bemerkt meinen Blick und schaut mich an. Er lächelt und nimmt meine Hand. Wärme durchflutet mich. Es fühlt sich so natürlich an, seine große Hand auf meiner.

Er hält meine Hand, bis wir zu Hause sind.

„Willst du mit reinkommen?", frage ich. Es ist ausgeschlossen, dass ich ihn jetzt einfach gehen lassen kann.

Es wird fast schon zur Gewohnheit. Wenn ich mit Ace auf einen Drink ausgehe, endet der Abend nicht damit, dass er mich vor der Tür absetzt. Ich möchte nie, dass es damit endet.

„Sicher, danke."

Ich spüre seinen Blick auf mir, als wir zur Haustür gehen. Ich schwinge die Hüften und ärgere mich ein wenig, dass ich eine Hose trage. In einem Minirock hätte das besser gewirkt.

„Hi, du kommst gerade richtig", sagt Vanessa, als ich ins Haus komme. Sie sieht Ace hinter mir und lächelt. „Hi, schön dich zu sehen."

„Maamaa", ruft Luna und kommt mühsam auf die Füße zwischen all ihrem Spielzeug auf dem Fußboden.

Sie rennt zu mir und ich hebe sie hoch. „Mein wunderschönes kleines

Mädchen“, flöte ich und genieße ihre Umarmung.

Das ist fast das Beste am ganzen Tag. Morgens aufzuwachen und Lunas strahlendes Gesicht zu sehen, wenn sie mich anschaut, ist noch besser. Ich vergesse für einen Moment, dass Ace da ist, während ich Luna küsse und drücke.

„Hi, Luna“, sagt Ace und holt mich zurück in die Realität.

Luna streckt ihre rechte Hand aus und Ace ergreift sie. Er dreht sie herum und küsst sie. Luna kichert.

„Essen ist im Ofen“, sagt Vanessa. „Luna hat schon gebadet und ihr Essen ist im Kühlschrank.“

„Danke, Schwesterherz“, sage ich.

Wir plaudern noch ein wenig, dann zwinkert Vanessa mir verstohlen zu und macht sich auf den Weg zur Arbeit. Luna fängt an zu zappeln und ich setze sie auf dem Boden ab. Ace leistet ihr auf dem Teppich Gesellschaft und sie fangen an, mit Bauklötzen zu spielen.

Ich fühle mich klebrig von der Arbeit und gehe schnell unter die Dusche. Dabei denke ich darüber nach, wie leicht es mir fällt, Luna in Aces Obhut zu lassen. Trotz seiner PTBS hat er eine beruhigende Ausstrahlung. Man fühlt sich gut aufgehoben bei ihm.

Nach dem Duschen ziehe ich mir eine Shorts an und ein kurzes Top. Ich gebe zu, meine Absichten sind nicht keusch. Ich will Aces hungrige Blicke auf mir spüren. Den BH lasse ich gleich weg. Die Vorstellung, er könnte seine Hand unter mein Top schieben und mit meinen Nippeln spielen, erregt mich.

Ich kehre ins Wohnzimmer zurück und finde Ace und Luna vertieft in ihr Versteckspiel.

Ich schließe mich ihnen an und für eine Weile wird viel gekichert. Mir entgeht sein Blick auf meine Brust nicht. Meine üppigen Brüste wippen beim Gehen und ich fühle mich weiblich und sexy.

„Essenszeit für dich, junge Dame“, sage ich zu Luna und wir begeben uns alle in die Küche.

Ich setze Luna in ihren Kindersitz und wärme ihr Essen auf. Sie isst es, ohne einen Aufstand zu machen, weil sie müde ist. Nach dem Essen kuscheln wir auf der Couch, während Ace sich die Nachrichten anschaut. Anschließend bekommt Luna noch eine warme Milch und um sieben geht sie ins Bett.

„Sag gute Nacht zu ...“ Mein Hirn ist für einen Moment komplett leer.

„Ace“, sagt er amüsiert. „Gute Nacht, Spatz, schlaf schön.“

Sie lächelt müde und lässt ihren Kopf auf meine Schulter sinken. Meistens lese ich ihr noch eine Geschichte vor, aber sie schließt schon die Augen, sobald der Kopf aufs Kissen fällt. Ich küsse sie auf die Stirn und schleiche mich aus dem Zimmer.

„Bereit für das Abendessen?“, frage ich, als ich wieder bei Ace im Wohnzimmer bin.

„Mach die Tür zu“, knurrt er. „Und komm her.“

Seine befehlende sexy Stimme jagt mir einen Schauer über den Rücken. Ich tue, was er sagt, und drehe den Schlüssel im Schloss herum. Sein Blick ist fest auf mich gerichtet, als ich auf ihn zugehe. Er nimmt meine Hand und zieht mich auf seinen Schoß, sodass ich rittlings auf ihm sitze. Ich stöhne, als ich auf seinem steifen Schwanz lande.

Bevor sich unsere Lippen treffen, sehe ich das Verlangen in seinen Augen aufleuchten. Zwischen uns haben den ganzen Abend Funken gesprüht und der Kuss gerät schnell außer Kontrolle. Ace schiebt seine Hände unter mein Top und umfasst meine Brüste. Ich reibe mich mit wilden, unkontrollierten Bewegungen an seinem Schwanz.

Mich interessiert nur noch, wie ich dieses drängende Verlangen tief in mir stillen kann. Seine Hände spielen mit meinen empfindlichen Brustwarzen, ich fahre mit den Händen über seine breiten Schultern, seinen Rücken und in sein Haar. Ich biege meinen Rücken durch, als die Lust in meinen Brüsten beinahe unerträglich wird.

Meine Säfte tränken mein Höschen und die Shorts, während ich auf seinem Schaft auf und ab wippe. Ich mag einfach alles an Ace. Den Geschmack seines Mundes, seinen Duft, die Art und Weise, wie seine Hände genau wissen, was sie mit mir machen müssen, das leise Stöhnen, das ihm entschlüpft.

„Du hast mich den ganzen Abend gereizt", sagt Ace, packt den Saum meines Tops und zieht es mir über die Schultern. Er hält inne, um meine Brüste zu betrachten.

„Sie sind wunderschön. Du bist wunderschön." Er nimmt eine harte Brustwarze in den Mund, danach die andere und ich erschauere.

Seine Hände gleiten hinunter zu meinen Hüften und ich werde angehoben.

„Die muss weg", knurrt er und zieht am Saum meiner Shorts.

Mit meiner Hilfe streift er mir die Shorts von der Hüfte und schiebt eine Hand zwischen meine Beine auf meine nasse Pussy.

„Bitte", wimmere ich, als er anfängt, mich mit den Fingern zu necken.

Er bringt mich zum Schweigen, indem er seinen Mund fest auf meinen presst. Meine Gefühle drohen mich zu überwältigen, seine Zunge spielt in meinem Mund, seine Finger dringen in mich ein. Wie besessen wippe ich auf seinem Finger, gierig nach Erlösung.

„Ich will dich kosten", murmelt er, zieht seinen Finger aus mir und kniet sich hin.

Es ist die reinste Folter, darauf zu warten, dass er seine Finger mit seiner Zunge ersetzt. Er schiebt meine Schenkel weiter auseinander und leckt über die Innenseite, wie man ein Eis schlecken würde. Immer höher, bis er nur noch einen Wimpernschlag von meiner gierigen Pussy entfernt ist.

Ich schreie, als seine Zunge über meine Spalte leckt und ihre Nässe aufsaugt. Ich höre, wie er schluckt. Es ist sexy und heiß, dass er meine Säfte trinken will.

Ich gebe mich ganz der Lust hin, als seine Zunge mich verwöhnt und mich in den Wahnsinn treibt. Er steckt sie tief in mich und ich bewege mich vor und zurück.

Mit jedem Stoß seiner Zunge wächst die Anspannung in mir.

„Ja", keuche ich und dränge ihn, weiterzumachen und mich zum Höhepunkt zu bringen.

Und dann explodiert mein Körper vor Lust.

„Das war heiß", sage ich, nehme seine Hände und ziehe ihn auf die Füße. „Jetzt bin ich dran."

Ich helfe ihm beim Ausziehen, ich will ihn anfassen. Sein Schwanz ist steif und geschwollen in meiner Hand. Meine Pussy zieht sich zusammen vor Verlangen, ausgefüllt zu werden.

„Ich will meinen Schwanz in dir vergraben", knurrt Ace.

Er setzt sich auf die Couch und zieht mich auf sich, sodass ich wieder rittlings auf ihm sitze. Er widmet sich zunächst meinen Brüsten, küsst und leckt sie, bis die Brustwarzen wieder hart hervortreten.

Ich greife in sein Haar und kann kaum glauben, dass er meinen gerade noch befriedigten Körper so schnell wieder entflammen kann. Meine Pussy pulsiert. Ich brauche ihn. Ich hebe mein Becken an und nehme seinen Schaft in die Hand. Ich reibe damit über meine Schamlippen und spiele ein wenig herum.

Meine Nässe tränkt seinen Schaft.

Ace wirft den Kopf in den Nacken und stöhnt. Er packt meine Hüften und stößt in mich, als ich mich auf ihn senke. Ich kralle meine Finger in seine Schultern und mir bleibt der Atem weg, als ich ganz ausgefüllt werde. Es fühlt sich an, als würde ich in Lust ertrinken.

Wir finden einen gemeinsamen Rhythmus und geben uns stoßweise einander hin. Zwischen den Stößen küssen wir uns. Ich spüre seine Blicke auf meinen wippenden Brüsten und schiebe die Brust heraus, um ihm eine richtige Show zu bieten.

Ich nähere mich dem Höhepunkt dank des hohen Tempos und seinem Gesicht nach zu urteilen, ergeht es ihm ebenso.

Mir wird etwas schwindelig, der Orgasmus ist nicht aufzuhalten. Sekunden später erfasst mich ein gleißendes Licht, ich stöhne seinen Namen. Er fällt mit ein und ruft wieder und wieder meinen Namen.

Als es vorbei ist, muss ich an etwas denken und fange an zu kichern. Er sieht erschöpft aus und grinst mich träge an. „Was?"

„Mir ist gerade etwas eingefallen. Als du in die Bar kamst, um nach mir zu suchen, hattest du meinen Namen vergessen."

„Nein, hatte ich nicht", sagt er, aber ich höre an seiner Stimme, dass es ihm peinlich ist.

„Ist auch egal", sage ich und lege meinen Kopf auf seine Schulter. „Solange du ihn jetzt nicht mehr vergisst."

„Auf keinen Fall", sagt er und tätschelt meinen Rücken.

Wir bleiben eine Weile so liegen, mit seinem Schwanz tief in mir. Aber dann wird es kalt und wir gehen ins Schlafzimmer. Nackt krabbeln wir unter die Decke.

„Tut mir leid, wie es gelaufen ist, als ich das letzte Mal hier war", sagt

Ace, als er sich auf den Rücken legt und ich meinen Kopf auf seine Brust lege.

„Ist ja nicht deine Schuld“, sage ich. „Dein Dienst am Vaterland hat dich krank gemacht.“

Er stößt einen Seufzer aus. „Es fühlt sich nicht ehrenvoll an.“

Ich stütze den Kopf auf eine Hand und sehe ihn an. Er wirkt so traurig. Mir wird das Herz schwer. Mir wird klar, dass es schwer sein muss für ihn zu wissen, dass sein Kopf ihn jederzeit wieder nach Afghanistan zurückschicken kann.

„Eine Schussverletzung ist ehrenvoll. PTBS nicht“, sagt er. Seine Stimme klingt gequält und voller Schmerz. Ich wünschte, ich könnte diesen Schmerz einfach wegwischen.

„Sagt wer?“, frage ich.

„Ungeschriebenes Soldatengesetz“, sagt Ace.

„Das sind deine eigenen Regeln, Ace. Hätten wir hier gesehen, was ihr dort sehen musstet, würden wir alle in einem tiefen schwarzen Loch versinken.“

„Ja, die Flashbacks sind übel“, sagt er. „Ich sollte nach Hause gehen. Mir fallen die Augen zu und ich möchte nicht hier einschlafen.“

Ich will schon fragen, warum, aber dann halte ich den Mund. Ich weiß, warum. Er hat Angst, wieder so einen Anfall zu bekommen, wenn er hier schläft. Ich hatte noch nie so etwas Beängstigendes gesehen. Ein erwachsener Mann kauert nackt auf dem Boden, mit einem irren Blick.

Ich erschauere, als ich mich daran erinnere. Unter dieser Gestalt, die das Gefecht erneut durchlebt, steckt ein freundlicher und großzügiger Mann. Ein Mann, der hart daran arbeitet, gesund zu werden. Der Vater meiner Tochter. Ich treffe eine Entscheidung.

„Ist okay, du kannst hier schlafen. Wir finden eine Lösung, falls es wieder passiert“, sage ich.

Seine Brust hebt und senkt sich, mit meinem Kopf darauf. Ich spüre, wie die Gefühle über ihn kommen.

„Bist du sicher?“

„Bin ich.“

Er ist für einen Moment still. „Ich will am Samstag mit dem Boot rausfahren. Hast du Lust, mitzukommen?“

Von dem, was ich bisher mitbekommen habe, ist dieses Segelboot sehr wichtig für Ace. Daher ist es auch von Bedeutung, wenn er mich fragt, ob ich mit ihm segeln will. In meinem Bauch steigen Schmetterlinge auf. Ich hebe den Kopf und küsse ihn auf den Mund.

Er lächelt träge.

„Sehr gern.“

„Gut.“

Mein Körper ist erschöpft, aber mein Verstand ist noch hellwach. Ich sehe Ace dabei zu, wie er einschläft, die sinnlichen Lippen leicht geöffnet. Ich studiere seine Gesichtszüge und vergleiche sie mit Lunas. Der gleiche Mund, die Nase, die Kopfform. Es ist mir ein Rätsel, wie Ace diese Ähnlichkeit bisher nicht sehen konnte.

Aber ich weiß, dass mir die Zeit davonläuft. Je länger ich warte, desto schwerer wird es.

Kapitel Dreizehn

Ace

Ich klopfte ungeduldig auf das Lenkrad, während ich darauf warte, dass Lexi aus dem Haus kommt. Ich könnte auch hineingehen und drinnen auf sie warten, aber ich weiß genau, was dann passiert. Die sexuelle Anziehung zwischen uns ist zu mächtig. Geradezu explosiv. Ich könnte sie unmöglich aus dem Haus lassen, ohne sie zu kosten.

Die Versuchung ist groß, aber ich habe Pläne. Ich möchte, dass Lexi das Segeln gefällt. Ich möchte, dass sie das Gefühl von Freiheit und Abenteuer auf dem Wasser erlebt. Das Wetter ist perfekt für einen Tag auf dem Meer.

Fünf Minuten später taucht Lexi auf, in einem blau-weißen Sommerkleid ohne Ärmel. Sie trägt einen Hut, den ich ihr gleich wegnehmen werde. Ich mag, wenn sie ihr Haar offen trägt und es ihr über die Schultern fällt. Ihre Augen sind hinter einer Sonnenbrille verborgen.

„Hi", sagt sie und steigt auf der Beifahrerseite ein.

Ihr Kleid rutscht hoch, als sie sich hinsetzt.

„Hallo, schöne Frau." Ich beuge mich vor, um sie zu küssen und meine Hand auf ihren Oberschenkel zu legen. Ich kann einfach nicht anders. Und sofort fallen wir übereinander her wie geile Teenager.

„Ace", flüstert Lexi, als ich durch den Stoff ihres Höschens ihre Klitoris streichle.

Ich spüre, wie ihre Beine zittern und ich fluche vor mich hin, als mir bewusst wird, dass wir uns im Auto befinden. Ich löse mich aus dem Kuss, reibe aber weiter über ihre Klitoris. Ihr Kopf fällt in den Nacken, als könnte sie ihre Muskeln nicht länger beherrschen.

Da fällt mir ein Buch in ihrer Hand auf. Auf dem Cover ist ein Segelboot abgebildet. Das erinnert mich an unsere Pläne für den Tag. Sex im Auto kommt nicht darin vor. Es ist nicht so, dass uns jemand sehen könnte. Die Fensterscheiben meines SUV sind getönt. Dafür bin ich jetzt sehr dankbar.

„Wir machen später hier weiter", sage ich und ziehe meine Finger zurück.

Sie gibt süße Protestlaute von sich. Ich muss lachen.

„Ich werde mich rächen", sagt sie und zupft ihr Kleid zurecht.

„Ich mache es später wieder gut", sage ich. „Versprochen." Mein Blick fällt auf das Buch. „Was ist das?"

Ihre Wangen werden rot. Es gefällt mir, dass ihr solche Kleinigkeiten peinlich sind.

„Das Buch habe ich mir vor ein paar Tagen besorgt. Über das Segeln. Ich wollte so viel wie möglich darüber lernen."

Ich bin gerührt. Lexi ist niedlich. Je mehr Zeit ich mit ihr verbringe, desto mehr neue Seiten entdecke ich an ihr. Und alles, was ich an ihr entdecke, weckt immer noch den Wunsch nach mehr. Was macht sie glücklich? Ihre Träume und Hoffnungen für die Zukunft.

„Und was hast du bisher gelernt?", frage ich und starte den Wagen.

„Jede Menge. Aber noch sind das nur Worte, ich hoffe, in der Praxis ergibt alles mehr Sinn", sagt sie lachend.

Segeln ist einfach, wenn man sich dafür interessiert.

„Ich weiß, dass man zuerst die Segel setzen muss", sagt sie etwas zögernd.

„Sehr gut."

„Und die Spitze vom Schiff nennt man Bug."

Wir unterhalten uns über Boote auf dem Weg nach Santa Monica und ich bin beeindruckt, wie schnell sie das Wesentliche erfasst.

„Wann hast du mit dem Segeln angefangen?“, fragt sie.

„Ich weiß es nicht mehr. Mein Vater hat gern gesegelt und mir und meinem Bruder die Liebe zum Meer nahegebracht. Ich schätze, wir haben immer schon gesegelt.“

Ich habe schöne Erinnerungen daran, den ganzen Tag auf dem Meer zu verbringen.

Wir sind nach einem Tag auf dem Wasser erschöpft nach Hause gekommen, aber ich wäre immer gern draußen auf dem Boot geblieben. Ich muss kichern, als mir etwas einfällt. „Meine Mom hat es nie gemocht. Sie klammerte sich immer die ganze Zeit an die Reling.“

Lexi lacht. „Ich hoffe, dass es mir gefällt.“

„Bist du noch nie auf einem Boot gewesen?“

Es ist für mich unvorstellbar, wie man über zwanzig sein kann, ohne je einen Fuß an Bord eines Schiffes gesetzt zu haben. Aber das denkt wahrscheinlich jeder, der an einem Gewässer aufgewachsen ist.

„Nein, nie“, sagt Lexi. „Wir waren schon froh, wenn wir ein Dach über dem Kopf hatten. Von einem Boot war da nie die Rede.“

Ihre Worte machen mich neugierig, aber ich frage nicht nach, denn es fühlt sich zu persönlich an.

„Hast du Angst?“, frage ich etwas später, als wir hinunter zur Marina fahren, wo der Bootsverleih von Park und Rachel sich befindet.

„Nein“, sagt sie. „Du bist ja dabei.“

So eine schlichte Äußerung, aber ich fühle mich zwei Meter groß. Ich gebe ihr ein Gefühl von Sicherheit.

Ich stelle den Wagen ab und mache mich mit Lexi auf den Weg zur

Promenade und zum Pier, wo die Boote liegen.

„Ich mag den Salzgeruch in der Luft", sagt sie. „Was würde ich nicht dafür geben, hier zu leben."

„Die Lebensart hier ist sehr entspannt", gebe ich widerwillig zu. Als ich vor zwei Jahren Santa Monica verließ, hatte ich mir geschworen, niemals zurückzukehren. Aber Lexis Begeisterung ist ansteckend.

Ein Schild an der Glastür zeigt an, dass geöffnet ist und ich trete ein. Rachel sitzt am Empfang und steht lächelnd auf, als sie uns sieht.

Sie nimmt uns beide in den Arm. „Park kommt alle paar Minuten rein, um zu sehen, ob ihr schon da seid", sagt sie lachend. „Er kann es kaum erwarten, dich mit deiner Serenity wieder zu vereinen."

Wie aufs Stichwort kommt Park in einem makellos weißen T-Shirt und einer Shorts herein. „Wurde aber auch Zeit", sagt er zur Begrüßung.

Er umarmt mich und küsst Lexi auf die Wange. Zwei Männer kommen herein und wir winken Rachel kurz zu und gehen hinaus, um zur Marina hinüberzugehen, wo die Jacht vertäut liegt.

Als ich die Serenity sehe, muss ich lächeln. Sie glänzt weiß in der Sonne.

„Ich bin gestern mit ihr mit ein paar Tagesgästen rausgefahren, aber sie ist jetzt wieder sauber und die Vorräte sind aufgestockt", sagt Park, als wir an Bord gehen.

Ich gebe Lexi eine schnelle Tour des Boots. Sie verliebt sich sofort in die Küche. Die ist winzig, aber komplett ausgestattet.

„Es wird wirklich Zeit, dass du mit dem Schätzchen rausfährst", sagt Park, als wir ans Steuerrad treten.

Wir machen das Boot klar zum Auslaufen, aber kurz vor dem Ablegen, springt Park von Bord. „Viel Spaß euch beiden."

„Danke, Kumpel“, sage ich.

Ich kenne eine tolle Stelle nördlich von Santa Monica, etwa eine Dreiviertelstunde entfernt. Ich steuere das Boot vom Pier weg hinaus aufs Meer. Das Wasser ist ruhig und ich lade Lexi ein, das Steuer zu halten.

„Bist du sicher?“, fragt sie.

„Bin ich.“

Ich merke schnell, dass das nicht meine beste Idee war. Als ich hinter ihr stehe und ihren Rücken an meiner Brust spüre. Ich beuge mich vor und erhasche einen Hauch ihres Duftes, dann streiche ich mit den Lippen über ihren Nacken.

„Das ist toll!“, ruft Lexi.

Ihr Haar weht nach hinten und der Klang ihres Lachens im Wind ist das schönste Geräusch, das ich heute zu hören bekommen habe. Es ist ein guter Tag, um Lexi den Ozean zu erklären. Ich stelle mir vor, wie schön es wäre, einen Monat oder zwei mit Lexi auszusteigen.

Sie ist die Art von Frau, mit der man gern auf einer einsamen Insel stranden würde.

„Kannst du das Land da drüben sehen?“, frage ich eine halbe Stunde später, als wir uns einer kleinen Insel nähern.

Sie schirmt ihre Augen mit der Hand gegen die Sonne ab. „Ja, ich sehe etwas.“

Als wir näherkommen, wird die felsige Küstenlinie erkennbar. Die kleine Insel ist unbewohnt und das schönste Fleckchen Erde, den ich je gesehen habe. Lexi überlässt mir das Ruder, um sich besser umsehen zu können, als wir näher kommen. Eine langgezogene Klippe erstreckt sich über den Strand, dahinter liegt eine zerklüftete Uferlinie. Ich nehme Fahrt raus und stelle den Motor ab.

„Wir gehen hier vor Anker“, sage ich.

Sie seufzt. „Perfekt.“

Ich erkläre ihr, wie man einen Anker wirft. Sobald wir sicher liegen, lasse ich das Beiboot zu Wasser und packe das Essen ein, das Park für uns organisiert hat. Zehn Minuten später gleiten wir über die Wellen zu der geschützten Bucht.

Es gibt nichts Schöneres als Wind im Haar und Gischt, die einem ins Gesicht spritzt. Als wir anlanden, ist Lexis Haar nass und klebt ihr am Kopf. Sie sieht zum Anbeißen aus.

Kurz vor der Küste springe ich aus dem Boot und ziehe es auf den Strand. Dann reiche ich Lexi die Hand. Sie streift ihre Sandalen ab und steigt barfuß aus dem Boot.

„Herrlich“, sagt sie, als ihre Füße den warmen Sand berühren.

Ich nehme den Picknickkorb mit. „Willst du erst etwas essen oder erst die Insel erkunden?“

Lexi klatscht in die Hände. „Wer braucht denn schon Essen? Erkunden!“

„Na, dann los.“ Ich stelle den Korb in einem kleinen Alkoven unterhalb der Klippe ab. Aber eigentlich ist niemand hier, der ihn finden könnte. Wir sind hier ganz allein.

Ich nehme Lexis Hand und wir spazieren am Strand entlang, die Wellen umspielen unsere Füße.

„Das ist das beste Date, das ich je hatte“, sagt sie.

„Ich auch.“

„Das glaube ich nicht“, sagt sie in verspieltem Tonfall. „Ich bin doch bestimmt nicht die erste Frau, die du mit hierhergebracht hast. Ich meine, das hier ist das ultimative Vorspiel.“

Ihre Worte bringen mein Blut in Wallung. „Doch, so ist es."

Sie schaut mich an und blickt dann weg.

„Wenn Luna auch hier wäre, hätte ich nichts dagegen, für immer hierzubleiben." Nachdem sie es ausgesprochen hat, verkrampft sich ihre Hand.

Das ist schon seltsam. „Du meinst, du möchtest mit deiner Nichte zusammen sein, aber nicht mit deiner Schwester?" Ich bemühe mich um einen leichten Tonfall, ich will die Stimmung nicht kaputt machen.

Sie lacht. „Nein, ich meinte eigentlich beide."

Wir gehen und unterhalten uns locker, bis wir die Spitze der Klippe erreicht haben, dann drehen wir wieder um.

„Leben deine Eltern noch hier in der Gegend?", fragt sie.

„Ja." Ich bekomme ein schlechtes Gewissen. Ich sollte sie anrufen und sie mal besuchen.

Meine Wut auf sie ist längst erkaltet. Meine Eltern waren nicht perfekt. Sie waren ein Beispiel dafür, wie man seine Kinder nicht erziehen sollte. Mein Bruder Declan war immer ihr Liebling gewesen und sie haben nie einen Hehl daraus gemacht.

Es ist leicht, Declan zu mögen. Er ist offen und freundlich. Ich bin das Gegenteil, sehr zurückhaltend, bis ich jemanden besser kenne. Meine Mutter war früher ungeduldig mit mir, weil ich nicht so offenherzig war wie Declan. Und mein Vater hat uns immer in einen Wettstreit gegeneinander verwickelt.

Zum Glück hat das nie einen Keil zwischen uns getrieben.

„Besuchst du sie oft?", fragt Lexi.

„Nein. Wir hatten ein paar Meinungsverschiedenheiten, bevor ich nach Afghanistan ging. Und das wurde nie zwischen uns geklärt."

„Oh, und ich dachte, Vanessa und ich wären die einzigen, die Probleme mit den Eltern hatten."

„Was ist passiert?" Ich habe kein Problem damit, sie zu fragen, da sie das Thema ja angeschnitten hat.

Sie lacht leise. „Mom ist eine Erwachsene mit dem Verhalten eines Teenagers. Sie war immer schon verantwortungslos. Das letzte Mal haben Vanessa und ich sie vor vier Jahren gesehen. Sie hat einen Mann kennengelernt und ist mit ihm abgehauen. Keine Ahnung, wohin."

Ich bin so schockiert, dass ich stehenbleibe. „Sie ist einfach abgehauen?"

„Ja. Und das nicht zum ersten Mal. Sie ist Alkoholikerin und wenn sie besoffen ist, kann alles Mögliche passieren."

Kapitel Vierzehn

Lexi

Der entsetzte Gesichtsausdruck ist auf Aces Gesicht noch immer erkennbar, als wir uns zum Essen auf die Decke setzen. Er hat wirklich an alles für das Picknick gedacht. Ich kann nicht glauben, dass das hier wirklich passiert. Bisher hatte ich immer nur die Berichte von anderen Frauen gehört, die solche romantischen Dates hatten.

Ich hatte noch nie einen romantischen Freund und irgendwie auch nie damit gerechnet. Wir sitzen auf der Decke und Ace holt eine Flasche Wein und zwei Gläser aus dem Korb. Ich verteile die anderen Sachen auf der Decke und warte auf weitere Fragen zu meiner Kindheit.

Ich weiß nicht, warum ich ihm von meiner Mutter erzählt habe. Das ist eigentlich nichts, worüber ich spreche. Auf jeden Fall ist es ein Stimmungskiller.

Ich liebe das Geräusch der Wellen, die an den Strand spülen. Das Meer ist unglaublich blau und klar. Das Boot scheint so weit weg und wippt auf den Wellen. Ich komme mir vor, als hätte ich in den letzten fünfundzwanzig Jahren nicht wirklich gelebt.

„Du hast an alles gedacht“, sage ich und bewundere all die guten Sachen. Es gibt eine Auswahl kleiner Sandwiches, einen Salat und Früchte. „Es ist perfekt.“

„Du bist perfekt“, sagt Ace und grinst schief. „Ich muss allerdings ein Geständnis machen.“

Mein Herz klopft heftig in meiner Brust. Seine Worte erinnern mich daran, dass ich eine Entscheidung treffen muss. So können wir nicht weitermachen. Meine Unaufrichtigkeit liegt mir schwer im Magen.

Manchmal wache ich nachts schweißgebadet auf, weil ich meine süße Tochter geheim halte.

Was, wenn Ace es von jemand anderem erfährt? Sein Bruder könnte es ihm sagen. Declan hat nur zögernd meinem Wunsch zugestimmt, aber für wie lange wird er sich noch daran halten? Seine Loyalität gilt seinem Bruder, nicht mir.

„Ich habe Park gebeten, das für mich zu organisieren. Das stammt aus einem Restaurant bei der Marina“, sagt Ace mit einem liebenswerten Grinsen auf dem Gesicht.

„Aber du warst klug genug, es zu bestellen“, sage ich. „Ich möchte nicht, dass dieser Tag je endet. Das ist besser als Tanzen. Und ich liebe Tanzen.“

„Was hält uns davon ab, zu tanzen? Ich habe eine schöne Playlist auf meinem Handy.“

Ich muss lachen. „Das reicht mir.“

Ace entkorkt die Weinflasche und füllt die Gläser. Er reicht mir eines und als sich unsere Finger berühren, werde ich von einer warmen, süßen Erregung erfüllt. Ich würde mich zu gern einfach hinlegen und mich von Ace verwöhnen lassen, hier unter dem strahlend blauen Himmel.

Mein Körper sehnt sich nach ihm. Wenn wir zusammen sind, nackt, fühlt es sich an, als würde ich ihn schon mein ganzes Leben lang kennen. Aber wenn ich ihn jetzt so anschaue, während er hinaus auf das Meer blickt, dann wird mir bewusst, wie wenig ich eigentlich von ihm weiß. Wenn man jemandem nahesteht, sollte man doch ahnen können, was in ihm vorgeht.

Aber ich habe nicht die geringste Ahnung, woran er gerade denkt.

„Du starrst mich die ganze Zeit an“, sagt er, ohne den Kopf zu drehen. „Hältst du das hier für eine schlechte Idee?“

Ich lache. „Nein, ganz und gar nicht. Ich habe mich lediglich gefragt, woran du wohl gerade denkst."

Er wendet sich mir zu. Sein Gesichtsausdruck ist ernst. „Ich denke an die Arbeit. Ich wollte niemals etwas so sehr wie Feuerwehrmann sein. Ich bin einfach nur froh, dass ich es geschafft habe."

Ich versuche, mir dieselbe Leidenschaft für meinen Job als Barkeeper vorzustellen, aber es gelingt mir überhaupt nicht. Ginge es nicht ums Geld, wäre es mir vollkommen egal, ob ich diesen Job verliere. Es ist kein schlechter Job, aber ich empfinde auch nichts dabei, im Gegensatz zu Ace.

„Du hast es gut hingekriegt", sage ich. „Nach allem, was ich gelesen habe, ist es ziemlich schwierig, vom Soldaten zum Zivilisten zurückfinden."

Ace lächelt und mustert mich. „Liest du über alles nach?"

Mein Gesicht wird heiß. Das ist etwas, was ich mir vor langer Zeit angeeignet habe. Die Bücherei und Buchhandlungen waren immer meine erste Quelle für Informationen. Mit einer Mutter aufzuwachsen, die davon ausging, dass man sich selbst ums Erwachsenwerden kümmerte, hieß auch, dass man sich Wissen woanders herholen musste.

Bücher stellten sich eben als gute Grundlage heraus.

„Kann man so sagen, ja", sage ich und trinke meinen Wein aus.

Ace holt sein Handy heraus und kurz darauf erklingt sanfte Jazzmusik. Zusammen mit dem Plätschern der Wellen und dem Rauschen des Windes entsteht eine perfekte Stimmung. Er steht auf und zieht mich auf die Beine. Wir bewegen uns von der Decke auf den Sand.

Er nimmt mich in seine Arme und zieht mich an sich. Er dreht mich im Kreis und ich muss lachen. Zurück in seinen Armen schlinge ich meine Arme um seinen Nacken. Ace riecht so gut, so männlich. Seine Hände halten mich fest an der Taille und wir sind uns so nahe, dass ich seine Erregung spüren kann.

„Ich habe noch nie barfuß getanzt", sage ich.

„Und ich habe noch nie am Strand getanzt", sagt Ace und lehnt sich zurück, um mich anschauen zu können.

„Das auch nicht", sage ich lachend, aber dann verstumme ich, als sein Blick zu meinem Ausschnitt wandert.

Er schaut zu mir auf und streichelt über mein Gesicht, dann küsst er mich. Ich dränge mich an ihn, meine Brustwarzen fühlen sich an, als stünden sie in Flammen. Seine Hände wandern über meinen Rücken und wir küssen uns hungrig. Unsere Füße bewegen sich kaum noch zur Musik, aber das macht nichts.

Ace beendet den Kuss und wandert hinunter zu meinem Hals. Ich warte auf das Gefühl seiner Lippen auf meiner Haut. Aber da kommt nichts. Ich höre ihn nur tief einatmen.

„Was tust du da?", frage ich.

„Ich rieche an dir", sagt er. „Du hast einen sexy und berauschenden Duft nach Zitrone und ich hoffe, wenn ich genug von dir einatme, dass ich für den Rest des Tages etwas davon habe."

Tränen treten mir in die Augen. Das ist das Süßeste, was je ein Mann zu mir gesagt hat. Bisher hat sich nie einer dafür interessiert, wie ich rieche. Zwar besagte mein Plan, Ace zur Befriedigung meiner Lust zu benutzen, aber es wird immer schwieriger, es darauf zu beschränken.

Seine Worte und die netten Dinge, die er tut, reißen nach und nach all meine Schutzwälle ein. Wenn das so weitergeht, werde ich mich in ihn verlieben. Falls das nicht schon längst passiert ist.

Ace nimmt meine Hand und führt mich zurück auf die Decke. Er stellt den Picknickkorb beiseite und ich lege mich auf den Rücken. Der Himmel wirkt so nahe, als könnte ich ihn berühren, wenn ich die Hand ausstrecke.

Ace legt sich auf mich und küsst mich, als gäbe es kein Morgen. Seine Lippen wandern von meinem Mund zu meinem Hals und wieder zurück.

Er küsst meine nackten Schultern und zieht mit den Zähnen am Träger meines Kleides.

Stück für Stück entkleidet er mich. Als ich vollkommen nackt bin, steht er auf und zieht sich selbst in Rekordzeit aus. Dann hält er inne und starrt gierig auf mich herab. Es sollte mir peinlich sein, ist es aber nicht.

Er begibt sich zwischen meine Beine und ich seufze, als er den Kopf senkt, denn ich weiß, welche Lust mich nun erwartet. Mein Atem kommt kurz und stoßweise, als würde ich nicht genug Luft bekommen. Zuerst leckt er über meine Spalte. Ich schnappe nach Luft.

Als ich seinen Mund erneut spüre, verschlingt Ace meine Pussy. Er hält meine Schenkel fest und zieht sie auseinander, während ich versuche, wild herumzustrampeln. Ich bestehe nur noch aus Lust und möchte es nie wieder anders haben.

Ich weiß nicht, wie oft ich zum Höhepunkt komme. Als ich vollkommen erschöpft bin, sage ich Ace, er solle meine Position einnehmen.

Er lächelt träge. „Was hast du denn vor?"

„Das wirst du gleich sehen", sage ich betont mysteriös.

Ich arbeite mich an seinen Beinen empor, küsse, lecke, beiße. Ace gefällt das offenbar, wenn ich die Tatsache richtig deute, dass er auf seiner Unterlippe kaut. Außerdem ragt mir sein steifer Schaft entgegen. Ich kann es kaum erwarten, meine Hand darumzulegen. Aber alles zu seiner Zeit.

An seinem Oberschenkel fallen mir Narben auf, die Haut ist sehr zerklüftet. Ich küsse an der Narbe entlang und Ace versteift sich.

„Was ist passiert?", frage ich.

„Kugeln."

Es schnürt mir die Kehle zu. Nicht nur hat Aces Seele für uns alle

Schaden genommen, sein Körper ebenfalls. Ich liebkose die Narben, um ihm zu zeigen, dass mich das nicht abstößt. Er entspannt sich wieder und ich arbeite mich weiter nach oben.

Ich lege meine Hand um seinen Schaft und reibe langsam auf und ab, während ich über die Spitze lecke. Ich mag den salzigen Geschmack und lecke die ersten Tropfen Ejakulat gierig ab. Ace und ich hatten mehrfach Sex, aber ich hatte noch keine Gelegenheit, mich so intensiv seinem Schwanz zu widmen.

Ich betrachte ihn, wie ein Wissenschaftler eine neue Spezies. Er ist dick und lang, eine Lustwaffe.

Ace kichert. „Hast du so etwas noch nie aus der Nähe gesehen?"

„Nicht so einen", sage ich verspielt.

Ich nehme seinen Schwanz tief in den Mund und Ace lässt stöhnend seinen Kopf in den Sand sinken. Alles verschwimmt zum reinen Hintergrund, das Geräusch der Wellen am Strand, das Rauschen des Windes, der Geschmack von Salz. Nur Aces Lust bleibt.

Er stößt mit dem Becken nach oben und passt sich meinen Bewegungen an. Meine Hand spielt mit seinen Eiern, als wollte ich sie wiegen. Ich lutsche an seinem Schaft. Sein Schwanz pulsiert in meinem Mund und Ace fasst mich am Hinterkopf.

„Lexi", sagt er. „Du solltest damit aufhören. Ich will in deiner süßen Pussy kommen."

Seine Worte überfluten meine Pussy mit neuer Nässe. Ace dreht mich um und legt sich auf mich. Seine braunen Augen schauen mich intensiv an, als er seinen Schwanz in Position bringt. Ich bäume mich auf und ziehe ihn tiefer in mich hinein.

Ace stöhnt und dringt weiter in mich. Noch immer schaut er mir tief in die Augen, während wir uns lieben. Es ist, als könnte ich bis in seine

Seele blicken. Ich fühle mich, als wären zwischen uns alle Mauern gefallen.

Er bereitet mir den Himmel auf Erden. Alles, was ich empfinde, wird durch die Geräusche des Meeres und des Windes noch verstärkt. Ich befürchte, Sex im Bett wird mich niemals mehr vollends befriedigen.

Sein Name hallt im Wind wider und mir wird bewusst, dass ich es bin, die ihn ruft. Ich halte mich an ihm fest und dränge ihn, heftiger in mich zu stoßen. Als mein Höhepunkt da ist, kann ich nur noch gurgelnde Laute von mir geben und erschauere heftig.

Ich zittere noch, als Ace seinen heißen Samen in mich abspritzt.

„Bleib noch etwas in mir", sage ich.

Er dreht mich vorsichtig, um nicht aus mir herauszugleiten. Seine konzentrierte Miene lässt mich auflachen.

Als ich auf seiner Brust ruhe, kommt mir ein Gedanke. Dies ist der perfekte Ort und der richtige Zeitpunkt, um Ace zu sagen, dass er der Vater meiner wunderschönen Tochter ist.

Mein Herz gerät ins Stolpern. Angst überkommt mich. Ich weiß nicht, ob ich das kann. Ich mache den Mund auf, will etwas sagen, aber da kommt nichts. Ich atme tief durch, um meine Nerven zu beruhigen. Wie sagt man einem Mann, dass das Kind, von dem er annimmt, dass es zur Schwester gehört, seine Tochter ist?

Und plötzlich wird mir in einem Anfall von Klarheit bewusst, dass es falsch war, Ace nicht von Anfang an die Wahrheit zu sagen. Ich möchte mich am liebsten in den Hintern treten. Ich muss so bald wie möglich mit ihm reden. Ich darf es nicht länger aufschieben.

Kapitel Fünfzehn

Ace

Lexi und ich sitzen auf der Decke und schauen Richtung Meer wie zwei buddhistische Mönche. Der Vorschlag kam von ihr. Angeblich ist es eine Form der Meditation. Es entspannt tatsächlich, es fühlt sich so friedlich an. Wenn es ginge, würde ich für immer mit Lexi hierbleiben.

Ich höre, wie sie tief einatmet, dann schaut sie mich an. Ich wende mich ihr zu. „Meditieren wir noch?“, scherze ich.

Sie kichert nicht, wie ich es erwartet habe. Stattdessen sieht sie sehr ernst aus, wie ich sie noch nie gesehen habe. Ich sollte mir Sorgen machen, dass etwas nicht stimmt, aber das tue ich nicht. Der Tag war bisher einfach perfekt. Lexi hat das selber mehrfach betont.

„Ist alles okay?“, frage ich.

Sie lächelt dann doch, aber nicht so offen und süß wie sonst. Eher nervös. Sie beißt sich auf die Unterlippe. „Ja und nein.“

Ich streichle beruhigend ihr Knie. Sie legt ihre Hand auf meine.

„Ich muss dir etwas sagen.“

Jetzt bin ich neugierig. In meinem Magen breitet sich Unbehagen aus. „Was ist denn, Lexi?“

Sie schließt die Augen. Als sie sie wieder öffnet, atmet sie geräuschvoll aus. Sie macht mich nervös, aber ich bemühe mich, geduldig abzuwarten und die Ruhe zu bewahren.

„Du erinnerst dich, dass ich dir sagte, Luna wäre meine Nichte? Dass sie Vanessas Tochter ist?“

Ich nicke.

„Das stimmt nicht. Sie ist meine Tochter."

Zunächst einmal empfinde ich große Erleichterung. Erleichterung darüber, dass Lexi nicht etwa eine tödliche Krankheit hat oder sonst etwas Furchtbares. Ich wundere mich zwar, dass sie mich deswegen belogen hat, aber damit kann ich leben. Es mag gute Gründe geben, warum jemand so etwas erfindet.

Auf einmal ergeben einige Dinge mehr Sinn. So wie vorhin, als sie sagte, sie wünschte, Luna wäre auch hier, dann würde sie für immer hier auf der Insel bleiben. Und dass sie sich vor allem um das Kind gekümmert hat und nicht die Schwester, ist dann auch logisch.

„Vanessa hat gar keine Probleme, oder?"

Sie lässt den Kopf hängen. „Nein", murmelt sie. „Sie ist verantwortungsbewusster als jeder andere Mensch, den ich kenne."

„Hey, kein Grund, so betrübt aus der Wäsche zu schauen", sage ich, um sie aufzuheitern. „Ist schon okay. Ich kenne dich, Lexi, du würdest so etwas nicht ohne Grund erfinden."

Als sie mich anschaut, hat sie Tränen in den Augen. Und noch etwas hält mich davon ab, sie einfach in meine Arme zu schließen.

„Das ist nicht alles", sagt sie. „Luna ist außerdem deine Tochter."

Ich starre sie ungläubig an. Ich höre wohl die Worte und weiß, was sie bedeuten, aber es kommt nicht richtig bei mir an. Das kann sie doch nicht im Ernst meinen? Mein Verstand braucht einen Moment, um das wirklich zu erfassen. Dann stürzen tausend Gedanken gleichzeitig auf mich ein.

Wie? Wann? Lunas süßes kleines Gesicht kommt mir in den Sinn. Sie ist niedlich, aber … meine Tochter?

„Es ist damals bei unserer einen gemeinsamen Nacht passiert. Ich nahm zwar die Pille, aber da muss etwas schiefgelaufen sein, denn neun Monate später kam Luna zur Welt." Lexi zieht die Beine an und umschlingt ihre Knie.

„Warum hast du es mir nicht erzählt?"

Sie macht große Augen. „Ich habe überall nach dir gesucht!", faucht sie. „Du hast mit keinem Wort erwähnt, dass du nach Übersee abhaust."

Ich habe das Gefühl, sie hält ein paar Kraftausdrücke nur mit Mühe zurück. Und recht hat sie. Ich bekomme ein schlechtes Gewissen, als ich an jene Nacht zurückdenke. Aber schnell kehrt das Erstaunen zurück. Aus jener Nacht ist ein Baby entstanden.

Ich denke über die vergangenen Wochen nach. Lexi und ich sehen uns seit mehr als einem Monat. „Warum hast du es mir nicht bei unserer erneuten Begegnung gleich gesagt?"

In meinem Kopf hämmert es, während ich versuche, das alles zu erfassen. Mein Leben, das bis gerade eben noch so einfach war, fühlt sich auf einmal nicht mehr wie meines an. Zorn steigt in mir auf, ohne dass ich es wirklich merke.

„Ich wusste nicht, ob du es verdient hattest, Teil von Lunas Leben zu sein", sagt Lexi.

Mein Zorn bricht hervor. „Verdient? Und wer zur Hölle bist du, dass du das zu entscheiden hast?"

Ich weiß nicht, warum ich so wütend bin. Ich komme mir wie ein Idiot vor. Lexi hat mich die ganze Zeit vorgeführt.

Sie schiebt trotzig das Kinn vor. „Ich bin ihre Mutter. Diejenige, die sie zur Welt gebracht hat und sich um sie kümmert. Das zur Hölle bin ich!"

Sie ist laut geworden und klingt verbittert, aber niemand kann uns hier hören. Nicht, dass es mich interessieren würde, wenn es so wäre.

„Und was war ich dann? Ein Samenspender?"

Sie springt auf. „Ja! Ganz genau das warst du, bis ich entschieden hatte, ob du es verdienst, Luna kennenzulernen.“

Ich springe ebenfalls auf. Wir schreien uns an. Ich fange an zu zittern. Ich kann nicht fassen, dass sie mich als Samenspender bezeichnet hat.

„Fick dich doch, Lexi.“

Sie starrt mich finster an und verschränkt die Hände vor der Brust. „Ich will nach Hause.“

Ich nehme die Decke und stopfe sie in den Picknickkorb, es ist mir egal, ob dabei die Gläser zu Bruch gehen. Ich bin zu wütend, um über irgendetwas nachzudenken. Ich will nur noch hier weg. Diese Insel, die mir eben noch wie das Paradies, friedlich und schön vorgekommen war, ist jetzt eher wie ein Gefängnis.

Ich nehme Lexis Hand und helfe ihr ins Beiboot. Ich handle ganz automatisch und wir machen uns auf den Rückweg zum Segelboot. Lexi vermeidet es, mich anzusehen. Das soll mir recht sein. Ich kann nicht fassen, dass in der ganzen Zeit, die wir uns gesehen haben, sie mir so etwas Wichtiges verheimlicht hat.

Noch schlimmer, ich komme mir benutzt vor. Sie hat mich einfach abgecheckt. Wie Frauen das tun, wenn sie eine Samenbank benutzen. Sie gehen die Liste durch, wer ihren Vorstellungen entspricht, Stärken und Schwächen der Spender. Nur dass ich erst nach der Spende abgecheckt wurde.

Wir reden auf dem ganzen Rückweg kein Wort miteinander. Zum Glück ist der Bootsverleih bei unserer Rückkehr bereits geschlossen. Aber Park ist noch in der Marina.

„Rachel hat mich beauftragt, euch beide zum Essen zu uns einzuladen“, sagt Park vorsichtig. Es braucht nur einen Blick, um zu sehen, dass wir nicht mehr so sorgenfrei wie noch am Morgen sind.

Wir reden kaum ein Wort und Lexi sieht aus, als müsste sie sich übergeben. Geht mir auch so.

„Danke, Kumpel“, sage ich. „Aber ich denke, das verschieben wir auf ein anderes Mal, okay?“

„Sicher“, sagt er und klopft mir auf den Rücken. „Ich hoffe, ihr zwei hattet einen schönen Tag.“

„Es war nett“, sagt Lexi, aber ihr Gesicht besagt etwas anderes.

„Ich kann dir gar nicht genug dafür danken, dass du dich um mein Boot gekümmert hast“, sage ich.

Park kichert. „Ich habe zu danken. Es hat zu unserem Einkommen beigetragen.“

Wir unterhalten uns noch einen Moment, aber Park merkt, dass wir eigentlich wegwollen. Wir verabschieden uns und gehen zum Parkplatz. Lexi geht voraus. Sie kommt mir wie eine völlig Fremde vor. Es ist unmöglich zu rechtfertigen, mir so etwas vorzuenthalten.

Die Fahrt zurück verläuft ereignislos. Als wir bei ihr sind, lasse ich den Motor laufen und warte darauf, dass sie aussteigt. Vielleicht ist es falsch, sie nicht bis zur Tür zu begleiten, aber ich will nur noch weg von hier. Ich muss nachdenken.

„Willst du noch mit reinkommen?“, fragt Lexi mit dünner Stimme. „Vielleicht, um sie zu sehen.“

„Nicht heute. Nicht in meiner Verfassung“, sage ich. Meine Stimmung ist niedergeschlagen. Zuletzt habe ich mich so in Afghanistan gefühlt.

„Okay. Wiedersehen. Danke.“ Sie steigt aus.

Ich warte, bis sie im Haus ist, dann fahre ich los. Ich kehre zurück nach Santa Monica. Ich muss mit jemandem reden. Park kommt nicht infrage. Ich mag Rachel sehr, aber ich will nicht die Meinung einer Frau hören.

Bleibt nur mein Bruder Declan. Ich bekomme ein schlechtes Gewissen, dass ich mich nur deshalb bei ihm melde, weil ich ihn brauche. Bei unserer letzten Begegnung hatten wir abgemacht, einfach eine Pizza zu essen.

Declan war immer ein Unternehmer. Bereit, Risiken einzugehen. Bevor ich nach Afghanistan ging, hatten wir eine Maklerfirma zusammen, die sich rasant entwickelte. Wir haben viel Geld verdient, aber Geld war nie wichtig für mich.

Geld hat schon seit Großvaters Zeiten kein Problem mehr für meine Familie dargestellt. Declan gehört zu den Profiteuren der Gründergeneration. Wir haben Geldanlagen mit in die Wiege bekommen.

Über solche Dinge denke ich nicht nach. Das Geld ist da. Aber das ist natürlich auch beruhigend zu wissen. Ich bekomme außerdem von der Armee eine angemessene Pension. Auf einmal ist Geld wichtig.

Ich denke über Sachen nach, die nie von Bedeutung waren. Aber da ist eben nun dieses Kind. Die Verantwortung war eben noch nicht da. Der Zorn von vorhin löst sich auf und macht anderen Gefühlen Platz. Aufregung. Mein Leben, bis gerade noch so ziellos, hat auf einmal einen Sinn bekommen.

Ich habe vielleicht das erste Jahr und ein paar Monate von Lunas Leben verpasst, aber das kann ich ja nachholen. Ich rechne schnell nach. Sie ist ein Jahr und ein paar Monate alt. *Ich habe eine Tochter.* Staunen erfasst mich. Ich sehe ihr Gesicht vor mir und erkenne auf einmal die Ähnlichkeit zwischen Luna und mir.

Ich muss daran denken, wie ich sie zum ersten Mal sah und fand, dass sie Vanessa gar nicht ähnelte und schloss, dass sie wohl dem Vater ähnlich sehen müsste. Und genau das tut sie. Sie hat mein dunkles Haar und die braunen Augen. Ihre Züge sind einfach weicher und weiblicher.

Ich will so vieles für sie tun. Für sie da sein. Ich will die Art Vater sein, den ich gern gehabt hätte. Ich möchte, dass sie weiß, dass sie geliebt und akzeptiert wird, egal, wer sie ist. Sie soll nie glauben, dass sie jemand anderes sein müsste.

Ich bin von Stolz erfüllt und habe das Gefühl, als könnte ich fliegen. *Ich habe eine Tochter!* Ich will es in die Welt hinausschreien. Mir wird bewusst, dass ich in die falsche Richtung fahre. Auch wenn ich gern mit Declan reden möchte, so kann das doch warten.

Was nicht warten kann, ist es, Luna in den Arm zu nehmen. Sie richtig in den Arm zu nehmen, nicht wie ein Freund der Tante, sondern wie ein Vater. Ich muss sie sehen und in meinem Arm halten. Ich halte Ausschau nach der nächsten Abfahrt.

Ich atme tief durch, als ich an Lexi denke und daran, wie wir auseinander gegangen sind. Ich war ein Idiot. Das wird mir nun klar. Ich habe mich von meinen Gefühlen beherrschen lassen. Ein Kind ist eine ernste Angelegenheit und als Mutter muss sie die richtigen Entscheidungen für ihre Tochter treffen. Lexi hatte kein Recht, Luna von mir fernzuhalten, aber da ich sie kenne, weiß ich, dass ihre Gründe dafür zumindest aus reiner Sorge heraus entstanden sind.

Ich habe vorschnell geurteilt. Dabei muss es schwer für sie gewesen sein, schwanger, ohne eine Ahnung, wohin der Vater des Kindes entschwunden ist. Ich schulde ihr eine Entschuldigung.

Noch ein Gedanke kommt mir in den Sinn. Mir wird ganz anders. Was, wenn Lexi entscheidet, dass ich nicht in die Nähe ihrer Tochter darf? Mir bricht der kalte Schweiß aus, als ich wieder an meinen Anfall neulich Nacht denke.

Das musste sie ja dazu bringen, Luna von mir fernzuhalten. Beruhige dich, Soldat, sage ich mir selbst. Wenn sie nicht wollte, dass ich an Lunas

Leben Anteil nehme, dann hätte sie mir nicht gesagt, dass ich ihr Vater bin. Ich atme tief durch.

Ich gebe Gas. Ich muss zu meiner Tochter.

Kapitel Sechzehn

Lexi

„Jetzt setz dich erst einmal hin. Du machst mich ganz irre“, sagt Vanessa.

„Ach, Vanessa, ich glaube, ich habe ihn verloren!“, jammere ich. Luna blickt von ihrem Platz auf dem Boden auf, wie sie spielt. Mein Ton hat sie irritiert.

Ich lächle sie ganz automatisch an und sie widmet sich beruhigt wieder ihrem Spiel.

„Mag sein, aber es war dennoch richtig, ihm die Wahrheit zu sagen.“

Vanessa hat recht. Ich hätte nicht so lange damit warten dürfen. Panik schnürt mir die Kehle zu. Ich könnte es nicht ertragen, ihn zu verlieren, nicht nur, weil er Lunas Vater ist. Ich habe inzwischen gemerkt, was für ein toller Mann er ist. Er ist nicht das Arschloch, für das ich ihn gehalten habe.

„Du solltest mit Declan darüber reden“, sagt Vanessa, aber ich schüttle den Kopf.

„Mache ich, aber nicht heute Abend“, sage ich.

„Soll ich dich auf der Arbeit krankmelden?“

Ich schaue sie an. Die Liebe zu meiner Schwester ist manchmal zu überwältigend. „Nein, es geht schon. Habe ich dir schon mal gesagt, was für eine tolle Schwester du bist?“

„Das ist nichts im Vergleich zu dir, Lexi. Du hast mir die Mutter ersetzt, du hast für meine Ausbildung bezahlt, verdammt.“ Ihre Stimme bricht.

Ich setze mich neben sie auf die Couch und nehme sie in den Arm.

Ich wüsste nicht, was ich ohne meine kleine Schwester getan hätte. Als ich feststellte, dass ich schwanger war, hat sie mich beruhigt und mir versichert, dass wir zwei das schon hinkriegen würden.

Und sie hat mir bei der Suche nach Ace geholfen, bis wir auf Declan stießen. Ich muss kichern bei der Erinnerung daran. Vanessa am Telefon, als sie einen Carter gefunden und angenommen hatte, es handele sich dabei um Ace.

Ich hatte ihr die ganze Geschichte erzählt. Wie Ace ins Alma gekommen war und so sexy ausgesehen hatte, dass meine Hormone geradezu durchgedreht waren.

„Sind Sie Ace Carter?", hatte Vanessa gesagt und den Hörer fest umklammert.

Ich hatte versucht, es ihr wegzunehmen, aber vergeblich. „Lass mich mit ihm reden!"

„Wie können Sie es wagen, mit meiner Schwester zu schlafen und sie dann einfach sitzenzulassen!"

Sie war still geworden, als Declan sie am anderen Ende der Leitung unterbrochen hatte. Erst später habe ich erfahren, dass er nach dem Namen ihrer Schwester gefragt hat, und da ist Vanessa ausgerastet und hat ihn mit Schimpfworten überschüttet.

„Ob du bereit bist oder nicht, du wirst Vater", hatte sie gesagt.

Als Nächstes hörte man ein lautes Geräusch und dann wurde es still.

„Hallo?", hatte Vanessa immer wieder gesagt, dann hatte sie zu meinem Erstaunen gelacht, bis ihr die Tränen kamen.

„Was? Was ist passiert?", habe ich dann gefragt.

„Der Typ ist ohnmächtig geworden! Ich bin sicher, er ist einfach ohnmächtig geworden."

Wir haben uns gekrümmt vor Lachen, bis der Ernst der Lage uns wieder einholte und wir uns wieder beruhigten.

Als wir uns jetzt daran erinnern, fangen wir beide wieder an zu lachen. Wir lachen, bis Luna aufsteht und zu mir kommt. Sie legt ihre Hände auf meine Knie und fängt ebenfalls an zu lachen.

„Mama“, sagt sie.

„Ich liebe dich, Baby“, sage ich und hebe sie auf meinen Schoß.

Die Panik von vorhin löst sich auf. Ich werde damit klarkommen, egal, was mit Ace wird. Solange ich nur Luna und Vanessa habe. Sie umarmt uns beide.

„Er wird sich schon wieder einkriegen. Wer könnte ihr widerstehen?“ Sie tätschelt Lunas Haar.

„Ja, denke ich auch.“ Früher war es mir egal, ob Ace je nach LA zurückkehren würde, aber da ich nun einen Einblick gewonnen habe, was für ein Mensch er ist, ist der Gedanke, ihn zu verlieren, schon ein wenig beängstigend.

„Ich muss dann mal los“, sagt Vanessa und steht auf. „Die Arbeit ruft.“

„Danke, Schwesterherz“, sage ich. Mehr muss ich gar nicht sagen. Sie weiß, was ich meine.

Als Vanessa weg ist, überlasse ich Luna ihrem Spiel und gehe in die Küche, um ihr Abendessen vorzubereiten. Ich mache Reis mit Karotten und Blumenkohl. Hin und wieder werfe ich einen Blick ins Wohnzimmer, um nach ihr zu sehen.

Es ist leicht, sich um Luna zu kümmern. Sie quengelt nur, wenn sie sich nicht wohlfühlt. Ansonsten ist es kein Problem, solange sie ihre Essens- und Schlafenszeiten einhalten kann.

Ich nehme ihren Kindersitz mit ins Wohnzimmer und hole dann unser Essen. Mir ist nach Fernsehen beim Essen.

Noch bevor ich Luna in ihren Stuhl heben kann, klopft es an der Tür und wir erschrecken uns beide. Es ist selten, dass nach sieben noch Besuch kommt. Meine Freunde von der Arbeit wissen nicht einmal, wo ich wohne.

Ich werfe einen Blick durch den Türspion und mir bleibt die Luft weg. Meine erste Reaktion ist Freude, gefolgt von Besorgnis. Ich öffne die Tür. Er lächelt und ich atme erleichtert aus.

„Hi“, sage ich leise.

„Hi.“ Ace steckt die Hände in die Taschen. „Ich will mich entschuldigen. Ich hatte kein Recht, dich so anzugiften. Du hast getan, was du für das Beste gehalten hast für unsere Tochter.“

Mein Herz schmilzt, als er ‚unsere‘ sagt.

„Es tut mir leid, Lexi. Du machst das großartig, wie du dich um sie kümmerst.“

Ich kann mich auf einmal nicht mehr beherrschen und fange an zu heulen, ich schluchze und kann nicht mehr aufhören. Ace nimmt mich in seine Arme und hält mich fest. Wir wiegen uns hin und her, bis das Schluchzen irgendwann nachlässt. Als ich mich wieder unter Kontrolle habe, lache ich peinlich berührt auf.

„Tut mir leid. Ich weiß nicht, was über mich gekommen ist“, sage ich.

Ich weiß nicht, was los ist. Er hat mich gelobt. Gut gemacht. Worte, die ich dringend hören wollte. Armselig, ich weiß. Ich bin Lunas Mutter und es ist mein Job, diese Aufgabe gut zu erledigen. Keine Ahnung, warum ich dafür Anerkennung brauche.

Aber es fühlt sich toll an, das zu hören.

„Darf ich reinkommen?“, fragt Ace.

Ich hatte total vergessen, dass wir noch im Eingang stehen. „Sicher." Ich gehe voraus. „Ich wollte Luna gerade ihr Abendessen geben."

„Ich möchte gern dabei helfen", sagt er. „Aber erst will ich die Hände waschen."

„Okay."

Er geht zu Luna und küsst sie auf die Stirn. Sie blickt zu ihm auf und lächelt. Als er ins Bad geht, hebe ich Luna hoch, drücke sie kurz und setze sie dann in ihren Stuhl.

„Das ist dein Daddy, Baby", flüstere ich ihr zu.

Gleich darauf kehrt Ace zurück. „Darf ich sie füttern?"

„Sicher. Aber ich muss dich warnen. Das meiste wird auf dir landen, auf ihrem Gesicht und auf ihrem Sitz."

Er grinst und mein Herz schlägt Purzelbäume. Ace muss der heißeste Mann sein, der je über diese schöne Erde wandelte. Ich bin froh, dass er Lunas Vater ist.

„Das klingt nach Spaß", sagt Ace, holt sich einen Stuhl heran und stellt ihn neben Lunas Hochsitz. „Bereit, Spatz?", sagt er und nimmt den Löffel zur Hand.

Die erste Mahlzeit als Vater und Tochter verläuft erstaunlich gut. Als wollte Luna einen positiven ersten Eindruck hinterlassen.

„Deine Mommy hat an deinem guten Benehmen gezweifelt", sagt Ace, als er sanft Lunas Gesicht mit einem feuchten Tuch abwischt.

„Glaube mir", sage ich trocken. „Das ist nicht ihr üblicher Modus Operandi."

Ace kichert. „Sie ist Daddys brave Tochter." Er hebt sie aus dem Stuhl und setzt sie behutsam auf dem Boden ab.

Es ist nicht das erste Mal, dass Ace mit Luna spielt, aber heute ist es von viel größerer Bedeutung. Ich lehne mich an den Türrahmen und sehe den beiden zu. Heute spielen sie als Vater und Tochter zusammen und ihnen dabei zuzuschauen, treibt mir die Tränen in die Augen.

Bedauern überkommt mich. Ich kann meine Entscheidung rechtfertigen, Ace nichts gesagt zu haben, aber das ändert nichts an der Tatsache, dass er Lunas Vater ist und es verdient hat, das zu wissen. Ich habe ihn um diese Erfahrung betrogen, wenn auch nur für ein paar Wochen.

Es fühlt sich an wie eine richtige Familie, als wir alle drei zusammen spielen, bis Luna müde wird.

„Ich hole ihre Milch", sage ich.

Als ich mit der Milch zurückkomme, knuddelt Ace mit Luna auf der Couch und sie hat ihre kurzen Arme um seinen Nacken geschlungen.

„Ich glaube, sie schläft ein", flüstert er.

Wer würde das nicht bei so starken Schultern? Ich reiche ihm die Milch und er hebt Luna behutsam an. Sie sieht sehr verschlafen aus, aber als sie ihren Becher sieht, nimmt sie ihn und trinkt ihn aus. Dann rülpst sie laut und wir lachen.

„Sehr damenhaft", sage ich.

Ace lacht. „Was kommt als Nächstes?"

„Schlafanzug anziehen, ins Bett legen und eine Geschichte vorlesen."

„Auf geht's", sagt er.

Er sieht glücklich und aufgeregt aus. Als wäre es ein Privileg, sich um Luna zu kümmern. So empfinden nur Eltern. Wir ziehen Luna gemeinsam ihren Pyjama an, legen sie ins Bett und Ace liest ihr eine Geschichte vor.

Ich sitze im Schneidersitz auf dem Teppich und höre zu. Er hat eine wundervolle Stimme. Erst als Luna eingeschlafen ist, merke ich, dass seine

Stimme immer leiser wurde, bis sie nur noch ein Flüstern ist.

„Ich bin auch fast eingeschlafen“, sage ich lachend. „Ich muss darauf achten, auch mehr mit meiner Stimme zu arbeiten, erst recht, wenn sie einen ihrer Tage hat, wo sie einfach nicht einschlafen will.“

Wir schleichen uns aus dem Zimmer.

„Kaffee? Ein Bier?“, frage ich.

„Kaffee wäre nett, danke.“

Er folgt mir in die Küche und lehnt sich an die Kücheninsel, während ich den Kaffee aufsetze.

„Wie fühlt es sich an, Vater zu sein?“, frage ich, während ich darauf warte, dass der Kaffee kocht.

Er grinst. „Unglaublich. Es ist schwer zu beschreiben. Ich will sie vor allem beschützen.“ Er runzelt die Stirn. „Ich bin froh, dass sie noch zu klein für die Schule ist. Da geht es für Kinder viel zu rau zu.“

Ich lache. „Ja, und die Monster sind alle vier Jahre alt.“

Ace lacht nicht. „Verdammt! Es gibt so vieles auf der Welt, das die Kleine meistern muss. Was, wenn es ihr in der Schule nicht gefällt? Oder wenn sie von anderen Kindern gemobbt wird?“

Er sieht aus, als müsste er sich übergeben. Wenn ich nicht wüsste, was Ace gerade selber durchmacht, würde ich lachen. Aber ich kenne dieses Gefühl der Panik, wenn man an die Zukunft des eigenen Kindes in einer feindlichen Umgebung denkt.

„Hey, entspann dich. Ein Tag nach dem anderen“, sage ich.

„Wie kannst du so ruhig bleiben?“, fragt er mich und runzelt die Stirn.

Ich kichere. „Ich hatte fünfzehn Monate Zeit, mich mit diesen Dingen auseinanderzusetzen, die du jetzt gerade erst erlebst.“

Er schaut mich an. „Willst du mir damit sagen, dass es normal ist, dass ich mir jetzt schon Sorgen darüber mache, dass in ferner Zukunft Teenager mit meiner Tochter flirten werden?“

Ich lege mir eine Hand vor den Mund, um ein Kichern zu unterdrücken. „Kann man so sagen.“ Soweit ich weiß, machen sich Väter aber mehr Sorgen, wenn ihre Töchter mit dem Dating anfangen, als deren Mütter.

Ich bin erleichtert. Genau so einen Vater habe ich mir für Luna gewünscht. Jemand, der an ihrem Leben in allen Belangen teilnimmt.

Als der Kaffee fertig ist, nehmen wir unsere Tassen und gehen hinüber ins Wohnzimmer.

Wir setzen uns mit etwas Abstand auf die Couch. Ich bin glücklich. Eine große Last ist mir von der Seele genommen und ich kann mich entspannen. Ich bin froh, dass jemand da ist, mit dem ich über Luna reden kann.

Natürlich ist auch Vanessa für mich da. Aber sie ist Lunas Tante, das ist nicht dasselbe, wie ihre Eltern zu sein. Wir schweigen eine Weile und trinken unseren Kaffee, jeder in Gedanken versunken.

„Ich kann es immer noch nicht glauben“, sagt Ace nach einer Weile.

Mir kommt ein Gedanke. Ich war immer einfach davon ausgegangen, dass Ace mir glauben würde, wenn ich ihm sagte, dass Luna seine Tochter ist. Was, wenn ihm Zweifel daran kommen?

„Möchtest du einen Vaterschaftstest?“, frage ich. „Ich könnte es verstehen. Aber ich war mit niemandem zusammen in der Zeit, als wir damals miteinander geschlafen haben.“

Er runzelt die Stirn. „Nein, so meinte ich das nicht. Ich weiß, dass sie von mir ist. Ich hatte von Anfang an starke Gefühle für sie. Ich habe es unterbewusst vielleicht die ganze Zeit geahnt. Eine Art Instinkt.“

Ich atme erleichtert aus. Ich bin froh, dass er mir vertraut. Binnen eines einzigen Nachmittags hat sich unsere Beziehung von einem Date zu Eltern gewandelt.

Ich hoffe, dass sich Ersteres aber nicht ändert. Ace ist ein wundervoller Liebhaber.

Kapitel Siebzehn

Ace

„Also, Lucas hat die Wache und er sieht auf der anderen Straßenseite etwas brennen. Er tippt dem Chef auf die Schulter und sagt: ‚Chef, ich glaube, in dem Café da drüben brennt es.‘ Der Chef schaut hinüber und das ganze Café steht lichterloh in Flammen. Er dreht sich zu Lucas um. ‚Du Idiot, du hättest gestern schon den Alarm auslösen müssen‘“, sagt Gavin.

Wir brüllen alle vor Lachen. Lucas lacht ebenfalls.

Ich mag die Pausen mit den Kollegen in der Küche. Sie werden mehr und mehr zu meiner Familie.

„Hey, bevor ich es vergesse“, sagt Brad. Er ist ein umgänglicher Typ und absolut verlässlich, wenn es um den Job geht.

„Mila bringt mich sonst um. Wir geben am Samstag ein Barbecue, um Claras Geburtstag zu feiern. Ihr seid alle eingeladen.“

Ich weiß, dass Brad außerdem noch einen Sohn hat.

„Wie alt wird die junge Dame denn?“, fragt Collins, der stellvertretende Chef.

„Sie wird zwei.“ Ich höre den Stolz in Brads Stimme. Ich verstehe das jetzt. Wenn ich an Luna denke, kann ich immer noch kaum glauben, dass sie meine Tochter ist.

„Die Zeit rast“, sagt jemand. „Als wäre es gerade erst gestern gewesen.“

Alle schweigen, ganz in Gedanken versunken. Dieses Team arbeitet seit Jahren zusammen und ich schätze, sie teilen eine Menge Erinnerungen miteinander. Ich hoffe, dass das bald auch für mich gilt.

„Sind Singles auch eingeladen?“, fragt Connor.

„Ja, sicher. Und die Frauen sollen auch ein paar Freundinnen mitbringen. Wir müssen diesen Idioten doch mal zu einer Freundin verhelfen?“, witzelt Brad.

„Hörst du, Ace?“, sagt Connor. „Wir sind eingeladen.“

„Streich mich aus dieser Kategorie“, sage ich und wende mich an Brad. „Danke für die Einladung. Meiner Tochter wird das gefallen.“

Schweigen. Mir wird klar, dass ich gerade eine Bombe habe platzen lassen. Ich hatte Luna bisher natürlich nie erwähnt, denn ich wusste ja nicht, dass sie meine Tochter ist. Aber nun würde man mich wahrscheinlich für einen Geheimniskrämer halten.

„Ich wusste nicht, dass du eine Tochter hast“, sagt Collins.

Ich auch nicht, denke ich. „Ihre Mutter und ich sind erst seit Kurzem wieder zusammen. Sie heißt Luna. Sie ist sechzehn Monate alt.“ Ich höre in meiner Stimme den gleichen Stolz wie vorhin bei Brad, als er von seiner Tochter sprach.

Wir reden über unsere Familien. Es ist offensichtlich, dass die Kollegen großen Wert darauf legen und viele Unternehmungen gemeinsam mit den Familien stattfinden. Sie alle bilden eine Art große Familie. Es ist schön, dazuzugehören.

An diesem Nachmittag gibt es drei weitere Notrufe. Ein Feuer in einem Wohnhaus in der Third Street, ein medizinischer Notfall in einem Restaurant und ein Verkehrsunfall mit einem LKW.

Die Schicht dauert 24 Stunden. Als ich abends auf meiner Pritsche liege, denke ich an Luna und Lexi. Meine Mädels. Ich freue mich auf die Zukunft. Als ich gerade zur Ruhe komme, geht ein weiterer Notruf ein und alle stöhnen auf.

Der Notruf kommt aus einem Pflegeheim.

„Wollen wir wetten, dass es sich um einen Fehlalarm handelt?“, fragt Brad.

Er hat recht. Offenbar wurde der Rauchmelder aus Versehen ausgelöst. Wir fahren zur Wache zurück, erleichtert, dass es kein Ernstfall war. Ein Feuer in einem Pflegeheim wäre eine absolute Katastrophe.

***

Meine Schicht endet am frühen Morgen und am Nachmittag bin ich mit Declan im Alma verabredet. Ich bin schon zwanzig Minuten vor ihm da, damit ich mit Lexi reden kann.

Sie lächelt und lehnt sich über den Tresen, als sie mich sieht. Ich komme mir wie ein liebestrunkener Vollidiot vor, als ich durch die Bar zu ihr gehe. Als ich am Tresen ankomme, stützt Lexi sich auf der Bar ab, stellt sich auf die Zehenspitzen und küsst mich.

„Begrüßt du all eure Kunden so?“, scherze ich und setze mich auf einen Barhocker.

„Nein, nur die Lieblingsgäste. Was möchtest du trinken?“

„Ein Bier bitte.“ Ich beuge mich vor, als wolle ich ihr etwas anvertrauen. „Etwas Stärkeres geht nicht. Ich will anschließend meine Tochter besuchen.“

Lexi hat Tränen in den Augen. „Du bist schon ein toller Vater. Sie kann sich glücklich schätzen.“

Sie holt mir ein Bier. „Wie war die Arbeit? Wir haben dich gestern Abend vermisst.“

„Alles bestens. Wir sind zum Geburtstag eines kleinen Mädchens am Samstag zum Barbecue eingeladen.“

Lexi runzelt die Stirn. „Barbecue-Geburtstagsparty für ein kleines Mädchen?“

Ich muss lachen. „Alle sind eingeladen. Mit Familie. Aber auch die Singles. Mein Status ist verändert. Ich bin jetzt einer von denen mit Familie, dank dir und Luna.“

„Wir kommen gern mit“, sagt Lexi.

„Wir gehen dann zum ersten Mal als Familie aus“, sage ich.

„Ja“, sagt sie leise.

Am anderen Ende des Tresens nimmt ein Paar Platz und Lexi geht hinüber, um sie zu bedienen. Ich bemühe mich, sie nicht die ganze Zeit anzustarren, aber die Versuchung ist groß. Lexi lächelt viel. Sie ist immer freundlich und das Paar plaudert schnell mit ihr, als würden sie sich ewig kennen.

Da tippt mir jemand auf die Schulter und ich muss mich gar nicht erst umdrehen, um zu wissen, dass es Declan ist. Ich stehe auf und wir umarmen uns.

„Du bist zu früh“, sage ich. Declan ist nie pünktlich, er kommt eigentlich immer zu spät.

„Ich habe mich geändert“, sagt er und grinst. „Ich bin seit Neuestem immer pünktlich.“

Lexi kommt zu uns. Ich freue mich darauf, sie Declan vorzustellen.

„Lexi, das ist mein Bruder Declan“, sage ich.

Sie lächelt ihn höflich an. „Hi.“

„Bro, das ist Lexi, sie ist meine Freundin und die Mutter meiner Tochter“, sage ich. Ich hasse es, mit der Tür ins Haus zu fallen, aber ich weiß nicht, wie ich es sonst sagen soll.

Declan schaut mich an. Bevor er irgendetwas sagen kann, nicke ich und grinse wie ein Vollidiot. „Sie ist sechzehn Monate alt und ihr Name ist Luna."

„Glückwunsch!" Er klopft mir auf den Rücken und lächelt Lexi an. „Freut mich, dich kennenzulernen."

„Gleichfalls", sagt Lexi. „Was möchtest du trinken?"

„Ein Bier wäre perfekt, danke." Declan wendet sich zu mir um. „Erzähl mir von ihr."

„Sie ist perfekt und sieht ihrem Vater sehr ähnlich. Dass ich von ihr weiß, hat mein Leben verändert", sage ich und gebe ihm eine etwas verharmloste Version von Lexi und mir, ihrer Schwangerschaft und Lunas Geburt, als ich in Afghanistan war.

Declan sagt nichts dazu, wirft aber immer wieder einen Blick auf Lexi. Ich bin stolz darauf, sie als meine Freundin vorstellen zu können, auch wenn es bisher nicht richtig offiziell ist. Wir passen gut zusammen.

Ich frage Declan nach dem Pizzarestaurant und er erzählt mir strahlend von seinen Plänen. Seine Augen leuchten, wenn er vom Geschäft spricht. Wir haben einige finanzielle Dinge zu klären, aber jetzt ist dafür weder der richtige Ort noch die richtige Zeit.

Die Zeit vergeht wie im Fluge, während wir uns unterhalten. Wir trinken noch ein Bier und wechseln dann zu Wasser.

„Meine Schicht endet gleich, wollt ihr beide noch etwas?", fragt Lexi.

Wir lehnen beide ab. Als Lexis Schicht zu Ende ist, verlassen wir zu dritt die Bar. Draußen verabschieden wir beide uns von Declan und gehen zu meinem Wagen.

In der Abgeschiedenheit meines Autos beuge ich mich zu ihr herüber und küsse sie. Ihre Lippen sind weich und nachgiebig und ich knabbere ein wenig daran. „Du riechst so gut", murmle ich.

Sie lacht. „Bist du sicher? Ich habe eher das Gefühl, nach Bier zu stinken."

„Das mag sein, aber du riechst auch nach Zitronen", sage ich und ziehe mich widerwillig zurück.

Auf der Heimfahrt unterhalten wir uns über alles Mögliche, wie ein ganz normales Paar. Lexi fühlt sich nach Familie an, wie ich es noch nie bei einer Frau empfunden habe.

„Wir sind da", sage ich.

„Pünktlich noch dazu. Vanessa muss gleich zur Arbeit", sagt Lexi.

Es erscheint mir der richtige Moment, um mit ihr über etwas zu reden, worüber ich nachgedacht habe. Ich stelle den Motor ab und drehe mich zu ihr. „Hey, bevor wir reingehen, möchte ich dich gern etwas fragen."

Lexi legt ihre Hände in den Schoß. „Klar."

Ich atme tief durch. Ich bin im Begriff, einen großen Schritt zu tun. Von dem ich nie gedacht hatte, dass ich ihn mal tun würde. „Ich würde mich freuen, wenn du mit Luna bei mir einziehen könntest. Ich möchte mich um euch beide kümmern. Ich will meine Mädels jeden Tag sehen, bevor ich einschlafe und als Erstes, wenn ich morgens aufwache."

Lexi lacht nervös auf. „Du verlierst keine Zeit, was?"

Nach allem, was ich in Afghanistan gesehen habe, weiß ich, dass Glück nur flüchtig ist. Man muss es ergreifen, wenn es sich bietet. Bis vor kurzem dachte ich noch, dass ich die Fähigkeit Glück zu empfinden, für immer verloren hätte.

Aber das habe ich nicht und ich bin so glücklich wie schon seit Jahren nicht mehr. „Nein, tue ich nicht. Wenn ich etwas sehe, das ich möchte, dann bleibe ich am Ball. Ich möchte dich und Luna."

Lexi verschränkt ihre Finger. „Ich verstehe, dass du Luna nahe sein möchtest. Aber was uns beide angeht, meinst du nicht, dass es etwas schnell geht? Zusammenzuziehen ist ein großer Schritt und wir kennen uns noch gar nicht richtig."

„Ich habe das Gefühl, dich schon ewig zu kennen", sage ich.

Sie lächelt. „Ich denke darüber nach, okay?"

Das muss vorerst reichen. „Okay."

Sie küsst mich flüchtig auf den Mund, dann steigt sie aus dem Auto. Ich hole ein Päckchen vom Rücksitz und folge ihr zum Haus.

„Was ist das?", fragt sie, als sie die Tür aufschließt.

„Ein Geschenk für Luna. Ich hoffe, es gefällt ihr."

„Das ist lieb von dir. Sie bekommt nicht oft welche."

Mir schnürt sich das Herz zusammen, als Lexi das sagt. Ich weiß, dass sie nicht viel haben. Das ist einer der Gründe, warum ich möchte, dass sie zu mir ziehen. Es ist einfacher, für die beiden zu sorgen, wenn sie bei mir leben. Es ist außerdem ein guter Weg, unsere Beziehung zu festigen.

Bevor sie weiß, wie ihr geschieht, werde ich einen Ring an Lexis Finger stecken.

Wir betreten das Haus und Luna kommt angerannt, um ihre Mutter zu umarmen. Als sie mich sieht, löst sie sich von ihrer Mutter und stürzt sich auch in meine Arme.

„Ich habe etwas für dich", sage ich. Wir gehen ins Wohnzimmer, um Vanessa hallo zu sagen.

Luna zieht mich auf den Teppich hinunter. Wir setzen uns hin und ich helfe ihr, das Geschenk auszupacken. Lexi und ihre Schwester setzen sich ebenfalls hin und schauen uns zu. Unter dem Geschenkpapier befindet sich eine weiße Schachtel. Ich helfe Luna, sie zu öffnen. Ihre wunderschönen braunen Augen werden groß und sie strahlt, als sie den riesigen Teddybär mit Fliege um den Hals darin sieht.

Sie quiekt laut auf. „Teddy“, sagt sie ehrfürchtig.

Wärme breitet sich in meiner Brust aus. Ich werfe verstohlen einen Blick zu Lexi hinüber. Ihre Augen sind feucht. Meine Mädels so glücklich zu sehen, lässt meine Brust anschwellen. Ich kann meine Gefühle gar nicht in Worte fassen. Es ist mehr als nur reine Freude.

Ich will mehr von solchen Augenblicken. Ich will ein ganzes Haus voller Erinnerungen. Luna taucht sofort in ihre eigene Welt ab. Sie nimmt den Teddy und spielt mit ihm. Sie redet mit ihm in einer Sprache, die nur sie beide verstehen.

Als ich Lexi erneut anschaue, formt sie lautlos mit den Lippen ein Dankeschön. Wenn sie wüsste. Ich bin derjenige, der sich bei ihr bedanken muss, dafür dass sie mir eine Tochter geschenkt hat. Wie kann man einer Frau je wiedergeben, dass sie einem ein Kind geschenkt hat, eine Aufgabe im Leben?

Während ich Luna bade, macht Lexi das Abendessen. Ich lerne schnell und habe keine Angst mehr, dass ich sie fallenlassen könnte. Sie sitzt aufrecht in der kleinen Wanne, planscht fröhlich herum und lacht, wenn mir Wasser ins Gesicht spritzt.

Als wir fertig sind, bin ich triefnass. Ich ziehe Luna an und mein Hemd aus.

Lexi pfeift, als ich oben ohne ins Wohnzimmer komme. Ihr Blick wandert über meine Brust.

„Du hast nicht zufällig ein Hemd für mich?“, frage ich.

„Selbst wenn, würde ich es dir nicht geben“, sagt sie mit einem Funkeln in den Augen. „Bleib nur oben ohne, es ist ja nicht kalt.“

„Jawohl, Ma'am“, sage ich und setze Luna auf dem Boden ab, um Lexi dabei zu helfen, den Tisch zu decken.

Ich mag diese Häuslichkeit. Ich wünschte nur, das jeden Tag haben zu können. Wir essen zusammen, spielen anschließend mit Luna und dann muss sie ins Bett.

Lexi verliert keine Zeit. Sie zieht mich ins Schlafzimmer, sobald Luna eingeschlafen ist. Sie schließt die Tür und sinkt auf die Knie.

Ich helfe ihr mit meinem Reißverschluss und mein Schwanz springt heraus, hart und schmerzhaft pulsierend. Lexi und ich gieren stundenlang nacheinander, sodass wir unersättlich nacheinander sind, wenn endlich die Gelegenheit da ist, miteinander Sex zu haben.

Sie nimmt meinen Schwanz in die Hand und reibt ihn auf und ab, während sie mit der Zunge die ersten Tropfen Ejakulat ableckt. Ich schließe die Augen und atme geräuschvoll aus. Ihr Mund fühlt sich fantastisch auf meinem Schwanz an.

Lexi nimmt meinen Schwanz in den Mund und stöhnt. Sie stöhnt, als wäre sie diejenige, der Lust bereitet wird. Als wäre mein Schwanz das köstlichste, was sie je im Mund hatte. Mein Schwanz wird noch härter.

Mein Körper vibriert und ich verliere mich in diesen Empfindungen. Ich ficke ihren Mund, bis mein Schwanz an ihr Zäpfchen stößt. Lexi würgt nicht. Sie ignoriert meine Hand an ihrem Hinterkopf, mit der ich sie anspornen will, mich schneller zu lutschen.

Sie hat es nicht eilig. Sie leckt, saugt und spielt mit meinen Eiern, dann gleitet sie mit der Zunge darüber, um sie zu kosten.

Ich komme gleich. Meine Bemühungen, mich abzulenken, funktionieren nicht. Ich ficke ihren Mund immer schneller. Sie saugt heftiger. Das reicht. Mir bleibt die Luft weg und mein Schwanz zuckt.

Ich schiebe ihren Kopf weg. „Ich komme, Lexi."

„Das sollst du doch auch", sagt sie und nimmt mich noch tiefer in den Mund.

„Fuck!“ Ich spritze in ihren Mund ab und sie schluckt jeden Tropfen herunter. *Sie ist so heiß!*

Kapitel Achtzehn

Lexi

Gegen Ende meiner Schicht fange ich an, Ausschau nach Ace zu halten, auch wenn ich weiß, dass er arbeiten muss. Er verwöhnt Luna und mich. Aber niemand verdient es mehr als mein kleines Mädchen. Sie hat nie viel außer der Reihe bekommen und ich freue mich, dass sie nun mehr zum Spielen hat.

„Wo steckt denn deine Sahneschnitte heute?“, fragt Jen im Umkleideraum.

Ich muss lachen bei dieser Bezeichnung. Ich hätte ihn früher auch so bezeichnet, denn er ist heiß. Aber heute weiß ich, dass weit mehr in ihm steckt.

Er hat ein unendlich großes Herz. Und was noch wichtiger ist: Er liebt seine Tochter von ganzem Herzen, auch wenn er sie erst so kurze Zeit kennt.

„Er muss arbeiten“, sage ich. „Er ist Feuerwehrmann.“ Meine Stimme klingt stolz.

„Passt. Alle heißen Typen sind bei der Feuerwehr. Und alle sind vergeben. Was bleibt dann da noch für den Rest von uns?“

Mir fällt wieder ein, dass zum Barbecue auch alleinstehende Freundinnen eingeladen sind. Jen ist nett und unterhaltsam. Sie würde gut dazu passen.

Es schadet auch nicht, dass sie eine heiße Blondine mit Kurven wie ein Stundenglas ist.

„Hey, wir sind bei einem seiner Kollegen zum Barbecue eingeladen, da triffst du jede Menge von denen. Hast du Lust, mitzukommen?"

Jen macht große Augen. „Meine Güte, ja! Das ist, als würdest du einen Hund fragen, ob er einen Knochen haben will. Natürlich will ich! Danke, Lexi."

Wir verabreden, dass Ace und ich sie abholen werden. Sie notiert sich die Adresse auf einem Stück Papier.

Dann verabschieden wir uns voneinander und ich fahre nach Hause. Unterwegs denke ich über Aces Angebot nach, zu ihm zu ziehen. Es ist verführerisch, aber auch beängstigend. Was, wenn es zwischen uns nicht gut läuft? Dann müssten Luna und ich wieder ausziehen. Das wäre ihr gegenüber aber nicht fair, wenn sie sich erst einmal an den Komfort gewöhnt hat.

In dem Wohnkomplex befindet sich außerdem ein Fitnessstudio, ein Spielplatz und ein Swimmingpool. Es wäre falsch, Luna das alles zu ermöglichen, nur um es ihr dann wieder wegzunehmen.

Andererseits ist es auch nicht fair, ihr den Lebensstil vorzuenthalten, den ihr Vater ihr bieten könnte. Es gibt so vieles zu bedenken.

Je mehr ich darüber nachdenke, desto schwieriger wird es. Vanessa hat mir schon oft vorgeworfen, ich würde zu viel nachdenken, aber ich kann nichts dafür. Ich muss einfach die Vor- und Nachteile immer wieder gegeneinander abwägen. Bloß hilft es mir überhaupt nicht, zu einer Entscheidung zu kommen.

Ich bin etwas früher zu Hause als sonst. Vanessa und Luna richten im Bad ein furchtbares Chaos an. Alles ist nass, als hätten hier zehn Kinder geplanscht. Und so laut lachen die beiden auch. Vanessa würde uns fehlen. Sie ist Lunas zweite Mutter.

„Klingt, als hättet ihr beide mächtig viel Spaß", sage ich, als ich ins Bad komme und Luna auf die nasse Wange küsse.

„Haben wir“, sagt Vanessa. „Aber jetzt sind wir fertig, nicht wahr, Luna? Ganz ohne Tränen.“

„Oh, das muss belohnt werden. Mama nimmt dich mit auf eine Flugreise.“

Luna kichert und streckt die Arme aus, um das Flugzeug zu simulieren. Ich wickle ihr ein Handtuch um und trage sie ins Schlafzimmer. Während ich sie abtrockne und anziehe, unterhalte ich mich mit Vanessa über den Tag.

Anschließend gehe ich mit Luna zum Spielen ins Wohnzimmer, während Vanessa uns Kaffee kocht.

„Ace hat mich gebeten, zu ihm zu ziehen“, sage ich, als sie mit dem Kaffee zurückkommt.

„Was hast du dazu gesagt?“, fragt sie und setzt sich zu mir auf den Teppich.

„Ich habe gesagt, dass ich darüber nachdenken werde. Ich weiß es einfach nicht. Einerseits denke ich, es ist eine gute Idee. Luna könnte jeden Tag mit ihrem Vater zusammen sein und ihn besser kennenlernen. Andererseits, was ist, wenn es zwischen uns nicht gut läuft?“

„Wäre es nicht toll, wenn wir einen Blick in die Zukunft werfen könnten?“

„Dein Sarkasmus hilft mir auch nicht weiter“, sage ich und werde ernst. „Du würdest uns fehlen.“

„Wir könnten uns gegenseitig besuchen.“

Ihre Reaktion überrascht mich. Meine kleine Schwester ist wirklich erwachsen geworden.

„Ja, das könnten wir. Er wohnt in einer sehr noblen Gegend.“

„Das dachte ich mir schon.“

„Ich möchte nicht, dass sie sich an so einen Lebensstil gewöhnt."

Vanessa hört sich all meine Bedenken in Ruhe an.

„Bedauerlicherweise kann dir niemand garantieren, dass es gut ausgeht mit ihm. So läuft das eben nicht. Wir müssen alle Risiken eingehen. Das hast du mir doch selbst mal erklärt."

Ich setze ein übertrieben entsetztes Gesicht auf. „Echt? Was habe ich mir nur dabei gedacht?"

Vanessa rollt mit den Augen.

„Mal im Ernst", sage ich. „Mit einem Kind ist die Lage nun einmal etwas anders. Luna hat dafür gesorgt, dass ich weniger risikofreudig bin." Dinge, die ich früher getan hätte, ohne einen zweiten Gedanken daran zu verschwenden, bereiten mir nun schlaflose Nächte.

„Ja, das verstehe ich. Und auch ohne Kind sind solche Entscheidungen nicht leicht. Miles hat mich auch gefragt, ob wir zusammenziehen wollen", sagt Vanessa.

Das kommt überraschend. „Ich nehme an, du hast nein gesagt."

Sie starrt mich an und ich stöhne auf.

„Vanessa, ihr streitet euch ständig, dabei wohnt ihr fünfzehn Meilen voneinander entfernt. Wie wird das erst sein, wenn ihr zusammenwohnt? Ihr würdet euch gegenseitig an die Gurgel gehen."

„Du übertreibst mal wieder", sagte Vanessa beleidigt. Ihre Reaktion zeigt mir, dass sie tatsächlich ernsthaft darüber nachdenkt, mit Miles zusammenzuziehen.

Ich habe ihn nie sonderlich gemocht, aber das habe ich immer für mich behalten. Ich habe mir nie allzu große Sorgen gemacht, weil ich immer davon ausgegangen bin, dass sie ihn bald satthaben würde. Aber nun ist von zusammen wohnen die Rede?

„Wo wollt ihr denn leben?", frage ich. Miles wohnt bei seinen Eltern in einem Apartment über der Garage. Genau. Das ist ein weiterer Grund, warum ich ihn nicht mag. Welcher erwachsene Mann wohnt bei seinen Eltern über der Garage?

„Tja, wir hatten geplant, uns eine Wohnung zu suchen. Aber wenn du mit Luna zu Ace ziehst, dann könnte er hier einziehen. Was meinst du?"

Sie schaut mich mit so großen Kulleraugen an, dass ich nichts Negatives sagen kann, sowenig ich Miles auch leiden kann. Ich finde ihn respektlos und zu lässig. Er lässt sich treiben, von einem Job zum Nächsten. Er findet immer irgendetwas daran, was ihm nicht passt.

„Miles will sich selbstständig machen. Aber vorher möchte er einen Kurs absolvieren, um sich vorzubereiten. Ein Klempner verdient recht gut", sagt Vanessa.

Viele Berufe sind lukrativ. Es liegt halt daran, was derjenige daraus macht. Aber ich behalte meine Gedanken für mich.

„Es ist gut, dass er etwas lernen will." Mehr kann ich an Nettigkeiten nicht über Miles sagen. Ich komme mir gemein vor, zumal Vanessa mich und Ace so unterstützt.

Ich bete, dass ich in Bezug auf Miles falsch liege. Ich liebe Vanessa von ganzem Herzen und möchte, dass sie glücklich ist.

„Nicht wahr?" Vanessa grinst.

Je länger wir über Vanessas Beziehung zu Miles reden, desto schlechtere Laune bekomme ich.

„Habe ich dir erzählt, dass Declan in der Bar war? Er und Ace haben sich dort getroffen. Ace hat mich Declan vorgestellt und der hat so getan, als würden wir uns nicht kennen."

Vanessa schaut mich fragend an. Wahrscheinlich ist das genau der Blick, den ich aufsetze, wenn sie über Miles redet. „Du musst es Ace sagen."

„Kann ich nicht. Wir haben nun schon so getan, als wären wir uns jetzt zum ersten Mal begegnet."

„Und wie würdest du es finden, wenn es umgekehrt wäre?"

Nachdem sich Declan von dem Schock erholt hatte, dass der One-Night-Stand seines Bruders eine Schwangerschaft zur Folge hatte, erwies er sich als Geschenk des Himmels. Er war während der ganzen Zeit für mich da, hat sogar zusammen mit Vanessa Babysachen gekauft.

Seither hat er jeden Monat Geld auf mein Konto überwiesen. Wenn auch nicht viel, aber es gab mir immer ein Gefühl der Sicherheit, dass es da war. Ich habe es nie gebraucht und inzwischen ist eine ordentliche Summe daraus geworden.

„Warum ist es so unglaublich wichtig, dass Ace nichts davon erfährt?", fragt Vanessa.

„Das weiß ich auch nicht."

Wir schweigen einen Moment.

„Denkst du manchmal an Mom?", fragt Vanessa.

„Nicht, wenn ich es vermeiden kann." Das klingt kaltherzig, aber Mom hat mir so oft mein Herz gebrochen, als wir noch klein waren, dass meine Gefühle für sie abgestumpft sind. „Was ist mit dir?"

„Sie fehlt mir. Und ich mache mir Sorgen um sie. Ich frage mich, ob sie genug zu essen bekommt und einen Platz zum Schlafen hat."

„Wenn sie nichts zu essen oder keinen Platz zum Schlafen hätte, dann würde sie zurückkommen, daher nehme ich an, sie kommt wohl zurecht."

„Ja, mag sein. Wie schaffst du es nur, nicht an sie zu denken? Liebst du sie?"

„Ich habe mir immer Sorgen um sie gemacht. Und dann habe ich die

Entscheidung getroffen, das nicht mehr zu tun. Und ja, ich liebe sie. Man hört nie auf, seine Eltern zu lieben.“

Was auch immer unsere Mutter tat, Vanessa war bereit, ihr zu verzeihen. Ich aber nicht. Ich trage zu viel Schmerz in mir, um sie zu vermissen. Ich hoffe, sie bleibt da, wo auch immer sie gerade ist.

Wir haben einen schönen Abend zusammen, kochen etwas, füttern Luna und bringen sie ins Bett. Dann trinken wir ein Glas Wein und sehen fern. Ohne Ton. Das haben Vanessa und ich schon immer so gemacht.

Wir haben immer den Fernseher angemacht, aber den Ton abgestellt, um uns zu unterhalten. Jungs, Freunde. Ich war immer ihre Vertrauensperson, wenn es um Jungs ging. Nicht, dass ich viel darüber gewusst hätte. Weiß ich im Grunde immer noch nicht. Es sieht nur so aus.

Vor Ace hatte ich nur mit zwei anderen Männern geschlafen. Und beide Beziehungen hatten nicht mal einen Monat gehalten.

„Unsere Familie wächst“, sagt Vanessa und seufzt. „Ich wünschte, Mom wäre hier und könnte das miterleben.“

Wir sind nie einer Meinung, wenn es um Mom geht. Ich bin froh, dass sie fort ist, denn sie hat unser Leben nur schlimmer gemacht. Es ist nicht angenehm, wenn die eigene Mutter ständig fremde Männer mit nach Hause bringt.

Es ist auch nicht schön, die Mutter dann fluchen und stöhnen zu hören, während sie nebenan Sex hat. Das war das Leben, dem unsere Mutter uns ausgesetzt hat. Es war leichter, wenn sie im Alkoholrausch war. Dann blieben die Männer meistens weg.

Ich möchte für Luna mehr Stabilität. Meine Gedanken wandern zu Ace. Bis auf seine Anfälle ist er als Mann nahezu perfekt. Er behandelt Luna wie eine Prinzessin. Genau das möchte ich für sie.

Als ich im Bett liege, treffe ich eine Entscheidung. Es ist das Richtige.

Ich greife nach meinem Handy und schicke Ace eine Nachricht.

Hey, heißer Feuerwehrmann.

Ich stecke das Handy unter mein Kopfkissen. Vielleicht ist er gerade beschäftigt und sieht die Nachricht erst viel später. Zu meiner Überraschung vibriert das Handy. Ich breche mir fast die Finger, weil ich es so eilig habe, es unter dem Kissen hervorzuholen.

Hi, schöne Frau. Warum schläfst du noch nicht?

Ich muss nachdenken. Über mich und dich und Luna. Entscheidungen müssen getroffen werden.

Ach ja?

Meine Hände zittern, als ich meine Antwort tippe.

Luna und ich nehmen dein Angebot an.

Du machst mich echt fertig. Ich habe zwei Einladungen ausgesprochen. Barbecue-Geburtstagsparty und Zusammenwohnen.

Letzteres.

Er antwortet zunächst nicht und ich fange an, mir Sorgen zu machen. Dann leuchtet das Display auf und ich bin unendlich erleichtert.

Sorry. Habe wohl etwas zu laut gejubelt und die Jungs wollten wissen, was los ist. Jetzt wissen alle über mich Bescheid.

Ich muss lachen. Ace ist sehr zurückhaltend. Ich stelle mir grinsend seinen Jubel vor, nachdem er meine Nachricht gelesen hat. Sein Enthusiasmus und seine Freude geben mir das Gefühl, erwünscht zu sein. Ich muss meine Ängste ansprechen. Besser jetzt als nie.

Was, wenn es mit uns beiden nicht klappt? Wirst du uns dann vor die Tür setzen?

Ich bin doch nicht bekloppt! Natürlich nicht. Im Zweifelsfall würde ich ausziehen, versprochen. Wir können vorher eine Einigung

unterschreiben. Das Apartment gehört mir. Ich habe es gekauft, als ich aus Afghanistan zurückgekommen bin.

Meine Bewunderung für Ace wächst weiter an. Er ist so organisiert und verantwortungsbewusst.

Du bist sehr erfolgreich.

Ich hatte eine gute Grundlage. Aber nun gehört die Wohnung auch dir und Luna. Es ist euer Zuhause und niemand kann euch je daraus vertreiben.

Ich heule nicht.

Ich möchte dich in meinen Armen spüren. Meine Schicht endet um sechs. Besteht die Chance auf morgendliches Kuscheln?

Komm direkt hierher. Meine Schicht fängt erst mittags an.

Die Nacht kann nicht schnell genug vorbei sein.

Finde ich auch.

Kapitel Neunzehn

Ace

Ich schließe die Tür so leise, wie ich kann. Es ist noch still um diese Zeit und jedes kleinste Geräusch klingt zu laut. Die Sonne geht gerade erst auf, der erste orange Streifen taucht am Himmel auf. Ich schleiche mich zur Haustür und noch bevor ich überlege, ob ich klopfen soll, geht sie schon auf.

Lexi steht dort in einem kurzen Nachthemd und der Anblick weckt sofort meinen Appetit auf sie. Ich habe die meiste Zeit der Nacht an diesen Moment gedacht.

„Komm rein, es ist kalt", sagt sie.

Ich trete ein und schließe die Tür hinter mir ab.

„Komm mit ins Bett", flüstert Lexi verspielt und flitzt den Flur entlang, bevor ich nach ihr greifen kann.

Ich streife meine Schuhe ab, stelle sie ordentlich an die Seite und folge ihr. Das Haus ist still und ich komme mir wie ein Eindringling vor, da Lexi längst in ihrem Zimmer verschwunden ist. Ich bin erst erleichtert, als ich ihre Schlafzimmertür hinter mir schließe.

Sie sieht süß aus, da auf dem Bett, die Decke bis zum Kinn hochgezogen, wie sie mich aus ihren braunen Augen anstarrt. Ich habe auf der Arbeit bereits geduscht, daher ziehe ich mich nun einfach aus und begebe mich zu ihr ins Bett.

„Was denn? Du ziehst dich einfach so aus, ohne mir eine Show zu bieten?", fragt sie.

Ich grinse. „Ein anderes Mal, Schätzchen. Jetzt muss ich etwas tief versenken."

Lexi kichert. Ich mag es, wenn ich sie zum Lachen bringen kann. „Du bist ja so romantisch."

Nachdem ich meine Sachen über einen Stuhl gelegt und zu ihr ins Bett gekrochen bin, seufze ich behaglich auf. „Endlich." Ich ziehe sie an mich und stelle zu meiner Freude fest, dass sie komplett nackt ist. „Das meine ich. Wann hast du dich ausgezogen?"

„Bevor ich ins Bett gestiegen bin."

Ich streiche ihr über das Haar und genieße ihren Anblick. Dann gleite ich mit der Hand über ihren Hals und ziehe sie sanft an mich, um sie zu küssen.

„Deine Lippen sind kalt", sagt Lexi.

„Dann wärme sie doch", knurre ich und sie tut genau das. Sie beißt mir in die Lippe und saugt daran.

Ich löse mich aus dem Kuss und tauche zwischen ihre prallen Brüste ab. Ich nehme sie in meine Hände und knete sie sanft, während ich mit den Daumen über ihre Brustwarzen streiche.

Lexis leises Schnurren ist Musik in meinen Ohren. Ich beschäftige mich noch eine Weile mit ihren Brüsten, bis sie wimmernd nach mehr bettelt. Ich wandere tiefer, küsse ihren Bauch und begebe mich zwischen ihre Beine.

Ich atme den Duft ihrer Erregung ein. „Öffne deine Pussy für mich, Lexi", sage ich und schiebe ihre Schenkel noch weiter auseinander.

Sie spreizt die Beine und ich tauche ab, um ihre Nässe zu kosten. Ich liebe ihren intensiven salzigen Geschmack. Nur Lexi allein schmeckt so. Ihr Stöhnen wandert direkt bis in meinen Schaft. Der Druck nimmt zu, ich habe das Gefühl, jeden Moment vor Verlangen zu explodieren.

Halte durch, sage ich mir. Meine Frau geht vor. Ich werde Befriedigung finden, wenn Lexi gesättigt ist.

Sie drängt sich an mich und schiebt ihre Pussy gegen mein Gesicht. Ich lehne mich zurück und necke sie weiterhin mit der Zunge.

„Bitte, Ace."

Ich mag es, wie Lexi meinen Namen ruft und nach mehr verlangt. Ich dringe mit der Zunge tief in ihre Pussy ein und ficke sie so. Sie windet sich und wimmert und ich weiß, sie kommt gleich.

Ihre Pussy verkrampft sich um meine Zunge und Hitze umgibt mich. Ich lecke sie, während sie sich ihrem Orgasmus hingibt. Erschöpft grinst sie mich an.

„Das war nicht von dieser Welt", sagt sie. „Und ich weiß, was du jetzt sagen wirst."

„Es ist noch nicht vorbei", sagen wir beide gleichzeitig und müssen lachen.

Das Lachen bleibt mir im Hals stecken, als ich meinen Schwanz zwischen ihren Schenkeln in Position bringe. Entgegen meines dringenden Bedürfnisses schiebe ich ihn nur langsam in sie hinein. Eigentlich möchte ich in sie reinrammen und sie hart ficken. Aber ich möchte nicht, dass es zu schnell vorbei ist.

„Oh Gott, Ace."

„Ist dies das, was du brauchst?", frage ich, als ich bis zu den Eiern in ihrer Pussy stecke.

„Ja", schreit sie. „Ich will es."

Mein Schwanz verlangt nach Erlösung, aber ich schaffe es mit Mühe, mich zusammenzureißen. Es fühlt sich fantastisch an, mit ihr vereint zu sein. Ihr so nahe zu sein. Meiner Frau. Ich war lange genug ein einsamer

Wolf und habe mich unbewusst immer nach einer Frau gesehnt, die zu mir gehört.

Ich dränge behutsam in sie, erhöhe aber dann mit jedem Stoß das Tempo. Lexi schiebt ihre Hände in mein Haar und hält sich darin fest. Der Schmerz ist stechend, als sie daran zieht, aber das ist mir egal. Mich interessiert nur noch die brennende Hitze um meinen Schwanz herum, die mich melkt und umklammert.

Ich halte das nicht mehr lange aus und versuche mich mit Gedanken an die Zukunft abzulenken. Aber mein vor Lust verklärtes Gehirn kann keinen klaren Gedanken länger als ein paar Sekunden festhalten.

Lexis Pussy pulsiert und verkrampft sich, ein Zeichen dafür, dass sie sich ihrem nächsten Höhepunkt nähert. Ich dringe so tief in sie, dass ich dabei über ihre Klitoris reibe. Drei Stöße reichen, dann wimmert sie und klammert sich an mich. Ich lasse meine Selbstbeherrschung fallen und spritze tief in ihrer Pussy ab.

Ich lege mich neben sie und halte sie im Arm. So schlafen wir ein.

***

Ich erwache von grellem Licht und Kindergeschrei auf der Straße und weiß sofort, dass ich nicht in meiner Wohnung bin. Die Ereignisse des Vormittags kommen mir wieder in den Sinn und ich muss lächeln. Was für eine Art, einzuschlafen. Ich schaue auf die Uhr auf Lexis Nachttisch.

Elf. Ich habe beinahe vier Stunden geschlafen. Ich lausche auf die Geräusche im Haus. Es ist still. Ich muss pinkeln und duschen. Ich nehme mir eines von Lexis Handtüchern, wickle es mir um die Hüfte und öffne zögernd die Tür.

Ich will nicht Vanessa über den Weg laufen. Ich gelange ungesehen bis zum Badezimmer. Fünfzehn Minuten später schleiche ich mich zurück in Lexis Zimmer und ziehe mich an.

Ich hatte recht, es ist niemand zu Hause. Aber ein herrlicher Duft zieht durch die Wohnung und mein Magen fängt an zu knurren. Auf dem Küchentisch liegt ein Zettel.

Guten Morgen, schöner Mann! Luna und ich sind einkaufen. Fühl dich wie zu Hause. Es gibt Kaffee und im Ofen sind Croissants. Guten Appetit.

Ich nehme mir Kaffee und noch lauwarme Croissants und gehe damit ins Wohnzimmer. Dort schalte ich den Fernseher an und schaue mir die Nachrichten an. Eine Viertelstunde später sind meine Mädels wieder da.

Luna strahlt, als sie mich sieht. Sie kommt zu mir gerannt, so wie sonst zu ihrer Mutter.

„Hallo, Spatz", sage ich und drücke sie an mich.

Lexi küsst mich auf die Stirn. Ihr Duft umgibt mich und verweht dann, als sie in die Küche geht. Sie kehrt mit einem Snack für Luna zurück.

„Letzte Nacht war wundervoll", sage ich, als Luna mit dem Essen und ihrem Teddybären beschäftigt ist.

„Fand ich auch", sagt Lexi. „Wir haben Sachen fürs Mittagessen eingekauft."

Sie gibt sich so viel Mühe, sich um alle zu kümmern. „Wie wäre es, wenn ich euch zum Essen einlade? Ich kenne da eine ausgezeichnete Pizzeria in Santa Monica."

„Declans?", fragt sie.

„Genau. Was meinst du?"

„Sehr gern. Vielleicht können wir einen Abstecher an der Marina vorbei machen und einen Blick auf Serenity werfen", sagt Lexi.

Eine Frau nach meinem Geschmack. „Klingt nach einem guten Plan."

Eine halbe Stunde später sind wir bereit zum Aufbruch. Luna schläft ein, sobald sie in ihrem Kindersitz angeschnallt ist. Ich stelle mir vor, wie schön es wird, wenn sie und Lexi bei mir wohnen. Ich weiß nicht, was genau mich dazu veranlasst hat, eine Wohnung zu kaufen, die für eine Familie gedacht ist, nicht für einen Junggesellen.

Da gibt es den Pool und einen Concierge, der Aktivitäten für Kinder organisiert. Allerdings ist Luna dafür noch etwas zu klein. Ich mache mir eine geistige Notiz, mir die Spielmöglichkeiten für Kinder genauer anzuschauen, sobald ich wieder zu Hause bin.

„Wann wollen die Damen denn einziehen?“, frage ich.

„Wann möchtest du?“

„Heute. Sofort.“

Sie lacht. „Gib uns ein paar Tage Zeit.“

Ich schiebe meine Ungeduld beiseite. „Okay.“

„Es wird sich seltsam anfühlen, auszuziehen. Ich habe ewig da gewohnt.“

„Bist du nervös?“

„Nein, ich vertraue dir“, sagt sie und lacht. „Ich habe eine ziemliche Wendung durchgemacht. Noch vor kurzem hätte ich keinen Gedanken daran verschwendet, bei dir einzuziehen.“

„Ich weiß. Ich habe dir auch nicht gerade einen Grund gegeben, mir zu vertrauen.“

Die Fahrt nach Santa Monica verläuft reibungslos. Wir finden einen Parkplatz direkt vor der Pizzeria. „Gefällt mir“, sage ich, als ich das Gebäude sehe.

„Schöne Farben“, sagt Lexi.

Luna erwacht, als ich sie aus dem Kindersitz hebe. Wir gehen in das weitläufige Restaurant und werden von dem Duft nach Käse und anderen gebackenen Köstlichkeiten begrüßt. Declan kommt aus seinem Büro und direkt auf uns zu.

„Du musst Luna sein“, sagt er und nimmt sie mir vom Arm. „Du bist ja schon groß“, flötet er. „Ich weiß etwas, das wird dir gefallen.“

Dann fällt ihm offenbar wieder ein, dass wir auch noch da sind und wir begrüßen einander. Wir folgen ihm zu einer Spielecke für Kinder. Da gibt es eine Minirutsche. Die bunten Farben sprechen Luna sofort an und sie strampelt sich aus Declans Armen frei.

Wir setzen uns an einen Tisch nebenan und Declan lässt Kostproben einer Auswahl von der Pizzakarte kommen.

„Das können wir unmöglich alles aufessen“, sagt Lexi und lacht.

„Ich freue mich, dass ihr da seid. Ich will wissen, was ihr von den Sorten haltet“, sagt Declan.

Er unterhält sich mit Lexi über die Lebensmittelindustrie. Luna verschwindet im Spielhaus und ich folge ihr aus Sorge, dass ihr etwas passieren könnte.

Sie steckt den Kopf zum Fenster heraus, als sie mich sieht und quiekt. Wir spielen ein wenig Verstecken. Ich sehe zu Declan und Lexi hinüber, die ganz in ihr Gespräch vertieft sind.

Ich bin froh, dass die beiden sich gut verstehen, aber es wundert mich auch nicht. Declan kommt immer gut mit anderen Leuten aus. Er könnte sogar eine Mutter überzeugen, ihr Kind wegzugeben.

In der Zwischenzeit unterhalte ich meine Prinzessin, bis sie müde wird und wir an den Tisch zurückkehren. „Ich glaube, ihre Windel muss gewechselt werden“, sagt Lexi.

Ich gebe ihr die Wagenschlüssel und sie geht mit Luna hinaus.

„Sie ist wundervoll, nicht wahr?“, sage ich zu Declan.

„Beide“, sagt er.

Wir bleiben eine Stunde bei Declan. Die Pizza schmeckt vorzüglich und wir lassen uns den Rest einpacken. Das reicht noch für mindestens zwei Mahlzeiten. Dann gehen wir zur Marina und suchen nach meinem Boot.

„Das ist Daddys Boot“, sagt Lexi zu Luna. „Wenn du älter bist, dann nimmt er dich mal mit.“

„Warum müssen wir warten, bis sie älter ist?“, frage ich.

„Keine Ahnung. Segeln Babys?“ Sie fängt an zu lachen, als ihr die Absurdität ihrer Frage bewusst wird.

Das ist auch etwas, das ich mit meinen Mädels machen möchte. Einen Tag auf dem Meer genießen. Es gibt so vieles, was ich mit ihnen erleben möchte.

Nach der Marina machen wir einen Abstecher zu Park und Rachel ins Büro. Ich verstehe jetzt, warum Familienväter immer beschäftigt sind. Es gibt so vieles zu tun mit ihren Familien. Da bleibt wenig Zeit für die Freunde. Aber das ist etwas, an das ich mich gewöhnen könnte.

Kapitel Zwanzig

Lexi

„Wie fühlst du dich?“, fragt Vanessa, als wir meine und Lunas Sachen in Kartons verstauen.

Es ist Freitagnachmittag und ich habe mir einen Tag freigenommen für den Umzug. Allzu viel zum Einpacken habe ich allerdings nicht. Nur unsere Kleidung und persönliche Sachen. Ace wird gleich kommen, um uns abzuholen.

„Aufgeregt. Ängstlich“, sage ich. Es gibt kein passendes Wort für das, was ich gerade empfinde. Es war nicht schwer, sich darauf zu freuen, bei Ace einzuziehen. Aber jetzt, wo der Tag wirklich da ist, bin ich starr vor Angst.

„Er ist ein anständiger Kerl“, sagt Vanessa.

„Das stimmt.“ Und auf einmal beruhigt sich mein Magen wieder. Vanessa hat recht. Ace ist ein guter Mensch. Luna und ich werden es gut bei ihm haben. „Was ist mit dir? Hast du Angst?“

„Ein bisschen. Aber ich bin froh, dass Miles derjenige ist, der einzieht. Wenn er mir zu sehr auf die Nerven geht, kann ich ihn einfach vor die Tür setzen“, sagt Vanessa leichthin.

„Ich helfe dir dabei.“

Vanessa und ich sehen einander wohlwollend an. So lange waren wir immer zusammen gewesen. Mir wird das Herz schwer bei der Vorstellung, mich von ihr zu entfernen. „Du wirst mir fehlen.“ Meine Stimme zittert.

„Du mir auch, Schwesterherz“, sagt sie und wir drücken uns ganz fest. „Aber ich denke, es ist an der Zeit. Wir müssen alle irgendwann erwachsen werden."

Sie hat recht. Sosehr wir einander auch lieben, das Leben schickt Menschen eben in unterschiedliche Richtungen. Wichtig ist nur, dass man den Kontakt zueinander nicht verliert.

Luna wacht auf und ist bereit für ihren Snack am Nachmittag. Dann kommt Ace. Alles geht auf einmal so schnell und ich habe keine Zeit, um Trübsal zu blasen. Ace verstaut unsere Sachen im Kofferraum seines SUV.

Vanessa trägt Luna zum Wagen. „Du wirst mir sehr fehlen, Spatz", flötet sie. „Aber du kommst deine andere Mama mal besuchen, nicht wahr?"

„Und du wirst uns auch besuchen kommen", sagt Ace. „Unser Heim ist auch deines."

Es ist nett von Ace, meiner Schwester das zu sagen.

„Danke", sagt sie. „Ich werde so oft da sein, dass du dieses Angebot noch bereust."

Wir lachen und verabschieden uns voneinander, aber wir sind nicht traurig. Es ist mehr wie ein ‚bis später'. Auf der Fahrt zu Aces Wohnung bin ich still. Ich fühle mich verletzbar und auch wieder etwas ängstlich, angesichts dieses großen Schrittes.

Was weiß ich denn eigentlich über Ace? Er ist ein netter Typ, aber das sagen auch immer alle über Psychopathen, bevor sie ausrasten, wenn sie nicht bekommen, was sie wollen. Er würde Luna und mich mitten in der Nacht auf die Straße setzen. Ein Zittern in den Beinen breitet sich in meinem ganzen Körper aus.

„Ist alles in Ordnung?"

Ich reiße mich zusammen und zwinge mich zu einem Lächeln. „Ja, alles gut."

Mein Oberteil klebt mir am Rücken. Ich bemühe mich, an Aces Versicherungen zu glauben, dass er so etwas niemals tun würde. Er wäre derjenige, der geht. Reden kann man viel, sagt eine Stimme in meinem Kopf. Was ist denn mit der angekündigten beglaubigten Vereinbarung?

Als wir bei der Wohnung ankommen, bin ich nervlich zerrüttet. Ich sehe das Gebäude mit anderen Augen, da ich nun weiß, dass es unser neues Zuhause ist.

„Ich habe für morgen einen Termin beim Händler abgemacht“, sagt Ace, als er den SUV zwischen all den anderen Nobelkarossen abstellt.

Mein alter Sedan wird nicht gut hierher passen.

„Hast du gehört, was ich gesagt habe, Lexi?“, fragt Ace.

„Oh, ja. Was für ein Händler?“

„Ich möchte dir ein gutes, zuverlässiges Auto kaufen“, sagt er.

Alle Alarmleuchten gehen in meinem Kopf an. Ich habe das Gefühl, mich selbst zu verlieren in dieser ganzen Angelegenheit. Alles, was mir vertraut war, wird mir auf einmal weggenommen. Ich habe zugestimmt, zu ihm zu ziehen, und jetzt ist mein Auto nicht mehr gut genug.

„Was möchtest du sonst noch an mir ändern?“, frage ich mit falscher Freundlichkeit.

Er stellt den Motor ab und sieht mich an. „Was meinst du damit, Lexi?“

„Ich meine, erst ist es meine Wohnung, jetzt mein Auto. Was muss ich sonst noch ändern, um in deinen Lebensstil zu passen?“ Ich bin verärgert und irrational und weiß nicht, warum.

Mir ist klar, dass das unlogisch ist, aber ich kann einfach nicht anders.

„Du musst dein Auto nicht eintauschen, wenn du nicht möchtest. Und was die Wohnung angeht, das hast du freiwillig entschieden, ich habe dich nicht gezwungen.“ Er startet den Motor wieder. „Du musst es nur sagen, dann bringe ich dich und Luna wieder zurück.“

Ich verschränke die Arme vor der Brust. „Da wir nun schon hier sind, können wir auch ins Haus gehen.“

Ace trägt Luna, ich folge den beiden. Mir fallen Dinge auf, die ich vorher nicht gesehen habe. Wie nobel die Leute aussehen, die hier leben. Das alles verstärkt meine eigene Verunsicherung. Ich passe nicht hierher. Das ist nicht meine Welt.

Wir fahren schweigend zur Wohnung hinauf. In der Wohnung geht er mit Luna zu den riesigen Fenstern, von denen aus man den wohlgestalteten Garten sehen kann.

Luna zappelt, bis Ace sie vorsichtig auf dem Boden absetzt. Sie geht zum Fenster und legt die Hände flach gegen die Scheiben.

„Ich habe etwas für dich“, sagt Ace und geht Richtung Schlafzimmer davon.

Ich setze mich im Schneidersitz neben Luna und blicke hinaus. Tränen brennen mir in den Augen. Es fühlt sich falsch an, das hier als Zuhause zu betrachten. Wie lange wird es mein Zuhause sein, bis Ace uns satthat? Ich habe ein Talent dafür, Männer anzuziehen, die nicht viel von festen Bindungen halten.

Ich erinnere mich an die Nacht, als ich Luna empfing. Ace hatte mich glauben lassen, dass es mehr sein könnte zwischen uns. Okay, vielleicht nicht mit Worten. Aber er hat auch nicht widersprochen, als ich Pläne für die kommende Woche machte.

Würde er dasselbe wieder tun? Würde er einfach abhauen und uns in dieser Wohnung zurücklassen, deren monatliche Kosten mein Einkommen deutlich überstiegen?

„Hier, bitte, Spatz.“

Ich schrecke auf. Ich war so in Gedanken versunken, dass ich nicht gehört habe, wie Ace zurückgekommen ist. Er reicht Luna einen großen pinken Ball. Sie schreit begeistert auf. Er rollt über den Boden und sie krabbelt hinterher.

„Ich hole die Kartons rauf", sagt Ace.

„Danke", murmle ich.

Wohin ist nur die Verbindung zwischen uns entschwunden, frage ich mich. Es kommt mir vor, als wären wir Fremde. Ich habe einen großen Fehler gemacht. Zum Glück ist Luna abgelenkt und rollt mir den Ball zu.

Ich schaue sie an, rutsche ein Stück zurück und rolle ihr den Ball zu. Sie lacht hell auf, genau das brauche ich jetzt, um meine Angst loszuwerden. Dann höre ich die Tür aufgehen. Ace sagt kein Wort, sondern trägt unsere Sachen direkt ins Schlafzimmer.

Das wiederholt sich weitere viermal, bis alles verstaut ist. „Soll ich euch alles zeigen?"

„Ja, bitte." Ich hebe Luna auf und folge ihm in die Küche.

Mit neu gewonnener Wertschätzung sehe ich mir die geräumige Wohnung an. In der Küche gibt es alles an technischem Gerät, was je erfunden wurde, und noch jede Menge freie Arbeitsflächen. Ich mag das blank polierte Design des Herdes, des Ofens und des riesigen Kühlschranks. Eine Traumküche, in der man gerne kocht.

„Das ist jetzt auch deine Küche, du kannst hier kochen, wenn du willst, musst du aber natürlich nicht. Für heute habe ich etwas bestellt. Für Luna habe ich etwas zum Aufwärmen gekauft."

Er hat an alles gedacht. Am Umzugstag will man sich nicht auch noch mit Kochen beschäftigen, selbst wenn der ganze Besitz in vier Kartons gepasst hat. „Danke."

Als Nächstes besichtigen wir die Schlafzimmer. „Ich habe alles in dieses freie Schlafzimmer geräumt. Du kannst es hier in den Schrank räumen oder in einem anderen Zimmer, wie du möchtest."

Mein Herz klopft heftig. Ich verstehe, was Ace getan hat. Er hat mir die Wahl gelassen, wo ich schlafen möchte. Das bestätigt sich, als er mir Lunas Zimmer zeigt, ein weiteres Gästezimmer und das große Schlafzimmer.

„Du hast die Wahl, wo du schlafen möchtest. Ich bin nicht beleidigt, wenn du dir lieber das Gästezimmer aussuchst."

„Danke."

„Ich gehe mit Luna hinunter und zeige ihr die Umgebung. Dann hast du deine Ruhe, um auszupacken."

„Okay." Ich fühle mich niedergeschlagen. Dies ist nicht der fröhliche Umzugstag, den wir uns beide vorgestellt haben. Wir waren vielleicht doch zu voreilig. Wenn wir uns mehr Zeit gelassen hätten, wäre ich jetzt nicht so in Panik und hätte weniger das Gefühl, einen Fehler gemacht zu haben.

Sobald die beiden draußen sind, hole ich mein Handy heraus und rufe Vanessa an. Ich habe ein schlechtes Gewissen, sie damit zu belasten, aber ich muss dringend mit jemandem sprechen, der mich versteht. Sie geht beim zweiten Klingeln dran.

„Vermisst du mich schon?", fragt sie.

„Vanessa, ich glaube, ich habe einen Fehler gemacht. Ich möchte wieder nach Hause", flüstere ich ins Handy.

„Warum? Ist etwas vorgefallen?"

„Nein. Aber wenn? Was, wenn alles zu schnell ging?" Mir purzeln die Worte aus dem Mund. „Er will mir ein Auto kaufen, Vanessa", stöhne ich. „Er übernimmt die Kontrolle über mein Leben."

Zu meinem Erstaunen bricht Vanessa in lautes Gelächter aus. „Andere

Frauen würden töten, um einen Mann zu bekommen, der ihnen ein Auto kauft. Aber für mein Schwesterherz ist das ein Grund, in Panik zu geraten. Ich liebe dich, Lexi."

„Benehme ich mich seltsam?"

„Ja, sehr seltsam. Ace ist ein guter Mann. Gib ihm eine Chance, sich um dich und Luna zu kümmern."

Als wir auflegen, fühle ich mich etwas besser und die aufkommende Panik ist vorerst abgewendet.

***

Luna scheint sich in ihrem neuen Zimmer sehr wohlzufühlen. Ace sitzt am Fußende des Bettes und hört zu, als ich ihr eine Geschichte vorlese. Wir sind noch nicht einmal halb durch, da fängt sie schon an zu schnarchen.

„Sie muss sehr erschöpft gewesen sein", sage ich.

Wir haben kaum mehr als zwanzig Worte miteinander gewechselt, seit er mit Luna von dem Rundgang zurückgekommen ist. Ich sehe Ace an. Er wirkt ernüchtert und ich frage mich, ob ihm Zweifel gekommen sind. Wünscht er sich nun, er hätte uns nicht so voreilig gebeten, zu ihm zu ziehen?

„Sie hat draußen auf dem Spielplatz gespielt und neue Freunde gefunden", sagt er.

Ich lächle bei der Vorstellung, dass Luna bereits Freunde gefunden hat. Ich küsse sie sanft auf die Wange und wünsche ihr leise eine gute Nacht. Ace küsst sie auf die Stirn und wir schleichen aus dem Zimmer.

„Wir sollten die Tür offenlassen, falls sie in der Nacht aufwacht", sagt er.

„Das wäre das erste Mal, aber es klingt vernünftig."

Zurück im Wohnzimmer mache ich es mir auf dem Ledersessel bequem. Ace hat Sessel, in denen man gut den Rest seines Lebens verbringen könnte. Sie sind bequem und passen sich der eigenen Körperform an, wenn man sich reinsetzt.

„Wie war sie als Baby?", fragt Ace.

Erinnerungen überfluten mich. Lunas erstes Bad zu Hause. Wie viel Angst Vanessa und ich hatten, dass wir sie fallenlassen könnten. Ihre erste Nacht. Sie hat so fest geschlafen, dass wir sie mehrfach aufweckten, um zu überprüfen, ob sie überhaupt noch lebte.

Ich erzähle Ace das alles. Er kichert hin und wieder, aber manches macht ihn auch traurig.

„Sie hat nachts immer durchgeschlafen. Sie ist nie zum Füttern aufgewacht."

„Sie hat vielleicht gespürt, dass ihre Mutter allein war, und wollte möglichst kooperativ sein", sagt er.

„Ich war nicht allein, ich hatte Vanessa." Ich erwähne beinahe auch Declan, halte mich aber gerade noch rechtzeitig zurück.

„Das ist aber nicht dasselbe, wie der andere Elternteil."

„Das stimmt."

„Du bist ab jetzt nicht mehr allein. Ich bin hier und werde nicht verschwinden", sagt Ace.

Seine Worte schweben zwischen uns. Erneut wächst die Anspannung. Ich verschränke die Arme vor der Brust.

„Es tut mir leid, dass ich nicht für dich da war, Lexi. Aber jetzt bin ich hier. Gib mir die Chance, alles nachzuholen. Dir zu geben, was du brauchst."

Ich möchte das so gern. Aber die Angst hält mich zurück. Ich möchte mich zurückziehen an einen sicheren Ort. Zurück nach Hause, zu meinem sicheren Leben mit Vanessa. „Es ist nicht so leicht, das Heim zu verlassen, das man sein ganzes Leben lang gekannt hat." Es fällt mir schwer, das laut auszusprechen.

„Ich weiß. Aber du hast dem Drang, nach Hause zu laufen, widerstanden", sagt er.

Ich grinse. „Woher weißt du das?"

„Dein Gesicht. Du hast ausgesehen wie ein Vogel im Käfig, der die kleine Öffnung entdeckt hat."

„Es tut mir leid. Wahrscheinlich dauert es eine Weile, bis ich mich an all das hier gewöhnt habe." Ich mache eine allumfassende Geste.

„Verstehe ich. Es wird auch eine Weile dauern, bis du mir genug vertraust, um zu wissen, dass ich es ernst meine mit dir und Luna. Ich werde dich niemals vor die Tür setzen. Du hast dasselbe Recht, hier zu sein wie ich."

Kann der Mann Gedanken lesen? Er hat all meine Bedenken mal eben so zusammengefasst.

Die Stimmung entspannt sich daraufhin etwas. Langsam kehrt unser freundschaftliches Verhältnis zurück und wir unterhalten uns bis spät in die Nacht. Ich entscheide mich dafür, in seinem Zimmer zu schlafen, aber wir haben keinen Sex. Stattdessen schlafe ich einfach in seinen Armen ein.

Kapitel Einundzwanzig

Ace

Ich bin froh, dass ich Lexi überzeugen konnte, stundenweise ein Kindermädchen einzustellen. So gern wir beide uns auch Vollzeit um Luna kümmern würden, aber wir haben eben auch andere Verpflichtungen.

Collins hat mir eine Agentur für Kindermädchen vermittelt. Er meinte, sie hätten die jahrelang angeheuert und es nie bereut. Mein erster Eindruck der Frau, die nun neben Lexi sitzt, ist positiv. Sie kennt sich aus und wirkt verlässlich und nimmt ihren Job offenbar ernst.

Sie heißt Helen Murphy und ist offenbar Mitte dreißig. Ihr braunes Haar trägt sie zu einem Pferdeschwanz gebunden. Ihre Kleidung ist praktikabel und sie lächelt freundlich.

Lexi erklärt ihr, was wir zeitlich von ihr erwarten.

„Ich arbeite nie am Wochenende, daher brauchen wir sie dann nicht“, sagt Lexi.

Ich freue mich zu sehen, dass Lexi die Gesprächsführung übernommen hat. Ich möchte, dass sie damit einverstanden ist, anstatt nur zu denken, dass sie mir damit einen Gefallen tut. Außerdem möchte ich ihr alles ermöglichen, was sie sich wünscht.

„Wie wäre es, wenn wir montags bis freitags festhalten und samstags nach Bedarf? Ich bin flexibel.“

„Klingt gut“, sagt Lexi.

In dem Moment kommt Luna ins Wohnzimmer gewatschelt, den Teddybär unterm Arm. Sie fühlt sich wohl in dieser Wohnung. Inzwischen rollt sie sich nach dem Aufwachen einfach aus dem Bett und macht sich auf den Weg.

Sie reibt sich die Augen und kommt zu uns. Ich breite die Arme aus und sie kommt direkt zu mir.

„Na, wen haben wir denn da? Hallo, Luna“, sagt Helen.

Luna blickt aus dem Schutz meiner Arme zu ihr hinüber. „Luna, das ist Helen, sie wird sich in Zukunft gelegentlich um dich kümmern.“

„Bist du noch etwas schläfrig? Das geht gleich vorbei“, sagt Helen.

Sie spricht in einer Weise mit Luna, die sie aufmerksam werden und Helen neugierig mustern lässt.

„Ich mag deinen Teddy“, sagt Helen. Luna blickt auf den Teddy herab, dann lächelt sie Helen an. Wir atmen alle erleichtert aus.

Wir einigen uns auf eine Zeit und Helen geht.

„Du findest neun Uhr nicht zu früh, oder?“, fragt Lexi.

„Versuchen wir es doch erst einmal. Wenn es zu früh ist, ändern wir es einfach“, sage ich und nehme sie in die Arme, um sie zu küssen.

„Bei dir wirkt alles immer so einfach“, sagt Lexi.

„Das liegt daran, dass die meisten Dinge so einfach sind. Wir sind es, die einfache Dinge unnötig verkomplizieren.“

Es ist Samstag, heute findet das Barbecue statt. Ich freue mich darauf, den Kollegen Lexi und Luna vorzustellen und deren Familien kennenzulernen.

Wir faulenzen den Vormittag über und machen nur einen kleinen Spaziergang durch die Grünanlagen des Gebäudekomplexes. Dann füttern wir Luna und machen uns anschließend nacheinander fertig, während immer einer Luna beschäftigt.

Sie hat inzwischen mehrere Teddys und Spielsachen, aber der erste Teddy ist nach wie vor ihr Favorit und sie nimmt ihn überall mit hin.

Als Lexi zwanzig Minuten später auftaucht, pfeife ich anerkennend. Sie präsentiert sich wie ein Model auf dem Laufsteg und geht vor uns auf und ab.

Sie trägt ein langes Kleid mit Seitenschlitzen. Mein Blut gerät in Wallung.

Sie stemmt die Hände in die Hüften und mein Blut wandert abwärts. Ich möchte zu gern ihre Kurven anfassen. Ich stelle mir vor, wie ich mit den Händen über ihre Rundungen gleite, hinab zur Taille, über die Hüfte und dann zwischen ihre Schenkel, um ihre Nässe zu spüren, von der ich weiß, dass sie da ist.

„Deine Gedanken sind auf Abwege geraten, Ace", sagt Lexi.

Die Frau kann offenbar Gedanken lesen. Oder sie hat bemerkt, dass meine Hose sich verdächtig im Schritt ausbeult. „Na gut", knurre ich. „Aber wie sollte ich auch nicht, wenn du so aussiehst?"

„Du solltest dich jetzt auch umziehen, während ich Luna anziehe. Wir müssen auch noch Jen abholen."

Ich folge ihr mit den Blicken wie ein Hund, der seinem Besitzer folgt, wenn er nicht bekommt, was er will. Lexi lacht mich aus und geht mit Luna hinaus.

Ich habe vor, Connor mit Lexis Freundin Jen bekanntzumachen. Ich kann mir seine Reaktion vorstellen, wenn er sie sieht. Sie ist eine schöne Frau und jeder Mann würde sich glücklich schätzen, wenn er die Chance auf ein Date mit ihr bekommt.

Zehn Minuten später sind wir unterwegs zu Jen. Lexi schickt ihr eine Nachricht, dass wir gleich bei ihr sein werden. Als wir dort ankommen, wartet Jen bereits vor der Tür auf uns.

„Hi", sagt sie, als sie einsteigt und sich hinten neben Luna setzt. „Hallo, kleines Mädchen. Sie ist ganz schön gewachsen, Lexi."

„Ja, das stimmt.“

„Und sie sieht dem Papi sehr ähnlich. Ups, hätte ich das nicht sagen dürfen?“

Lexi lacht. „Schon gut. Er weiß es.“

Ich höre den Frauen beim Plaudern zu, während wir uns auf den Weg zu Brad und Mila machen. Die Gegend besteht in erster Linie aus Einfamilienhäusern, man sieht jede Menge Fahrräder vor den Häusern und Kinderspielzeug im Vorgarten. Eines Tages werden Lexi, Luna und ich vielleicht auch in ein familiengerechtes Zuhause ziehen, mit eigenem Garten.

Aber ich möchte nicht zu viel an die Zukunft denken. Alles zu seiner Zeit. Mein Plan ist es, die Zeit mit meiner neuen Familie zu genießen und Lexi und Luna erst einmal besser kennenzulernen.

Ich parke den Wagen direkt vor dem Haus und trage Luna, während Lexi die Tasche mit der Milch und den Windeln trägt. Luna besteht oft darauf, das zu essen, was wir auch essen, was es einfacher macht, sie überallhin mitzunehmen. Auch wenn sie davon nicht satt wird, beschäftigt es doch ihren Magen.

Der Geruch nach Barbecue begrüßt uns, als wir auf die Veranda kommen. Ich klingle an der Haustür, dann höre ich schwere Schritte und gleich darauf wird die Tür geöffnet.

„Willkommen“, sagt Brad. „Und du musst die kleine Luna sein.“

„Danke“, sage ich und trete ein. Dann stelle ich ihm Lexi und Jen vor.

„In der Wache betrachten wir uns alle als eine große Familie. Es ist immer schön, wenn neue Mitglieder hinzukommen“, sagt er und schüttelt Lexi energisch die Hand. Dann wendet er sich an Jen. „Du wirst hier sehr umschwärmt werden. Sei gewarnt.“

Ich unterdrücke ein Lachen, als ich sehe, wie schwungvoll Brad ihr die

Hand schüttelt und sie doch versucht, ihr Lächeln beizubehalten, obwohl er ihr beinahe den Arm auskugelt. Eine kurvenreiche Blondine mit kurzem Haar kommt lächelnd ins Foyer.

„Liebling", sagt Brad und stellt sich neben sie, dann stellt er sie uns als seine Frau Mila vor.

„Hi", sagt sie zu uns und heißt uns in ihrem Heim willkommen. Dann nimmt sie uns mit in den Garten.

Alle sind dort bereits versammelt und wir werden lautstark begrüßt. Ich sehe Lexi an, dass sie erstaunt ist, wie groß die Gruppe ist und wie gut sich alle verstehen. Ich bin noch nicht lange auf dieser Wache, aber sie behandeln mich wie Familie und damit auch Lexi, Luna und Jen.

Ich stelle Jen Connor vor, aber jeder andere Single-Mann kommt ebenfalls an und verlangt, vorgestellt zu werden. Alle benehmen sich aber anständig und ich sehe, dass Jen die Aufmerksamkeit genießt.

Luna wird herumgereicht und bekommt ebenfalls jede Menge Aufmerksamkeit. Dann nimmt Lexi sie mit zu einer kleinen Hüpfburg für kleine Kinder, weit genug entfernt vom Pool, wo die älteren Kinder sich vergnügen.

„Brauchst du Hilfe?", frage ich Brad und deute auf den Grill.

„Ja, danke, Mann."

Ich bin froh, etwas zu tun zu haben. Brad reicht mir ein kaltes Bier und ich drehe die Würstchen und das Fleisch um, während ich immer ein Auge auf meine Mädels habe.

Später sitzen wir alle um den Tisch voller Zuckerkuchen und Leckereien und singen ein Geburtstagslied für Claire. Luna grinst die ganze Zeit. Sie ist es nicht gewohnt, von so vielen Kindern umgeben zu sein.

Sie klatscht und singt mit. Lexi und ich schauen uns an. Gut, dass man nicht wirklich vor Stolz platzen kann, denn sonst gäbe es hier eine

Riesensauerei.

***

„Das war ein schöner Tag", sagt Lexi später am Abend, als wir eine total übermüdete Luna ins Bett legen. „Ich war schon ewig nicht mehr bei einem Barbecue."

„Sieht so aus, als würde uns das nun öfter blühen. Die Jungs machen das häufig."

„Ja, ihre Frauen haben von früheren Barbecues und Geburtstagen erzählt."

Ich mache mir doch ein wenig Sorgen. Zwar hatte ich immer ein Auge auf Lexi, aber vielleicht kam sie sich doch etwas verlassen dort vor. Für Männer ist das irgendwie anders. Ich glaube, dass es für Männer leichter ist, neue Freundschaften mit anderen Männern zu schließen. Man redet über Baseball oder die Arbeit und schon läuft die Sache.

Wie Brad es vorhergesagt hatte, war Jen die ganze Zeit sehr mit den Single-Männern beschäftigt. Alle wollten sie zu einem Date einladen. Ich bin froh, nicht mehr dazuzugehören. Connor hatte einen leichten Vorsprung und war derjenige, der Jen am Ende nach Hause fahren durfte.

„Hattest du heute Spaß?", frage ich.

Wir befinden uns in meinem Schlafzimmer und Lexi will unter die Dusche. Es ist nicht so einfach, ein normales Gespräch zu führen, während sie sich auszieht.

„Reichlich", sagt sie. „Die Frauen waren toll. Ich bin sicher, wir werden mit der Zeit gute Freunde."

„Das freut mich."

Lexi zieht sich bis auf den BH und ihr Höschen aus. Sie hebt ihre Sachen vom Boden auf, schnuppert daran und verzieht das Gesicht. „Die stinken nach Rauch."

„Meine auch. Hast du etwas dagegen, wenn ich dir unter der Dusche Gesellschaft leiste?"

Seit die beiden hier eingezogen sind, haben wir das noch nicht getan. Unsere Zeiten sind sehr unterschiedlich. Ich stehe früh auf, auch wenn ich lange wach war. Ich muss morgens meine Runde joggen. Anschließend gehe ich unter die Dusche.

Lexi duscht immer am späten Vormittag, wenn sie Luna für ein Nickerchen hingelegt hat. Langsam aber sicher gleiten wir in eine Routine hinein.

„Ich hätte nichts dagegen", sagt Lexi und geht mit schwingenden Hüften Richtung Bad.

Ich ziehe mich aus und folge ihr ins Bad. Lexi steht bereits unter dem Wasserstrahl. Ich steige hinein und mache die Tür zu. Einen Moment stehe ich da und betrachte sie. Sie hat den Kopf zum Wasser gehoben und die Augen geschlossen. *Heiß!*

Ich nehme das Shampoo und gebe etwas auf meine Hand. Dann fange ich an, langsam ihr Haar zu waschen.

Lexi gibt genießerische Laute von sich. „Das fühlt sich gut an."

Als ich mit Einschäumen fertig bin, schiebe ich sie sanft unter den Wasserstrahl, um ihr das Shampoo aus dem Haar zu spülen. Dann seife ich ihren Körper ein und spüre dabei, wie sie mich betrachtet. Mein Schwanz ragt steif auf und ich hoffe auf etwas mehr Action.

Sie legt ihre Hand um meinen Schwanz und ich sauge scharf die Luft ein, während ich ihre Brüste einseife. Ich kneife in ihre Nippel und reibe Duschgel darüber.

Ich bin so hart, dass ich das Gefühl habe, gleich zu explodieren. Langsam stoße ich in ihre Hand. Nach einer Weile löse ich ihre Finger von meinem Schaft.

„Ich komme in deiner Hand wie ein geiler Teenager", knurre ich.

Lexi kichert. „Und was wäre falsch daran?"

„Ich will noch viel mehr machen, bevor es so weit ist. Angefangen hiermit." Ich schiebe eine Hand zwischen ihre Beine und reibe über ihre Klitoris. „Ich will dich waschen."

Ich liebe es, wie leicht ich Lexi dazu bringen kann, laut zu stöhnen und meinen Namen zu rufen. Sie ist gut für das Ego eines Mannes. Sie gibt einem das Gefühl, ein herausragender Liebhaber zu sein. Ich lasse meine Lippen über ihre Nippel wandern und stimuliere weiterhin ihre Klitoris.

„Bitte, Ace."

Ich liebe es, dass ich sie so sprachlos machen kann, dass sie mehr als diese Worte nicht herausbringt. Aber was für Worte! Ich besorge es ihr so, wie sie es mag. Ich labe mich an ihren Brüsten und ficke sie mit einem Finger, dann füge ich einen zweiten hinzu. Sie schreit und bettelt, endlich kommen zu dürfen.

Als sie es tut, verkrampft sich ihre Pussy um meine Finger und ich stoße weiter in sie, bis ihr Körper zusammensackt.

„Ich bin dran", sagt sie.

„Womit?", frage ich und wasche sie weiter.

„Dich mit dem Mund und den Händen zum Höhepunkt zu bringen."

„Das klingt toll, aber können wir das ins Bett verlagern?" Ich halte sie gern in meinem Arm, wenn wir Sex hatten.

Sie wäscht mir das Haar und seift mich ein, braucht aber auffällig viel Zeit, um meinen Schaft zu waschen.

„Der ist sehr schmutzig“, sagt sie mit ihrer sexy tiefen Stimme. „Der braucht viel Aufmerksamkeit.“

„Das stimmt“, sage ich und verliere mich in den Gefühlen, die ihre Hand auf meinem Schwanz in mir weckt.

Anschließend trocknen wir uns ab und gehen nackt hinüber ins Schlafzimmer. Ich dimme das Licht, bis es schön romantisch ist und schlüpfe neben Lexi ins Bett.

„Leg dich flach auf den Rücken“, sagt sie im Befehlston.

„Jawohl, Ma‘am“, sage ich und tue, was sie verlangt.

Noch vor ein paar Monaten hätte ich jeden für verrückt erklärt, der mir gesagt hätte, ich würde schon bald dieses Leben mit Lexi und Luna führen.

Das einzige, was damals für mich zählte, war meine Arbeit. Schwer vorstellbar, dass die jetzt eher nebensächlich geworden ist und Platz gemacht hat für Lexi und Luna. Ich habe eine Familie. Für einen Mann ist es das Allergrößte, eine eigene Familie zu haben.

Kapitel Zweiundzwanzig

Lexi

Ace geht unten an der Rutsche in die Hocke und breitet die Arme aus. „Ich bin hier und fange dich auf, Luna. Keine Angst. Daddy ist hier und fängt dich auf."

Mir geht das Herz auf. Es fühlt sich an, als wäre mein ganzes Leben nur die Vorbereitung auf diesen Moment gewesen, als wir zu einer Familie werden. Es ist das erste Mal, dass Ace sich selbst als Daddy bezeichnet, wenn er Luna direkt anspricht. Ich fächere mir Luft zu, um den drohenden Tränen Einhalt zu gebieten.

Luna lässt los und gleitet die Rutsche hinunter, halb schreiend, halb quiekend. Wie versprochen, fängt Ace sie auf und hebt sie in die Luft.

„Du hast es geschafft!", sagt er.

Erst als der Moment vorbei ist, kommt mir der Gedanke, wie schön es gewesen wäre, diesen Augenblick in einem Foto festzuhalten. Aber eigentlich spielt es keine Rolle. Ich werde diesen Moment jedenfalls niemals vergessen.

Ermutigt nimmt Luna ihren Daddy an der Hand und führt ihn zum oberen Ende der Rutsche. Er hebt sie hoch und setzt sie an den Start.

„Daddy, fang mich", sagt Luna.

„Oh, ja. Daddy wird dich auffangen. Daddy wird dich immer auffangen." Seine Stimme ist voller Gefühl.

Er wirft mir einen Blick zu und wir sehen uns einen Moment lang an. Das ist ein Versprechen eines Vaters an seine Tochter. Ich schicke ein stilles Dankgebet gen Himmel. Genau das habe ich immer für Luna gewollt.

Sie sollte beide Eltern in ihrem Leben haben.

Vanessa und ich sind ohne Vater aufgewachsen und es war immer mein größter Traum, dass Dad eines Tages an die Tür klopfen würde, um uns mitzunehmen. Diese Träume wurden mehr, wenn Mom betrunken irgendwo lag, was oft vorkam, und ich panische Angst hatte.

Nach dem Rutschen gehen wir zum Schaukeln. Wir sind mit Parks reichlich gesegnet. Einer ist in der Nähe der neuen Wohnung und er ist viel größer und schöner als der bei unserem alten Zuhause.

Ich frage mich kurz, wie es wohl Vanessa geht. Ich habe gestern mit ihr telefoniert und sie hörte sich normal an, aber ich würde mich gern selbst davon überzeugen. Luna und ich haben uns richtig eingelebt und alles wäre bestens, wenn ich mir nicht Sorgen um Vanessa machen würde.

Ich habe mich so lange um meine Schwester gekümmert, dass es mir zur Gewohnheit geworden ist, mir Sorgen um sie zu machen. Miles ist faul und hat keinerlei Ambitionen, aber er ist im Grunde harmlos. Ihr passiert nichts, sage ich mir. Und sie ist erwachsen. Sie hat einen guten Job und kann für sich selbst sorgen.

„Mama“, sagt Luna und deutet auf den Teddy in meinen Armen.

„Oh, der Teddy soll auch schaukeln?“, frage ich und sie nickt.

Wir setzen den Teddy auf die Schaukel und dann überlasse ich es Luna, ihm Schwung zu geben. Sie lacht, als der Teddy immer höher schaukelt. Ace sitzt auf einer Bank in der Nähe und ich setze mich zu ihm, den Blick immer fest auf unsere Tochter gerichtet.

„Sie ist wunderschön“, sagt Ace und spricht damit das aus, was mir auch durch den Kopf geht.

„Das ist sie.“

„Sie kommt ganz nach ihrer Mutter“, fügt er hinzu.

Komplimente machen mich verlegen. Als ich kleiner war, habe ich nie welche bekommen, daher habe ich auch nie gelernt, damit umzugehen. Ich weiß nicht, was ich sagen oder ob ich sie überhaupt glauben soll. „Danke."

Mein Handy vibriert und ich hole es aus meiner Hosentasche. Die Nummer im Display ist mir nicht bekannt. Ich nehme den Anruf an.

„Hallo", sagt eine zögernde Stimme am anderen Ende.

Mir stellen sich die Nackenhaare auf. Ich kenne diese Stimme nur zu gut. Sie verfolgt mich manchmal bis in meine Träume.

„Mom", sage ich, ebenfalls zögernd.

Ich bin zwar erwachsen, aber die Stimme meiner Mutter befördert mich umgehend zurück in meine Kindheit. Meine Gefühle geraten durcheinander. Zu meiner Schande ist es vor allem Enttäuschung. Warum muss sie ausgerechnet dann wiederauftauchen, wenn Vanessas und mein Leben endlich mal gut laufen?

„Hast du gewusst, dass deine Schwester mit einem Mann zusammenlebt?", kreischt sie.

„Ja."

Meine Brust zieht sich zusammen. Wir haben seit Jahren kein Wort miteinander gesprochen und sie fragt nicht einmal, wie es mir geht?

„Wie kannst du so etwas zulassen? Du bist für sie verantwortlich, Lexi", sagt meine Mutter und ihre Stimme lallt leicht.

Ich frage mich, ob sie betrunken ist. Aber aus Erfahrung würde ich sagen, im Augenblick ist sie nüchtern. Dann wird sie selbstgerecht und hält mir Predigten, vor allem über Vanessa.

„Mom, Vanessa ist kein Kind mehr. Sie ist erwachsen und trifft ihre eigenen Entscheidungen."

Schweigen am anderen Ende der Leitung.

„Ich will mein Enkelkind sehen“, sagt sie.

Mir bleibt die Luft weg. Genau das hatte ich befürchtet. Ich will sie nicht sehen und ich will nicht, dass sie Luna zu Gesicht bekommt.

„Bist du in der Stadt?“, frage ich.

„Ja, ich bin zu Hause“, sagt sie.

„Ist Vanessa zu Hause?“

„Nein. Ihr Freund sagte mir, sie ist auf der Arbeit. Ich kann nicht behaupten, dass mir die Vorstellung gefällt, dass ein fremder Mann hier wohnt.“

„Miles ist kein Fremder“, sage ich und widerstehe dem Drang, sie daran zu erinnern, wie viel fremde Kerle sie für nur eine Nacht mit nach Hause gebracht hat. „Ich kenne ihn.“

„War ja klar, dass du zu deiner Schwester hältst. Ihr beide habt schon immer unter einer Decke gesteckt“, giftet sie.

„Hör zu, Mom, ich muss jetzt Schluss machen. Ich rufe dich morgen an“, sage ich und beende einfach das Gespräch.

Sie drängt mich in eine Position, in der ich nie wieder sein wollte. Ich rufe sofort Vanessa auf dem Handy an. Aber das ist ausgestellt. Ich schicke ihr eine Nachricht, dass sie mich sofort anrufen solle, es wäre aber nichts Schlimmes passiert. Vanessa gerät oft schon bei dem geringsten Anzeichen einer Katastrophe in Panik. Ich auch.

„Ist alles in Ordnung?“, fragt Ace und kommt mit Luna zur Bank zurück.

Ich zwinge mich zu einem Lächeln. „Ja.“

„Luna und ich drehen eine Runde durch den Park“, sagt er. „Willst du mitkommen?“

„Das möchte ich auf keinen Fall verpassen“, sage ich mit erzwungener

Fröhlichkeit und springe auf.

Wir nehmen Luna zwischen uns und gehen los, wobei wir sie alle paar Schritte hochheben. Ihr fröhliches Quieken hätte mir normalerweise Spaß gemacht, aber jetzt nicht. Der Anruf meiner Mutter hat mir die Stimmung getrübt.

Wie lange hat sie vor zu bleiben? Was ist aus ihrem Bekannten geworden, mit dem sie aus LA abgehauen ist? Ich habe ein ungutes Gefühl dabei. Wenn sie in der Nähe ist, kommt nie etwas Gutes dabei heraus.

Es mag egoistisch sein, aber ich bin froh, dass ich ausgezogen bin. Vanessa tut mir jedoch leid. Wir bleiben noch eine halbe Stunde im Park, dann fahren wir nach Hause. Ich bereite das Abendessen vor, während Ace sich um Luna kümmert. Ich bin froh, einen Moment für mich allein zu haben. Ich muss mich innerlich beruhigen.

Mom will Luna sehen. Ich möchte meine süße und unschuldige Tochter jedoch von meiner Mutter fernhalten. Luna hat nichts davon, ihre Großmutter kennenzulernen. Sie war als Mutter eine Katastrophe, da wird sie als Großmutter keinen Deut besser sein.

Die abendliche Routine hilft mir, klarzukommen. Luna muss gefüttert und gebadet werden. Ace und ich essen anschließend auch etwas und dann gehen wir ins Bett.

Ace liegt bereits im Bett, als ich aus dem Bad komme. Er schlägt die Bettdecke beiseite und ich steige hinein. Er deckt mich zu und zieht mich an sich. Er streichelt meinen Kopf und streicht mein Haar zurück. Die Anspannung meines Körpers lässt langsam nach.

„Etwas ist nicht in Ordnung, oder?“, fragt er.

Es zu leugnen, wäre eine Beleidigung seiner Intelligenz. „Nein.“

„Willst du darüber reden?“, fragt er leise.

Ich möchte es gern loswerden, es mir von der Seele reden. Aber wenn es um meine Mutter geht, dann fehlen mir die Worte, um meine Gefühle auszudrücken.

„Meine Mutter hat mich angerufen“, sage ich.

„Wie ist es gelaufen?“

„Nicht gut. Sie ist zurück in LA und gerade in meiner alten Wohnung.“

„Wohnt Vanessa da nicht mit ihrem Freund?“

„Genau.“

„Das ist bestimmt unangenehm. Aber vielleicht bleibt sie ja nicht lange?“

Ich kann nicht einmal sagen, dass ich das hoffe. Das ist nicht das erste oder zweite Mal, dass wir das erleben. Mom verschwindet eben mal für ein paar Jahre, kommt zurück, bleibt ein paar Wochen nüchtern und dann fängt die Abwärtsspirale wieder von vorn an.

Das erzähle ich auch Ace.

„Vielleicht hat sie sich geändert. Menschen tun das.“

Auch das höre ich nicht zum ersten Mal. Habe es viel zu oft gehört. Ich habe längst akzeptiert, dass meine Mutter sich niemals ändern wird.

„Es ist mir egal, ob sie sich geändert hat oder nicht. Ich will sie nicht in unserem Leben haben“, sage ich energisch.

Ich sehe, dass Ace meine klaren Worte etwas irritieren. Es klingt kaltherzig. Aber wenn er meine Mutter kennen würde, dann hätte er eine andere Meinung dazu.

„Vanessa und ich hatten eine andere Kindheit als die anderen Kinder. Die hatten Väter und Mütter. Vanessa hatte mich als Ersatzmutter. Ich habe sie aufgezogen. Ich habe alles getan, sie gebadet, für sie gekocht und sie nachts an meiner Seite gehalten.“

„Wie alt warst du da?“

„Ich erinnere mich an solche Situationen, da war ich sechs. Ich hatte keine Freunde in der Schule und die Lehrer mochten mich nicht, weil ich gestunken habe. Es hat eine Weile gedauert, bis ich lernte, wie ich mich um mich selber kümmern kann.“

Ace hält mich stärker fest.

Immer mehr Worte sprudeln aus mir heraus. Dinge, die ich noch nie einer Menschenseele anvertraut habe. Selbst Vanessa nicht. Sie erinnert sich selbst an einige dieser Dinge, an andere aber nicht.

Vanessas Kinderbett stand neben meinem Bett. Wenn sie nachts wach wurde, habe ich sie beruhigt, bis sie wieder einschlief. Es gab viele Nächte, in denen wir ohne Essen einschlafen mussten, erst recht, wenn sich für den nächsten Tag ein Sozialarbeiter angekündigt hatte. Auf dem obersten Regal in der Küche befand sich immer etwas zu essen.

Es war zu hoch für mich und es war uns verboten, jemals Essen von dem Regal zu nehmen. Aber wenn der leere Magen zu sehr schmerzte, dann stand ich in der Küche und blickte hungrig hinauf zu den Dosen mit Baked Beans, Nudelpaketen und anderen Sachen.

Das Essen war nicht für uns. Es lag nur da, damit der Sozialarbeiter es sah.

Aber das Schlimmste war nicht der Hunger oder die ewige Ungewissheit. Es waren die Männer, die sie mit nach Hause brachte. Sie waren ungehobelt und sahen bösartig aus. Vanessa und ich versteckten uns in unserem Zimmer, wenn sie einen Mann mitbrachte.

Die Nächte wurden zum Albtraum. Wir hörten Mom schreien und Namen rufen und ich war mir sicher, sie am nächsten Tag tot aufzufinden. Natürlich war das nicht der Fall. Aber für ein Kind sind Lustschreie noch unbekannt und von Schmerzensschreien nicht zu unterscheiden. Den Teil erzähle ich Ace nicht. Es ist mir zu peinlich.

„Und das alles kam vom Alkohol", sage ich und wiederhole, was Vanessa immer als Entschuldigung für Mom vorgebracht hat. Ich glaube nicht an diese Worte.

Es ist schon seltsam, dass ich ausgerechnet in einer Bar arbeite. Aber das war sehr praktisch für mich. Ich habe keine College-Ausbildung, was meine Berufsaussichten stark vermindert hat. Moms Sauferei hatte außerdem dafür gesorgt, dass ich mich mit den diversen Alkoholsorten auskannte.

Wenn ich nach ihren Besäufnissen aufräumte, lernte ich lesen mit den Etiketten auf den Flaschen. Ich trinke hin und wieder auch mal etwas, aber ich habe immer im Hinterkopf, dass ich aufpassen muss, weil ich Moms Gene habe.

Aber als Luna dann da war, wusste ich ohne jeden Zweifel, dass ich ihr niemals das antun würde, was Mom Vanessa und mir angetan hat.

„Mein Gott, Lexi", sagt Ace voller Entsetzen. „Ich habe auch schlimme Dinge gesehen, aber das ist jenseits meiner Vorstellung. Wie kann eine Mutter so etwas ihren eigenen Kindern antun?"

„Genau diese Frage habe ich mir tausendmal gestellt im Laufe der Jahre."

„Wann hat sie mit dem Trinken angefangen?"

„Ich kann mich nicht erinnern, dass sie irgendwann nicht getrunken hätte." Es ist nur schwer vorstellbar, dass eine Mutter eine Flasche ihren Kindern vorzieht.

Kapitel Dreiundzwanzig

Lexi

Ich blinzle erstaunt, als Vanessa am nächsten Tag das Alma betritt.

„Hi“, sage ich und mustere ihr Gesicht, als sie sich auf einen Hocker am Tresen setzt. Sie sieht aus, als hätte sie nicht mehr geschlafen seit dem Ende ihrer Schicht gestern. „Ist alles in Ordnung?“

Vanessa legt die Hände auf den Tresen. „Ich habe keine Ahnung mehr, was diese Worte bedeuten.“

„So schlimm? Möchtest du etwas trinken? Ein Wasser?“

„Ja, Wasser wäre nett.“

Ich hole ihr eine Flasche Wasser aus dem Kühlschrank. Vanessa trinkt keinen Alkohol. Sie hat mir einmal anvertraut, dass es ihre größte Angst ist, so zu werden wie unsere Mutter. Das verstehe ich. Es ist beängstigend, sich vorzustellen, einmal so zu enden.

„Ist Mom noch bei dir zu Hause?“

„Ja. Sie ist erst einen Tag da und treibt mich bereits in den Wahnsinn. Ich habe letzte Nacht kaum geschlafen.“

Ich bekomme ein schlechtes Gewissen. Ich habe letzte Nacht gut geschlafen. Solange ich meine Mutter nicht sehe, stört sie mich nicht. Wenn sie weg ist, mache ich mir keine Sorgen mehr. Im Gegenteil, ich empfinde dann Erleichterung.

„Sie spricht mit mir, als wäre ich ein Kleinkind. Sie will mich jetzt erziehen, wo ich längst erwachsen bin“, sagt Vanessa.

Vanessa ist zu weich, um unserer Mutter ein paar klare Worte zu sagen. Sie hat sich immer nach Moms Liebe und Aufmerksamkeit gesehnt, daher wundert es mich jetzt ein wenig, dass sie sich beschwert, wenn Mom endlich damit anfängt, sie zu bemuttern. Vor ein paar Jahren hätte ihr das noch gefallen. Ich bin froh, dass sie dieses kindliche Bedürfnis abgelegt hat.

Mom ist die falsche Person, um Liebe von ihr zu erwarten. Sie liebt nur für einen kurzen Moment und verschwindet dann wieder. Sie bricht einem das Herz, wieder und wieder.

„Und Miles hat gedroht, er würde ausziehen, falls Mom länger bleiben sollte“, sagt Vanessa.

„Es ist ihr Haus“, sage ich.

„Ja, das stimmt.“

Wir schweigen einen Moment. „Na gut, ich werde sie zu mir zum Abendessen einladen, damit du Zeit zum Durchatmen hast. Sie hat gesagt, sie möchte Luna kennenlernen.“

„Danke! Ein Abend ohne sie wird mir Zeit zum Nachdenken geben.“

Ich kann kaum fassen, dass Vanessa so über unsere Mutter spricht. „Wie kommt es, dass du deine Meinung geändert hast? Du hast sie immer entschuldigt, egal, was sie getan hat.“

Vanessa schaut mir fest in die Augen. „Luna. Sie ist meine Nichte, aber ich würde alles für sie tun. Wir sind Moms Töchter, aber sie hat nichts für uns getan.“

„Sie hat uns ein Dach über dem Kopf gegeben“, sage ich. Unsere Rollen haben sich vertauscht. Ich verteidige sie. Aber ich möchte nicht, dass Vanessa wie ich wird. Ich war viel zu lange verbittert.

Mom hat das Haus vor Jahren gekauft, als sie mal für eine Weile klar denken konnte. Das war für uns ein Glück, denn so liefen wir nicht Gefahr, obdachlos zu werden.

„Ich habe in der Schule so oft gelogen, dass ich oft nicht mehr alle

Lügen auf die Reihe gekriegt habe“, sagt Vanessa. Sie trinkt einen Schluck Wasser und ihre Gedanken wandern weiter.

„Aber du warst immer sauber gewaschen“, sage ich.

Sie lächelt traurig. „Dank dir. Aber die haben dort nie vergessen, dass du anfangs immer schmutzig zur Schule gekommen bist, bis du gelernt hast, Wäsche zu waschen.“

Ich bekam an der Schule schnell den Spitznamen faule Lexi. Ich schlief während des Unterrichts, habe nie Hausaufgaben gemacht, trug schmutzige Kleidung und roch streng. Ich hatte mir geschworen, dass Vanessa das nicht in der Schule durchmachen musste.

Wir reden noch eine Weile über die Vergangenheit. Wir lachen sogar bei einigen Erinnerungen. Als Vanessa geht, habe ich das Gefühl, ein paar alte Wunden seien nun verheilt.

***

Als ich am Abend nach Hause komme, spielt Luna mit der Nanny draußen auf dem Spielplatz. Luna liebt das und hat dort ein paar Freunde gefunden. Wir kehren ins Haus zurück und sie quengelt ein bisschen, aber ich lenke sie ab.

„Wenn weiter nichts ist, dann bis morgen“, sagt Helen. „Und Lunas Essen steht im Kühlschrank.“

„Danke vielmals, Helen.“ Ich schließe die Tür, sobald sie weg ist.

Ich nehme Luna noch einmal in die Arme. „Weißt du, wie lieb ich dich hab?“

Sie grinst, will aber schnell wieder abgesetzt werden. Kinder in dem Alter sind immer in Bewegung. Sie ist sehr aktiv und ich freue mich schon, zu sehen, wie sie sich entwickeln wird.

Ich gebe ihr einen Snack und überlege, was ich zum Abendessen machen soll. Ich habe am Vormittag schon das Hühnchen aus dem Gefrierfach genommen. Ace liebt Hühnchen. Ich werde es grillen und dazu Kartoffeln und gedünstetes Gemüse machen.

Ich habe ihm vorhin eine Nachricht geschickt, dass wir einen Gast zum Abendessen haben werden. Es ist ein Jammer, dass unser erster Gast ausgerechnet meine Mutter sein soll. Er hat bisher nicht geantwortet, aber das habe ich auch nicht erwartet. Er ist bei der Therapiesitzung, die ungefähr zwei Stunden dauert.

Während ich koche, habe ich immer einen Blick auf Luna, die fröhlich spielt. Ich will gerade das marinierte Hühnchen in den Ofen schieben, als mein Handy summt.

Ich trockne mir die Hände ab und greife nach dem Handy.

Hi, Schatz, habe gerade deine Nachricht gesehen. Wow! Deine Mutter kommt zum Essen? Ich bin stolz auf dich. Bin schon unterwegs. Soll ich noch irgendetwas mitbringen?

Nicht nötig. Fahr vorsichtig.

Ich lege das Handy beiseite und bereite weiter das Essen vor. Erinnerungen an meine Mutter tauchen vor meinem inneren Auge auf. Sie war immer sehr dünn, was kein Wunder ist, bei ihrem Lebenswandel. Ich frage mich, ob sie sich wohl geändert hat? Ist sie älter geworden?

Ein vertrautes Gefühl steigt in mir hoch. Angst. Ich schließe die Augen und suche nach der Ursache der Angst.

Vanessa und ich kommen von der Schule nach Hause. Sie klammert sich immer fester an meine Hand, je näher wir kommen. Ich bin verschwitzt, meine Schritte werden schwerer. Mir wird flau im Magen. Ich möchte mich übergeben. Wir kommen nach Hause und stehen eine Weile auf der Veranda, aber irgendwann müssen wir hineingehen.

Mein Herz klopft wild in meiner Brust. „Mom?" Stille. Ich lasse Vanessa im Wohnzimmer zurück. Sie schaut mich ängstlich an. „Sei vorsichtig, Lexi." Ich lächle tapfer. „Mache ich." Ich gehe in die Küche und von da aus in die anderen Zimmer.

Ich finde sie in der Badewanne. Ich schüttle sie, aber ich weiß, dass das üblicherweise nicht funktioniert. Ich wische mir die Tränen vom Gesicht, schließe die Badezimmertür und gehe lächelnd zu Vanessa zurück.

„Es geht ihr gut", sage ich. „Sie nimmt ein Bad. Ich mache uns etwas zu essen."

Das Geräusch eines Schlüssels holt mich in die Gegenwart zurück. Luna! Ich sehe mich im Wohnzimmer um, kann sie aber nicht entdecken. Ich renne aus der Küche und finde sie. Sie blickt vom Fenster aus in den Garten, die Hände gegen die Scheibe gepresst.

Schritte. Ich wirble herum und atme erleichtert auf. Ace. Ich bin fix und fertig. Die Erinnerung an die Vergangenheit hat mich total aus dem Konzept gebracht.

Ace kommt direkt zu mir. „Komm her." Er weiß offenbar genau, was los ist. Er nimmt mich in seine Arme und hält mich ganz fest. Mein Körper zittert und ich lasse den Tränen freien Lauf. Ich weine möglichst leise, um Luna nicht zu erschrecken.

Ich weiß nicht, wie lange wir so dagestanden sind.

„Du musst sie nicht sehen, wenn sie herkommt. Du kannst in deinem Zimmer bleiben", sagt Ace.

Ich lächle durch einen Tränenschleier. Ich habe einen wundervollen Mann. „Es wird schon gehen. Ich habe nur den Fehler gemacht, mich an zu viele Dinge zu erinnern."

Er nickt, als wüsste er genau, wovon ich rede. Wahrscheinlich tut er das. „Geh und nimm ein Bad, ich kümmere mich um Luna."

„Okay. Lunas Essen ist im Kühlschrank." Ich bin dankbar für die Chance, mich zu sammeln.

Ich küsse ihn und gehe hinauf ins Schlafzimmer. Während das Wasser in die Wanne läuft, ziehe ich mich aus. Weitere Erinnerungen drängen sich mir auf, ich schiebe sie beiseite. Das Erinnern tut mir nicht gut.

Ich lasse mich ins Wasser gleiten und ein tiefer Frieden überkommt mich. Ich bin kein hilfloses kleines Mädchen mehr. Ich bin kein Kind mehr. Ich bin auf niemanden mehr angewiesen, um zu überleben. Ich kann für mich und meine Tochter selber sorgen.

Nach dem Bad sehe ich mich in der Lage, der Welt gegenüberzutreten. Ich gehe ins Wohnzimmer, als es gerade an der Tür klingelt. Meine Selbstbeherrschung löst sich sofort wieder in Luft auf.

„Ich gehe schon", sagt Ace und steht vom Sofa auf, wo er sich mit Luna eine Kindersendung angeschaut hat.

Ich folge ihm zur Haustür. Ace öffnet und da ist sie. Meine Mutter. Vanessa steht neben ihr, die Augen gerötet, als hätte sie geweint. Sofort habe ich das Bedürfnis, sie zu beschützen. Ich schaue meine Mutter an.

Sie ist mager wie immer, aber ihr Gesicht ist eingefallen, das Haar stumpf und eher grau als braun.

„Lexi." Sie lächelt. Ihr fehlen zwei Schneidezähne.

„Mom, was ist mit deinen Zähnen passiert?", frage ich.

Ihr Lächeln verschwindet sofort. „Du hast dich offenbar gar nicht verändert. Redest immer, ohne vorher nachzudenken."

Meine Brust schnürt sich schmerzlich zusammen. Wir nehmen ganz automatisch unsere vertrauten Rollen an.

„Was hast du mit Vanessa gemacht?", frage ich.

„Es geht mir gut", sagt Vanessa und klingt sehr müde. „Ich bleibe nicht hier. Hi, Ace. Gebt Luna einen Kuss von mir.“ Ohne auf unsere Antwort zu warten, geht sie.

„Mrs. Allen, wie geht es Ihnen?“, fragt Ace, bittet sie ins Haus und stellt sich ihr selber vor. Ich bin wie erstarrt und folge ihnen.

Mom schaut sich im Apartment um. Sie wirkt hier ebenso fehl am Platze wie ich, als ich hier einzog.

„Ich gehe Luna baden“, sagt Ace. Unausgesprochen hängen die Worte in der Luft: *Ruf mich, wenn du mich brauchst.*

Ich nicke. „Okay, danke.“

Mom setzt sich hin. „Du hast dir einen Reichen geschnappt“, sagt sie in viel zu lautem Flüstern. „Ich wusste immer, du bist die Klügere von euch beiden.“

Eine Welle des Zorns erfasst mich. „Rede nicht so über Vanessa“, fauche ich. „Es ist ein Wunder, dass sie so normal geworden ist, nach allem, was du uns angetan hast.“

Sie funkelt mich an. „Geht das jetzt wieder los? Denkst du, du bist die Einzige, die Probleme hat? Die habe ich auch! Ich hatte zwei Kinder, um die ich mich kümmern sollte, und mein Kerl hatte sich verdrückt. Es war schwer für mich.“

Ich starre sie ungläubig an. „Mom, du warst eine Erwachsene! Es war deine Aufgabe, dich um uns zu kümmern. So wie es jetzt meine Aufgabe ist, mich um Luna zu kümmern.“

Sofort wird ihr Ausdruck milder. „Wo wir von meiner Enkelin reden. Ich möchte sie kennenlernen.“

Ich starre sie einen Moment lang an. Sie lächelt, als hätten wir uns nicht gerade eben noch angeschrien.

„Ich hole sie“, sage ich.

Lunas Lachen empfängt mich, als ich den Flur hinunterkomme. Mit jedem Schritt erholt sich meine Seele ein wenig mehr. Als ich ins Kinderzimmer komme, kann ich wieder lächeln.

„Ihr habt euch ohne mich amüsiert“, sage ich.

Luna trägt ihren Prinzessinnen-Pyjama und riecht herrlich sauber. Sie hüpft auf dem Bett auf und ab und Ace steht aufmerksam daneben, damit ihr nichts passiert. Der Traumpapa aller kleinen Mädchen.

„Wir wollten uns euch gerade anschließen“, sagt Ace und mustert mein Gesicht.

„Alles in Ordnung“, sage ich leise.

Es gibt auch etwas, wofür ich dankbar sein kann. Mom ist nüchtern und das offenbar schon seit einigen Wochen. Nicht, dass ich glaube, es würde noch viel länger so bleiben. Aber heute Abend kann ich so tun, als wäre sie eine normale Mutter, und werde versuchen, den Abend zu genießen.

Es läuft relativ gut. Nach der anfänglichen Aufregung verliert Mom schnell das Interesse an Luna. Es sollte mir egal sein, aber es versetzt mir doch einen Stich. Ich weiß nicht, warum ich eine andere Reaktion erwartet habe. Mom ist selbstsüchtig und daran wird sich niemals etwas ändern.

Während des Essens schaffen wir es, ein Gespräch am Laufen zu halten, auch wenn das, was meine Mutter als normales Gespräch beim Essen betrachtet, nicht unbedingt mit der Vorstellung anderer Leute übereinstimmt.

„Was machst du beruflich?“, fragt sie Ace.

„Ich bin Feuerwehrmann.“

„Wie nett“, sagt sie und runzelt die Stirn. „Wie kannst du dir das hier dann alles leisten?“

„Mom!“ Ich bin entsetzt, aber Ace übergeht das lässig und lacht.

„Dein Vater war Feuerwehrmann, ich weiß, was die verdienen“, sagt sie.

Es ist das erste Mal, dass sie je meinen Vater erwähnt hat.

„Das wusste ich nicht“, sage ich leise. Mein Vater war ein Feuerwehrmann! Und Lunas Vater nun auch. Wer hätte das gedacht?

„In welcher Wache war er tätig?“, fragt Ace und ich könnte ihn dafür küssen.

„Außerhalb des Bundesstaats“, sagt Mom vage. Ihrem Gesichtsausdruck nach zu urteilen, ist das Thema damit erledigt.

Ich schlucke meine Enttäuschung herunter. Sie hat uns nie etwas über unseren biologischen Vater erzählt und mit den Jahren ist meine Neugier weniger geworden. Ich zwinge mich, das neu erwachte Interesse zu unterdrücken.

Nach dem Essen gehe ich mit Mom hinaus auf den Balkon, während Ace Luna zu Bett bringt.

„Ich nehme an, du hältst dich jetzt für etwas Besseres, wo du in so einem noblen Haus wohnst“, sagt Mom mit falscher Freundlichkeit.

Ich atme tief durch. Sie soll mich nicht auf die Palme bringen. Wenn sie nicht getrunken hat, dann hat sie auf mir herumgehackt. Aus irgendeinem Grund habe ich immer das Schlimmste in ihr hervorgebracht. Sie benahm sich immer, als würde sie mich hassen. Daran hat sich offenbar nichts geändert.

Ich ignoriere ihre Behauptung. „Seit wann bist du trocken?“

„Das geht dich gar nichts an“, faucht sie.

Auch das hat sich nicht geändert. Wenn man ihre Sauferei erwähnt, führt sie sich auf, als wäre es ein Staatsgeheimnis.

„Ich frage nur, um zu sehen, wie weit das Drama noch entfernt ist, das immer folgt, wenn die Sauferei wieder losgeht." Mein Ton ist ebenfalls voll falscher Freundlichkeit.

Auf einmal lässt sie ihre Fassade fallen. „Ich bin fest entschlossen, es dieses Mal zu schaffen, Lexi. Ich will mein Leben ändern. Es ist doch nicht zu spät dafür, oder?"

„Es ist nicht zu spät", gebe ich widerwillig zu.

„Ich habe viel falsch gemacht. Aber jetzt bin ich wieder hier und will alles richtig machen, angefangen beim Freund deiner Schwester. Ich mag ihn nicht. Er ist faul. Vanessa muss alles allein machen."

Insgeheim muss ich ihr recht geben.

„Ich muss dafür sorgen, dass sie klar sieht", sagt sie.

„Es wäre vielleicht klüger, dass sie von selbst darauf kommt", schlage ich vor.

„Du magst hier und da hilfreich gewesen sein. Aber ich bin Vanessas Mutter, ich weiß, was das Beste für sie ist", sagt sie verärgert.

Ich gebe nach, fühle mich emotional ausgelaugt. Sosehr ich Vanessa liebe und sie beschützen möchte, mir fehlt einfach die Kraft, um weiterzukämpfen. Das müssen die beiden unter sich ausmachen.

Wir haben Mühe, danach ein normales Gespräch zu führen. Ständig fallen bösartige Bemerkungen, die Stimmung wird hitziger, zu vieles steht zwischen uns. Unausgesprochene Vorwürfe.

Vielleicht erinnere ich sie zu sehr an die Vergangenheit. Vielleicht ist mein Blick zu vorwurfsvoll, ohne dass mir das bewusst ist. Was auch immer es ist, meine Mutter und ich werden niemals mehr Freunde werden.

„Ich muss jetzt gehen", sagt sie eine halbe Stunde später. Ich rufe ihr ein Taxi und begleite sie nach unten.

Das Taxi kommt. Bevor sie einsteigt, starrt sie mich noch einmal an. Wir wissen beide, dass dies ihr erster und letzter Besuch hier war. Die Kluft zwischen uns ist einfach zu groß. Wir können sie nicht überbrücken.

„Pass auf dich auf", sagt sie.

„Mache ich. Du auch."

Sie steigt ein und knallt die Tür zu. Ich stehe da und schaue ihr nach. Tränen trüben mir die Sicht.

Kapitel Vierundzwanzig

Ace

Es dauert einige Tage, bis Lexi sich von dem Besuch ihrer Mutter wieder erholt hat. Jetzt ist sie mehr oder weniger wieder sie selbst. Ihre Augen füllen sich nicht mehr plötzlich mit Tränen und die Albträume haben auch aufgehört.

Ich werde nie vergessen, wie verloren Lexi aussah, als sie unten an der Straße stand und ihrer Mutter nachsah. Ich musste mich sehr zusammenreißen, um nicht sofort zu ihr hinunterzulaufen. Sie brauchte einen Moment für sich allein, um die Begegnung zu verarbeiten.

Lexi hatte mir Dinge über ihre Mutter erzählt, die mir deutlich machten, wie leicht ich es hatte.

Wie viel Glück ich doch mit meinen Eltern hatte. Sie waren nicht perfekt, aber es hätte weitaus schlimmer kommen können. Lexi ist eine wundervolle Mutter und gegen jede Chance auch ein wunderbarer Mensch. Allein die Vorstellung, was sie früher alles hatte durchmachen müssen, macht sehr bescheiden. Sie ist der stärkste Mensch, den ich kenne.

Jemandes Vergangenheit zu kennen bedeutet auch, diesen Menschen besser zu verstehen. So geht es mir auch mit Lexi. Ich verstehe jetzt, warum sie in Panik geraten ist, als sie mit Luna zu mir zog. Es war die Angst vor dem Kontrollverlust. Ihre Mutter hatte dereinst die Kontrolle über sie und diese Machtposition übel missbraucht, indem sie sie im Stich gelassen hat.

Es wird noch eine Weile dauern, bis Lexi sich bei mir sicher fühlt. Ich habe keine Eile. Ich werde mit der Zeit ihr Vertrauen gewinnen.

Ich halte mich an die Geschwindigkeitsbegrenzung auf dem Heimweg, auch wenn ich am liebsten Vollgas geben würde, um zu meinen Mädels heimzukommen. Ich mag meine Arbeit, erst recht, seit ich die Kollegen immer besser kennenlerne.

Es gibt keine Langeweile bei der Arbeit und die 24-Stunden-Schichten vergehen immer wie im Flug. Die Notrufe reichen von medizinischen Notfällen über Brände bis hin zu falschem Alarm und was es sonst noch gibt.

Ich eile in unsere Wohnung, bewege mich aber leise, um die beiden nicht zu wecken. Ich werfe zuerst einen Blick auf Luna, dann schleiche ich ins Schlafzimmer. Lexi hört mich nicht und ich ziehe mich leise aus und lege mich neben sie in das warme Bett.

Schlafend rutscht sie näher heran und legt einen Arm um mich. Sie ist warm und ihre Berührung lässt meinen Körper sofort reagieren. Ihr Nachthemd ist hochgerutscht und sie trägt nichts darunter. Mein Schaft schwillt an und ich gleite mit den Händen über ihren Hintern. Ganz sanft, damit sie nicht aufwacht.

Ich knete ihr Fleisch und sie stöhnt auf. So bekomme ich auf keinen Fall Schlaf. Ich bin hellwach. Zwar hatte ich auf ein paar Stunden Schlaf gehofft, aber mein Körper sehnt sich nach Lexi.

Ich drehe mich zu ihr und fahre mit einem Finger über ihre Brüste, ich kann einfach nicht anders. Ich betrachte ihr Gesicht, als ich anfange, mit ihren Nippeln zu spielen. Ich sehe genau, wann sie aufwacht. Sie stöhnt zuerst, dann öffnet sie die Augen.

„Bist du das, Ace?“, sagt sie verschlafen.

„Das hoffe ich doch“, sage ich kichernd. „Es ist noch nicht Zeit zum Aufstehen, schlaf weiter.“

Ich rutsche tiefer und labe mich an ihren Brüsten. Lexi lacht leise und stöhnt.

„Schlafen hast du gesagt?“

„Ja“, sage ich mit vollem Mund.

Ich habe Lexis Körper genauer studiert als alles andere. Ich weiß, dass sie es mag, wenn man ihre Nippel stimuliert, aber nicht zu viel, sonst werden sie zu empfindlich. Ich bedenke all das, während ich ihrem Körper huldige.

Ich rutsche noch tiefer, zur Hitze ihrer Pussy. Ich hebe ihr Bein über meine Schulter und vergrabe meinen Kopf zwischen ihren Schenkeln. Ihre Lustschreie dringen an meine Ohren und ich grinse, weil ich weiß, dass sie sich vergeblich bemüht, nicht zu laut zu sein.

„Ace, ich will dich in mir spüren“, flüstert Lexi, während ich sie lecke.

Ich halte inne. „Mit der Zunge?“

Sie zögert. Lexi benutzt keine versaute Sprache. Sie will von mir gefickt werden, aber sie kann es nicht gut in Worte fassen.

„Nein“, sagt sie schließlich. „Mit deiner Männlichkeit.“

Ich grinse im Halbdunkel des Zimmers. Meine Frau hat endlich gesagt, was sie braucht. „Dein Wunsch ist mir Befehl, Gnädigste.“

Mein Schaft ist hart wie Stahl, als ich langsam in ihre Süße eindringe. Ich schließe die Augen, jeder Nerv meines Körpers kribbelt. Sie fühlt sich unglaublich an. Ich halte einen Moment inne, als ich komplett in ihrer Pussy bin.

Sie bewegt ihr Becken unter mir.

„Du bist so heiß, Lexi“, sage ich und fange an, langsam und tief in sie zu stoßen.

Mein Körper ist angespannt von der Anstrengung, mich zurückzuhalten. Anstatt sie zu rammeln, mache ich es ihr schön langsam, bis sie mich drängt, schneller zu machen. Erst dann lasse ich dem Tier in mir freien Lauf.

Lexis Hände krallen sich in meinen Rücken und in meine Arschbacken, sie drängt mich, schneller in sie zu stoßen. Jeder Stoß bringt uns dem Himmel näher. Lexi hebt bei jedem Stoß ihr Becken an, ich verliere mich im Rhythmus unserer schnellen Bewegungen.

Man hört nichts außer unserem Stöhnen und das Aufeinanderklatschen unserer Leiber. Lexis Bewegungen werden unsteter und sie windet sich unter mir. Ich ändere mein Tempo nicht mehr, wir nähern uns ihrem Orgasmus.

„Ace." So viele Möglichkeiten, dieses eine Wort zu deuten. Sie zieht meinen Namen in die Länge und wiederholt ihn immer wieder.

„Lexi."

„Ja! Oh Gott, bitte. Ja." Sie schlingt ihre Beine um mich, als sie kommt, und reißt mich lautstark mit sich.

Stöhnen erfüllt das Zimmer, als ich meinen heißen Samen in sie abspritze und beim Kommen weiter in sie stoße.

Ich gleite von ihr herunter, sie dreht sich zur Seite und ich nehme sie in die Arme. So schlafen wir ein.

Als ich einige Zeit später erwache, muss ich pinkeln. Lexi ist schon wach. Ich gehe verschlafen ins Bad. Als ich zurückkomme, um mich noch mal für eine Stunde hinzulegen, entdecke ich einen Umschlag auf dem Nachttisch.

Er ist weiß und sieht offiziell aus. Ich lege mich hin und nehme ihn in die Hand. Er ist an mich adressiert und ich sehe, dass er vom Militär ist. Mit zitternden Händen öffne ich den Brief.

Ich reibe mir ungläubig die Augen und kann nicht glauben, was dort steht. Man will mir einen Purple-Heart-Orden verleihen. Den gibt es für Soldaten, die im Dienst getötet oder verwundet wurden. Der Brief enthält die Details über Ort und Zeit, wo die Zeremonie stattfinden soll.

Und auf einmal bin ich wieder zurück bei jenem Tag.

Wohin auch immer sich das Auge richtet, man sieht nur öde Berglandschaften. Der Helikopter schwebt zwischen zwei Bergkuppen und wir springen hinaus ins Nichts. Die Landschaft sieht dramatisch aus, aber wir lassen uns von der Stille nicht täuschen. Hier lauert überall Gefahr durch die Taliban.

Die Stille dauert nicht lange an. Explosionen hallen von den Bergwänden wider. Unsere Mission lautet, Mitglieder einer anderen Einheit zu bergen, die hier draußen in einen Hinterhalt geraten sind. Wir kriechen durch den Staub und mit jedem Schritt wächst die Gefahr, einer Tretmine oder einer Bombe zum Opfer zu fallen.

Wir haben Glück. Wir erreichen unsere verletzten Kameraden, andere liegen tot in der Nähe. Es ist wie eine Szene aus einem Horrorfilm. Das sind Menschen, die ich kenne. Männer, die ihr Leben für ihr Land gelassen haben. Männer, die daheim jemanden haben, der nun vergeblich auf ihre Rückkehr wartet.

Ich sehe, dass einigen Körpern der Kopf abgetrennt wurde. Tränen laufen mir über das Gesicht, als wir nachsehen, wer noch am Leben ist. Der Lärm von Schüssen reißt uns aus unserer Trauer.

„Deckung!“

Die nächsten Minuten sind das reinste Chaos und sehr beängstigend. Wir kämpfen um unser Leben. Sie sind in der Mehrzahl, aber unsere Waffen sind besser. Angefeuert vom Anblick unserer toten Kameraden kämpfen wir, als gäbe es nichts mehr zu verlieren.

„Ace, bitte.“

Die Stimme gehört nicht zu Afghanistan. Sie erklingt erneut, sie klingt dringend, voller Angst. Die Angst reißt mich aus meiner Erinnerung. Ich blinzle hektisch und merke, dass ich im Bett sitze, die Hände ausgestreckt, als hielte ich eine Waffe.

Lexi steht an der Tür und starrt mich mit Angst in den Augen an. Ich lasse die Hände sinken und balle sie zu Fäusten. Ich kann nicht fassen, dass es wieder passiert ist! Ich dachte, ich hätte dieses Trauma hinter mir gelassen. Die Gruppentherapie lief gut und ich hatte die Hoffnung, dass meine Anfälle der Vergangenheit angehörten.

Ich muss allein sein. „Es geht schon wieder“, sage ich.

Sie starrt mich an. Ich wende den Blick ab und komme mir wie ein Versager vor. All die Mühe, die ich mir mit der Therapie gemacht habe, war umsonst. Es wird niemals besser werden. Ich werde kein normales Leben führen können wie andere Männer. Ich war ein Idiot, anzunehmen, dass ich einfach die Zeit zurückdrehen und wieder der Mann sein könnte, der ich vorher war. Dieser Mann ist tot.

Lexi geht hinaus und schließt leise die Tür hinter sich. Ich bin ein gebrochener Mann und sie verdient etwas Besseres. Ich gehe unter die Dusche und drehe das heiße Wasser auf. So heiß, wie es nur erträglich ist.

Anschließend ziehe ich mich schnell an und sage Lexi, dass ich mit dem Boot hinausfahren werde. Ich lasse ihr keine Zeit, mir Fragen zu stellen, ich muss einfach weg von hier. Allein.

Kapitel Fünfundzwanzig

Lexi

Ich kann nicht fassen, dass wir wieder an diesem Punkt sind. Ich umklammere mein Telefon, ich höre den Piepton, aber Declan geht nicht dran. Als die Mailbox angeht, lege ich auf. Ich versuche es erneut bei Ace, aber ich weiß ohnehin, dass er nicht drangehen wird.

Es ist neun Uhr abends und ich bin krank vor Sorge. Nach dem Anfall ist Ace aus dem Haus geflohen, um zum Boot zu fahren. Mir war klar, dass er Zeit für sich braucht, um einige Dinge im Kopf auf die Reihe zu kriegen, daher ließ ich ihn gehen.

Ich gehe in die Küche, um mir noch einen Kaffee zu machen. Ich hatte schon reichlich Koffein, aber ich muss mich beschäftigen. Mir wird das Herz schwer bei der Vorstellung, was Ace gerade durchmachen muss. Jetzt wünsche ich mir, ich hätte mit ihm gesprochen, bevor er das Haus verließ.

Ich hätte ihm sagen können, dass er Geduld haben muss. Ich habe viel über PTBS gelesen und über den Heilungsprozess. Das dauert seine Zeit. Ich wollte ihn umarmen, aber er war kühl und zurückweisend. Ich hätte mich davon nicht abschrecken lassen dürfen. Ich hätte hartnäckig bleiben müssen, um ihm zu zeigen, dass ich für ihn da war und nicht einfach verschwinden würde.

Lass ihm bitte nichts passieren.

Während die Minuten dahinplätschern, kommen neue Ängste über mich. Was, wenn ich ihn verliere? Was, wenn ihm das zu anstrengend wird, sich für uns solche Mühe zu geben? Gerade als ich denke, ich halte diese Qual nicht länger aus, klingelt mein Handy.

Ich nehme es vom Schrank. Es ist Declan.

„Ist alles in Ordnung?", fragt er.

„Nein." Ich klammere mich ans Telefon und erzähle ihm alles. Ohne Unterbrechung gebe ich ihm eine Zusammenfassung von dem, was passiert ist. „Er ist noch nicht nach Hause gekommen."

„Ich kümmere mich darum und rufe dich wieder an", sagt Declan knapp.

Ich laufe nervös auf und ab, während ich auf Declans Rückruf warte. Es scheint eine Ewigkeit zu dauern, bis das Telefon endlich klingelt.

„Er ist mit dem Segelboot rausgefahren", sagt Declan.

„Das weiß ich. Aber ist es nicht etwas zu spät, um noch draußen zu sein?"

„Nicht für Ace. Er kennt sich damit aus. Wenn ihm etwas auf der Seele liegt, dann fährt er mit dem Boot raus, manchmal für mehrere Tage." Declan hört sich an, als müsste er das rechtfertigen, aber es ist ja nicht seine Schuld.

„Er hat Park gesagt, er solle heute nicht mehr mit ihm rechnen", sagt Declan. „Tut mir leid, Lexi."

Ich bin froh, dass wir nur per Telefon miteinander sprechen, nicht persönlich. Ich möchte nicht, dass Declan meine Tränen sieht. Ich weine wegen eines Mannes, der es nicht einmal für nötig gehalten hat, mir mitzuteilen, dass er heute Nacht nicht nach Hause kommen wird.

„Ace kennt sich in den Gewässern hier aus", sagt Declan. „Es passiert ihm schon nichts. Darauf kommt es schließlich an, nicht wahr?"

Ich murmle eine Antwort.

Nach dem Gespräch kocht die Wut in mir hoch. Ace hätte mir sagen müssen, dass er nicht vorhatte, heute zurückzukommen. Ich mache mir

Sorgen um jemanden, dem das egal ist.

Ich mache das Licht aus und gehe zu Bett. Ich liege in Aces großem Bett und fühle mich daran erinnert, wie es war, als Luna gezeugt wurde. Ich kam mir verloren vor, als ich aufwachte und Ace verschwunden war. Ich komme mir klein und unbedeutend vor.

Ich schließe die Augen und tue so, als würde ich schlafen. Ich kann an nichts anderes denken als an Ace und uns. Wir sind so verschieden und gehen unterschiedlich mit unseren Problemen um. Ich sollte Verständnis dafür aufbringen, dass er allein damit klarkommen will. Mein Verstand weiß das, aber mein Herz empfindet es als Zurückweisung.

Ich kann mit dieser Vorstellung nicht dauerhaft leben, dass ich mir jedes Mal Sorgen machen muss, wenn wir einen Streit hatten oder Ace einen Anfall hatte. Mein Magen verkrampft sich. Genau diese Sorgen hatte ich als Kind mit meiner Mutter. Es gab keinen Ausweg. Genauso fühle ich mich jetzt auch wieder.

Die Nacht zieht sich wie Kaugummi. Ich schlafe irgendwann ein, weil ich geistig vollkommen erschöpft bin. Am nächsten Morgen halte ich mich mit Luna an unserer morgendlichen Routine aufrecht. Ich widerstehe dem Drang, Ace oder Declan anzurufen. Helen kommt am späten Vormittag und ich mache mich für meine Arbeit fertig.

Es tut gut, etwas zu haben, womit man sich ablenken kann. Vor meinem geistigen Auge tauchen Bilder von Ace auf, sein lebloser Körper angespült an einem einsamen Strand. Ich ermahne mich, dass sein Bruder und sein Freund sich keine Sorgen gemacht haben. Sie kennen ihn besser als ich.

Gegen vier, eine Stunde bevor meine Schicht endet, schlendert Ace in die Bar, als wäre nichts gewesen. Ich starre ihn ungläubig an. Ich schließe kurz die Augen, atme tief durch und versuche, die Ruhe zu bewahren. Es gelingt mir nicht, ich werde wütend.

Er kommt an den Tresen und setzt sich wie ein gewöhnlicher Gast auf einen Barhocker. Er lächelt mich an. Ich bin zu wütend, um mir nichts anmerken zu lassen.

„Hi, schöne Frau“, sagt er.

Ich beiße die Zähne zusammen und ermahne mich, dass wir uns in der Öffentlichkeit befinden. Das muss warten, bis wir zu Hause sind. Ich habe mich den ganzen Tag zusammengerissen, ich schaffe noch ein paar Stunden mehr.

„Was willst du trinken?“, frage ich und quäle mich zu einem Lächeln.

Meine Freundlichkeit verwirrt Ace offenbar. Er mustert mich und antwortet dann. „Ein Bier, danke.“

Ich drehe mich um und hole ihm ein Bier. Ich werde ihn behandeln wie einen ganz normalen Gast.

„Zum Wohl“, sage ich und stelle die Flasche vor ihm ab, dann widme ich mich anderen Gästen.

Ich sorge dafür, dass ich immer beschäftigt bin und spreche nur mit Ace, wenn er noch ein Bier bestellt. Als meine Schicht endet, sage ich ihm nichts davon, sondern übergebe einfach an Marc, den anderen Barkeeper und gehe nach hinten, um mich umzuziehen.

„Lexi, ist das nicht Ace da draußen?“, fragt Jen, als sie in die Umkleide kommt.

„Ja.“

„Und du gehst?“

„Wieder ja.“ Ich seufze. „Wir haben uns gestritten.“

Sie verzieht das Gesicht. „So etwas hasse ich. Ich hoffe, es renkt sich wieder ein. Er scheint ein netter Typ zu sein.“

„Danke."

Als ich auf den Parkplatz komme, lehnt Ace an meinem Auto. „Wolltest du einfach gehen, ohne mir Bescheid zu sagen?"

Ich bleibe direkt vor ihm stehen. „Das scheint doch die Art zu sein, wie wir das jetzt handhaben."

Seine lässige Haltung fällt in sich zusammen. „Es tut mir leid. Aber ich musste einfach allein sein."

Wieder fühle ich mich von seinen Worten zurückgewiesen.

„Du hättest es mir einfach sagen können. Ich habe mir solche Sorgen gemacht. Ich dachte, es wäre dir etwas Schlimmes zugestoßen."

Tränen treten mir in die Augen und ich wische sie wütend ab.

„Hey, komm her", sagt er. Sein Ton ist sanft und besorgt und dringt durch meinen Zorn. Er nimmt mich in die Arme, als ich anfange zu schluchzen.

Ich komme mir vor wie ein Schwächling. Ich sollte wütend sein, aber mir geht das Herz auf. Ich bin zu Hause, auch wenn wir auf dem Parkplatz stehen. In seinen Armen, mit süßen Worten, die er mir ins Ohr flüstert, da bin ich zu Hause.

Dann wird es mir schlagartig klar. Ich liebe ihn. Ich weiß nicht, warum ich so lange gebraucht habe, um das zu merken. Irgendwie ist Ace vom Liebhaber zu dem Mann geworden, in den ich mich verliebt habe. Meine Schluchzer werden weniger und Ace führt mich zu seinem Auto.

„Ich möchte etwas sagen." Seine Stimme klingt angespannt. „Es ging mir nicht gut, Lexi. Ich dachte, ich hätte diese PTBS hinter mir gelassen. Stattdessen hatte ich wieder einen Anfall. Die Gruppentherapie lief so gut. Aber auf einmal war das wie ein riesiger Rückschritt."

Ich bin ein Mensch, der sich nicht in anderer Leute Angelegenheiten einmischt. Das war schon immer so. Ich war zu beschäftigt mit Vanessa und mir selbst, später dann mit Luna, um mich um die Probleme anderer Leute zu kümmern. Auch für meine früheren Beziehungen gilt das.

Ich habe kein Problem damit, wenn jemand mit seinen eigenen Problemen klarkommen will. Aber auf einmal wird mir bewusst, dass das auch selbstsüchtig gedacht ist. Ich habe nur meine eigenen Probleme im Sinn gehabt. Vielleicht war das auch ein Grund dafür, dass es in früheren Beziehungen nicht geklappt hat. Für die Männer war ich nur als Sexpartner interessant.

Vielleicht hat es sie abgeschreckt, dass ich mich sofort zurückzog, wenn sie Probleme hatten. Ich war nie emotional für sie da. Vielleicht hätte ich etwas sagen sollen, als Ace seinen Anfall hatte, dann hätte er mich vielleicht nicht ausgeschlossen.

Ich atme tief durch, um meinen Mut zusammenzunehmen, damit ich sagen kann, was gesagt werden muss. „Es dauert sehr lange, bis man so etwas verarbeitet, Ace. Das ist ein Prozess, das geht nicht über Nacht. Dieser Anfall hat mir keine Angst gemacht. Ich bin für dich da, Ace."

Ich habe das Gefühl, ich wäre einen Marathon gelaufen, aber als ich Ace anschaue, ist es mir das wert.

„Wirklich?", sagt er. „Du wirst nicht weglaufen und mich für verrückt erklären?"

Ich schüttle den Kopf. „Wir stehen das zusammen durch."

Er nimmt meine Hand. „Damit hatte ich nicht gerechnet."

„Hat der Brief die Episode ausgelöst?", frage ich und ärgere mich, das gefragt zu haben. Er könnte mir sagen, dass es mich nichts angeht. Das wäre mir recht.

Aber wenn diese Beziehung funktionieren soll, dann müssen wir unbequeme Fragen stellen. Es darf mir nicht egal sein.

„Ja, die wollen mir einen Orden verleihen. Für Soldaten, die im Dienst verwundet wurden“, erklärt er.

„Glückwunsch. Dann ist es also eine Tapferkeitsmedaille?“

„Kann man so sagen. Es ist nur so, dass es viele Soldaten gab, die viel tapferer waren als ich. Sie haben ihr Leben im Dienst gelassen und verdienen diese Auszeichnung mehr als ich.“ Seine Stimme ist voller Schmerz.

Ich wünschte, ich hätte die passenden Worte, um seinen Schmerz zu mindern.

„Kannst du sie nicht stellvertretend für sie annehmen?“, schlage ich vor.

Er schaut mich an. „Daran habe ich nicht gedacht.“ Er nickt. „Das gefällt mir.“

Ich atme langsam aus.

„Ich habe damals ein afghanisches Mädchen beim Spielen gesehen. Dann rannte sie einem Ball hinterher, über die Straße in ein Feld. An sich nichts Ungewöhnliches. Aber dann ist sie in die Luft geflogen und wurde zerfetzt.“

Ace vergräbt den Kopf in seinen Händen und seine Schultern beben. Er gibt keinen Laut von sich, aber ich weiß, dass er weint. Ich habe keine Ahnung, was ich tun soll. Ich wünschte, jemand anderes würde kommen und die Lage retten. Jemand, der sich damit auskennt, wenn ein Soldat einen Nervenzusammenbruch hat.

Aber hier ist niemand, Lexi. Ace braucht dich. Hier und jetzt. Ich atme tief durch. Ich kann das schaffen. Ich krabble über die Mittelkonsole, die sich zwischen uns befindet. Ich schwinge ein Bein über ihn und setze mich auf seinen Schoß. Dann schlinge ich meine Arme um seinen Nacken. Seine Arme umschließen mich und er hält mich ganz fest.

Wir sitzen so da und verlieren jegliches Gefühl für Zeit. Ich überdenke, was er gesagt hat. Ein kleines Mädchen, das in die Luft geflogen ist. Ich kann mir nicht vorstellen, so etwas miterleben zu müssen, es für immer ins Gedächtnis gebrannt zu bekommen. Wäre ich an seiner Stelle, hätte ich das niemals verkraftet.

Ich fange an, diese PTBS besser zu verstehen, je mehr Ace mir erzählt von all den Dingen, die er erlebt hat. Tränen laufen mir über das Gesicht, während ich seine Geschichten von all dem Leid, den Opfern und dem Elend höre. Krieg macht alles immer nur schlimmer.

„Ich denke oft an die Familien, denen ich dort begegnet bin. Die sind jeden Morgen voller Angst davor aufgewacht, was der neue Tag für Schrecken mit sich bringen würde. Ich denke an die kleinen Kinder, manche noch so jung wie Luna."

Ich schniefe laut.

„Sie können doch nichts dafür, an so einem gesetzlosen Ort geboren zu sein", sagt er. „Ich versuche, nicht zu oft daran zu denken. Sonst empfinde ich nur noch Hoffnungslosigkeit und Hilflosigkeit."

„Es ist schlimm genug, das alles zu hören", sage ich und trockne mir die Augen. „Ich kann mir nicht vorstellen, wie schlimm es sein muss, das mitanzusehen. Zu wissen, wie unsicher die Zukunft dieser Kinder ist."

Wir schweigen, aber es ist nicht unangenehm.

„Kann man denn gar nichts tun?", frage ich.

„Ich weiß es nicht. Irgendetwas müsste es doch geben", sagt er.

Kapitel Sechsundzwanzig

Ace

Ich fühle mich seltsam ruhig, als ich in meiner Uniform zusammen mit den anderen Empfängern des Purple Heart draußen am Fluss für die Zeremonie versammelt stehe. Es ist ein schöner Tag, die Sonne scheint, aber es ist nicht zu heiß.

Bilder aus der Zeit des Kämpfens kommen in mir hoch. Aber sie sind nicht so wie die Albträume oder Flashbacks. Es sind lächelnde Gesichter von Kameraden, die ihr Leben für ihr Land gelassen haben. Soldaten, die heute hier sein sollten, um diese Auszeichnung mit mir entgegenzunehmen.

Ich bin hier, um sie in ihrem Namen anzunehmen. Lexi hatte recht. Das ist die richtige Art, mit dieser Zeremonie umzugehen. Ich lasse meinen Blick zu ihr wandern. Sie sitzt bei meinen Eltern und Declan. Ich hatte keine Ahnung, dass die Armee auch eine Einladung an meine Eltern schicken würde.

Ich werde Declan später in die Mangel nehmen, warum er mich nicht vorgewarnt hat, dass die drei auch an der Zeremonie teilnehmen werden. Ich bin froh, dass mein Vater gesund aussieht. Die drei zu sehen, weckt eine ganze Reihe von Gefühlen in mir.

Unzulänglichkeit vor allem. Aber das Gefühl verschwindet wieder, als ich Lexi anschaue. Sie vergleicht mich nicht mit Declan. Früher war es der Normalfall für mich, mit meinem Bruder verglichen zu werden. Es ist schön, jemanden zu haben, der mir meinen Bruder nicht vorzieht.

Und dann gibt es ja auch noch Luna. Daddy. Ich liebe es, wenn sie mich so nennt. Ich bin ihr Daddy. Unersetzlich. Ein Titel, um den ich mit niemandem streiten muss. Ich bin Lexi so dankbar dafür, dass sie mir eine

Tochter geschenkt hat. Mein Kind.

Als der Moment der Übergabe da ist, stehe ich stolz und aufrecht da, während der Leutnant Colonel mir die Medaille umhängt. Ich berühre das glänzende Metall.

Danke für euer Opfer.

Ich bin stolz darauf, ein Veteran zu sein. Ich bin stolz auf all die Opfer, die ich für mein Land gebracht habe. Mit PTBS umzugehen, das ist der Preis, den ich dafür zahlen muss. Aber er ist gering im Vergleich zu den Kameraden, die mit ihrem Leben dafür bezahlt haben.

Nach der Zeremonie gibt es ein Buffet. Tische werden schnell auf dem Rasen aufgestellt. Ich schließe mich meinen Eltern und Declan an, als er ihnen gerade Lexi vorstellt.

„Sie ist Lunas Mom“, sagt Declan, was mich darauf schließen lässt, dass sie bereits wissen, dass sie ein Enkelkind haben.

„Es ist uns eine Freude, dich kennenzulernen“, sagt Mom und küsst Lexi auf die Wange.

Das überrascht mich. Mom braucht sonst länger, um mit Fremden warmzuwerden.

„Wir können es kaum erwarten, Luna kennenzulernen. Sie ist unser erstes Enkelkind.“

„Stimmt“, sagt mein Vater und nimmt Lexis Hand. Mein Vater hat, genau wie Declan, einen Schalter, mit dem er seinen Charme ein- und ausschalten kann. „Wir würden die kleine Prinzessin gern kennenlernen.“

Mom beugt sich vor, als wolle sie Lexi ein Geheimnis anvertrauen. „Sobald wir davon erfahren haben, dass wir ein Enkelkind haben, haben wir einen Baby-Pool in Auftrag gegeben. Er ist fast fertig.“

Lexi macht große Augen. „Ihr habt für Luna einen Pool gebaut?“

„Natürlich“, sagt meine Mutter. „Wenn nicht für unser Enkelkind, für wen denn sonst?“

Sie dreht sich um und sucht nach mir. Sie entdecken mich. Die Atmosphäre ändert sich. Wird kühler.

„Mutter, Vater“, sage ich. Ich hasse es, dass es zwischen uns immer so steif zuging. Ich habe nie gelernt, mich in ihrer Gegenwart zu entspannen. Es ist eben schwer, sich zu entspannen, wenn man nicht weiß, was sie als Nächstes sagen werden, zumal, wenn man davon ausgeht, dass es sehr wahrscheinlich Kritik sein wird.

Ich bin jetzt erwachsen. Ich habe ein eigenes Kind.

„Willkommen zu Hause, mein Sohn“, sagt Vater ebenso förmlich.

Wir reichen uns die Hände. Er wirkt etwas kraftlos, aber bis auf den leicht hängenden Mundwinkel sieht man nichts von dem Schlaganfall. Ich bin erleichtert.

„Du hast uns sehr stolz gemacht“, sagt er.

Ich hätte als Kind getötet, um diese Worte zu hören. Ich habe mich danach gesehnt, davon geträumt. Dass mein Vater eines Tages stolz auf etwas sein würde, was ich getan habe, ohne mich mit Declan zu vergleichen. Vielleicht war das unbewusst einer der Gründe, warum ich mich freiwillig zur Armee gemeldet habe.

Es war etwas, dass nur ich tat. Etwas, worin man mich nicht mit Declan vergleichen konnte.

Es ist okay. Nichts Weltbewegendes, wenn ich bedenke, wie lange ich darauf gewartet habe, diese Worte zu hören. Ich schätze, sie kommen einfach ein paar Jahre zu spät.

„Wie geht es dir? Ich habe von deinem Schlaganfall gehört“, sage ich.

Mein Vater winkt ab, als sei das ganz unwichtig. „Es geht mir wieder gut. Die Ärzte sagen, es bleiben keine Langzeitschäden."

Dad hasst Schwäche und es wundert mich nicht, dass er die Sache herunterspielt. Er wechselt das Thema und spricht über die Medaille, aber ich weiß, er will vor allem nicht mehr über den Schlaganfall reden.

„Wirklich gut gemacht, mein Sohn", sagt er.

„Danke", sage ich und wende mich an Declan.

Wir umarmen uns und gehen alle gemeinsam zum Buffet. Meine Mutter nimmt Lexis Hand und sie geht gemeinsam mit meinen Eltern los. Ich schaue sie an und sie nickt. Alles in Ordnung. Zufrieden folge ich ihnen mit Declan.

„Wäre nett gewesen, wenn du mir gesagt hättest, dass sie auch kommen", sage ich.

„Tja, bloß wärst du dann heute nicht hergekommen", sagt Declan.

Ich denke darüber nach. „Wahrscheinlich nicht."

„Hey, wie geht es dir denn jetzt?", fragt er. „Hattest du noch einen Anfall?"

Ich bleibe stehen. Als Declan merkt, dass ich nicht mehr neben ihm gehe, bleibt er ebenfalls stehen. „Anfall? Woher zur Hölle weißt du davon?" Meine Stimme ist kalt.

Ich hasse es, wenn meine privaten Angelegenheiten die Runde machen.

„Lexi hat es mir gesagt, als sie nach dir gesucht hat", sagt er. „Hey, sie hat es nur gut gemeint. Sie war krank vor Sorge um dich."

Ich bin aufgebracht, aber nicht wegen Declan. Wir holen uns etwas zu essen und setzen uns an einen Tisch, von wo aus man einen herrlichen Blick über den Potomac River hat.

„Erinnerst du dich an unsere Tage auf dem Boot“, sagt Declan beim Essen.

„Ja, das war großartig.“

Wenn mein Vater uns mit auf eine Bootstour nahm, dann vergaß ich leicht, dass ich immer nur an zweiter Stelle kam. Mein Selbstbewusstsein wuchs, denn ich konnte schon in jungen Jahren sehr gut mit dem Boot umgehen. Ich war eins mit der Natur da draußen auf dem Meer. Es gab keinen Wettbewerb um die Aufmerksamkeit meiner Eltern.

Auf dem Boot gab es ausnahmsweise keine Vergleiche und keine Kritik.

Wir erinnern uns an die Vergangenheit und lachen. Von außen müssen wir wohl wie eine perfekte Familie aussehen. Lexis Gesichtsausdruck nach zu urteilen, denkt sie das auch. Nach dem Essen einigen wir uns darauf, am Wochenende meine Eltern zu besuchen. Oder genauer, Lexi und meine Mutter einigen sich darauf und ich widerspreche nicht.

Lexi und ich fliegen noch am selben Tag zurück nach LA, aber Declan und meine Eltern verbringen ein paar Tage in Virginia. Declan möchte sich ein paar Örtlichkeiten ansehen, falls er mit dem Geschäft expandieren sollte. So ist Declan eben. Wenn es ums Geschäft geht, dann plant er immer fünf Jahre im Voraus.

Wir hätten auch eine Nacht hier verbracht, aber Lexi fühlt sich nicht wohl bei dem Gedanken, Luna angesichts der aktuellen Lage bei Vanessa zu Hause zu lassen. Solange die Mutter noch da ist, wollen wir Luna lieber nicht über Nacht dort lassen.

Helen, das Kindermädchen, hat den Tag mit ihr verbracht, bis Vanessa sie am Abend für ein paar Stunden mit zu sich genommen hat.

„Es war schön, deine Eltern kennenzulernen“, sagt Lexi auf dem Rückflug.

„Sie sind in kleiner Dosis erträglich“, sage ich.

„Im Vergleich zu meiner Mutter sind sie großartig.“

Ich bin froh, dass die drei sich gut verstanden haben und meine Eltern Lexi das Gefühl gegeben haben, willkommen zu sein. Es ist allerdings auch schwer, irgendetwas an Lexi zu finden, was man kritisieren könnte. Sie ist freundlich und aufgeschlossen. Wir unterhalten uns über meine Familie und ich erinnere mich, dass ich Lexi sagen wollte, dass private Dinge gefälligst auch privat bleiben sollen.

„Wo wir gerade von Familie reden, Declan hat mir gesagt, du hättest ihm von meiner PTBS-Episode erzählt?“

Lexis Wangen verfärben sich pink und ich bekomme ein schlechtes Gewissen, dass ich das Thema angeschnitten habe, aber wenn das zwischen uns funktionieren soll, dann müssen wir unsere jeweiligen Grenzen kennen und respektieren. Ich habe nicht viele, aber die sind klar definiert.

„Ja, das stimmt. Er ist doch dein Bruder. Es würde mir nichts ausmachen, wenn du mit Vanessa über Dinge sprichst, die mich betreffen.“ Sie klingt nervös.

Lexi ist naiv. Sie geht davon aus, dass alle Geschwister ein so offenes und vertrauensvolles Verhältnis zueinander haben wie sie und Vanessa.

Ich wähle meine Worte mit Bedacht. „Du und Vanessa, ihr seid anders. Vielleicht weil ihr Schwestern seid, keine Ahnung. Aber Declan und ich behalten vieles für uns.“

„Wie meinst du das? Hätte ich es ihm nicht sagen sollen?“

„Genau.“

„Tut mir leid. Ich habe nicht nachgedacht.“

Ich beuge mich zu ihr und küsse sie auf den Mund. „Hey, wichtig ist doch, dass wir darüber reden können, oder?“

„Stimmt“, sagt sie und lächelt mich an, dann blickt sie aus dem Fenster.

Wir halten uns bei der Hand. Wir sind beide nicht ohne Probleme. Bei ihr ist es die alkoholkranke Mutter, bei mir sind es Eltern, die die Unterschiede in ihren Söhnen nicht wertschätzen konnten. Aber zusammen sind wir perfekt.

Vom Flughafen aus nehmen wir ein Taxi nach Hause, duschen schnell und fahren dann los, um Luna abzuholen. Vanessa sieht müde aus, als sie uns an der Tür empfängt.

„Hi, ihr seid früher zurück als erwartet“, sagt sie. „Wollt ihr noch reinkommen?“

„Okay, aber nicht lange“, sagt Lexi.

Luna stapelt Bauklötze übereinander, aber als sie uns sieht, stößt sie einen lauten Schrei aus und kommt zu uns. Lexi nimmt sie in die Arme und reicht sie dann an mich weiter.

„Ich habe dich vermisst, Spatz“, sage ich. Sie klammert sich an meinen Nacken, als wollte sie mich nie wieder gehenlassen.

„Daddy“, sagt sie.

Ich begrüße Lexis Mutter und Miles, Vanessas Freund.

„Ich bin froh, dass ihr beide hier seid“, sagt die Mutter. „Wir brauchen Hilfe, um ein Problem zu lösen.“

Sie ist etwas mager, aber wenn das Gesicht noch etwas voller wird, dann kann man eine Ähnlichkeit mit Lexi nicht übersehen.

„Mom, bitte. Fang nicht wieder davon an“, sagt Vanessa müde.

Ihre Mutter wirft die Arme in die Luft. „Na schön, dann eben nicht.“

Nachdem er uns begrüßt hat, wendet Miles den Blick nicht mehr vom Fernseher ab. Die Atmosphäre im Haus ist angespannt. Vanessa tut mir leid. Sie ist hier das Opfer. Sowohl die Mutter als auch Miles nutzen sie nur aus.

Wir setzen uns für einen Moment, aber Luna und ich werden schnell unruhig. So schwierig meine Eltern auch sind, Lexis Mutter gibt dem Begriff eine ganz neue Bedeutung. Sie wechselt ständig das Thema, sie mäkelt ständig an ihren Töchtern herum. Es ist irritierend.

Zum Glück brechen wir bald darauf auf und sobald ich mit Luna auf dem Arm draußen stehe, empfinde ich tiefe Erleichterung.

„Warum ist da so viel Spannung im Raum?“, frage ich Lexi auf dem Heimweg.

„Das ist normal, wenn meine Mutter da ist. Sie kann Ruhe und Frieden nicht aushalten und muss etwas finden, um Unruhe zu stiften. Arme Vanessa.“

„Ich bin froh, dass ihr beide bei mir wohnt“, sage ich.

„Ich auch.“ Lexi klingt müde. Ich kann es kaum erwarten, nach Hause zu kommen und meine beiden Mädels ins Bett zu bringen. Sie machen beide den Eindruck, als hätten sie Schlaf dringend nötig.

Kapitel Siebenundzwanzig

Lexi

Luna trägt ein niedliches rosa Kleid und dazu einen passenden Sonnenhut. Ich sollte nicht nervös sein, denn ich habe Aces Eltern ja bereits kennengelernt, ich bin es aber dennoch. Sie waren bei der Zeremonie sehr freundlich zu mir, aber mir ist aufgefallen, dass Mrs. Carter mich sehr oft angestarrt hat.

Ich habe es als Neugier abgetan, ich bin eben die Mutter ihrer Enkelin. Jetzt ertappe ich mich dabei, ständig nach hinten zu schauen, ob Luna wirklich ordentlich aussieht. Das ist albern, aber ich möchte, dass ihre Großeltern sie liebhaben. Sie sollen Teil ihres Lebens werden.

Ich hatte nur Vanessa und Mom. Meine Mutter hatte keine lebenden Verwandten. Oder falls doch, dann gab es keinerlei Kontakte mehr zwischen ihnen. Ich habe die anderen Kinder in der Schule immer dafür beneidet, wenn sie davon sprachen, ihre Großeltern zu besuchen.

Ich möchte, dass Luna all das hat, was ich nicht hatte. Bisher läuft das gut. Sie hat ihren Vater und sie hat eine Tante, die sie anbetet. Und sie hat eine Großmutter. Von meiner Mutter ist in dieser Hinsicht nichts zu erwarten. Nach der anfänglichen Aufregung hat sie nie mehr den Wunsch geäußert, Luna noch einmal zu sehen.

„Du bist sehr schweigsam", sagt Ace.

„Ja, ich denke über deine Eltern nach. Ich weiß, sie werden Luna mögen, aber ich kann nicht aufhören, mir Sorgen zu machen."

Ace nimmt meine Hand. „Du machst dir zu viele Gedanken. Wer liebt denn keine Kinder?"

Ace hat von vielen Dingen keine Ahnung, weil er in einem stabilen

Heim aufgewachsen ist. Eine Menge Erwachsene mögen ihre Kinder nicht zwangsläufig. Die meisten meiner Lehrer mochten mich nicht. Es ist schwer für ein Kind, wenn die Erwachsenen einen nicht mögen und man nicht versteht, woran das liegt.

Okay, in meinem Fall lag die Sache etwas anders, ich war schmutzig und stank. Das ist Grund genug für die meisten Menschen, ein Kind nicht zu mögen. Aber Luna ist ganz anders als ich damals. Sie wird geliebt und umsorgt.

„Ich schätze, du hast recht", sage ich.

Wir reden über dieses und jenes auf der Fahrt. Je näher wir Santa Monica kommen, desto salziger wird die Luft und ich bin überzeugt, dass ich das Meer riechen kann.

„Wir sind gleich da", sagt Ace und biegt in eine wohlhabende Gegend ab.

Ich war schon beeindruckt von der Gegend, in der Park und Rachel leben, aber im Vergleich hierzu, wohnen die noch recht normal. Hier haben die Häuser elegante Vorgärten. Ace fährt langsamer vor einem Haus im Hamptons-Stil, das ein Stück abseits der Straße liegt.

Die Einfahrt führt durch einen üppigen Vorgarten, den man glatt für einen Golfplatz halten könnte. Mir ist durchaus bewusst, dass die Welt voller reicher Leute ist, aber ich habe bisher keine persönlich gekannt. Und so ein Zuhause habe ich auch nie gesehen.

„Bist du hier aufgewachsen?", frage ich und starre das Haus an. Solche Häuser sieht man nur in Zeitschriften.

„Ja."

Ich wusste vorher, dass die Familie wohlhabend ist, aber so hatte ich mir das Zuhause der Carters nicht vorgestellt. Ich schlucke nervös, als Ace den Wagen vor dem imposanten Gebäude anhält.

Er stellt den Motor ab und schaut mich an. „Ich möchte dir etwas sagen, Lexi. Denk nicht darüber nach, ob meine Eltern dich oder Luna mögen werden. Es spielt keine Rolle. Wir sind wichtig. Wir drei. Und was wir füreinander empfinden."

Ich zittere innerlich.

„Ich liebe dich, Lexi. Ich liebe unsere Tochter von ganzem Herzen. Meine Meinung ist diejenige, auf die es ankommt."

Hat Ace gerade gesagt, dass er mich liebt? Oh Gott. Oder ich bilde mir Sachen ein. Kein Mensch hat mir je gesagt, dass er mich liebt. Keine Mutter und ganz sicher kein Mann.

„Ich liebe dich, Lexi", wiederholt er, als wüsste er, dass ich es noch einmal hören musste, um es glauben zu können.

Tränen treten mir in die Augen und laufen mir über die Wangen. Ace schnallt den Gurt ab und streicht mir mit dem Handrücken die Tränen vom Gesicht.

„Weine doch nicht, meine schöne Lexi", sagt er.

Ich lächle. Ich hatte im Stillen auf so etwas gehofft, aber es nie wirklich erwartet. Liebe ist ein großes Wort. Ich blicke in seine wundervollen braunen Augen und denke, ich bin die glücklichste Frau der Welt. Aber wie erkläre ich es mir, dass ein so wundervoller, sexy, warmherziger Mann wie Ace sich in jemanden wie mich verliebt?

Als ich ihn so anschaue, wird mir innerlich ganz warm und ich merke, dass die Leere, die ich immer im Herzen hatte, auf einmal ausgefüllt ist. „Ich liebe dich, Ace."

Er legt eine Hand an meine Wange und küsst mich zärtlich auf den Mund. Es ist etwas unbequem, so verdreht im Auto zu sitzen und sich dabei zu küssen, aber das ist mir egal. Ich merke nichts davon. Das Öffnen einer Tür reißt uns aus unserer eigenen Welt.

Mrs. Carter winkt uns vom Eingang aus zu.

„Dann wollen wir mal", sagt Ace. „Ich nehme Luna."

„Hallo", sagt seine Mutter gleich darauf, als wir die massive Treppe zum Eingang hinaufgehen.

Wir geben uns Luftküsse auf die Wangen, dann geht sie zu Ace und betrachtet die schlafende Luna. Sie küsst sie sanft auf die Stirn.

„So kostbar. Kommt herein. Dad ist hinter dem Haus", sagt sie.

Ich bin froh, als Letzte zu folgen, denn dann merkt keiner, wie mir die Kinnlade herunterklappt angesichts der Einrichtung. Allein das Foyer hat die Größe einer kleinen Wohnung. Wir durchqueren ein riesiges Wohnzimmer, ein Speisezimmer, in dem bestimmt dreißig Personen Platz finden könnten, dann gehen wir durch eine Flügeltür hinaus in den Garten.

Ich komme mir vor wie in einem noblen Hotel. Meine Sandalen federn in dem tiefen Gras auf dem Weg zu Mr. Carter, der mitten auf dem Rasen an einem Tisch sitzt. Er legt die Zeitung beiseite und steht auf.

„Deine Mutter war schon ganz ungeduldig", sagt er lachend. „Willkommen in unserem Heim, Lexi. Ich hoffe, du wirst es eines Tages auch als dein Zuhause empfinden."

„Danke", sage ich gerührt.

„Ist das der kleine Engel?", fragt er.

Luna schaut ihn mit unverhohlener Neugier an. Er tippt ihr mit der Fingerspitze auf die Nase und sie kichert. Damit ist das Fundament ihrer Freundschaft gelegt. Er streckt die Arme nach ihr aus und sie lässt sich bereitwillig von ihrem Großvater auf den Arm nehmen.

„Ich möchte dir den Garten zeigen", sagt er zu Luna. Luna strampelt und er setzt sie auf dem Boden ab. „Hast du Badesachen mitgebracht, um den neuen Pool auszuprobieren?"

Mein Herz macht einen Hüpfer. Ace und ich haben darüber gesprochen. Luna hatte noch keinen Schwimmunterricht, ich fühle mich unwohl bei dem Gedanken, sie ohne einen von uns ins Wasser zu lassen.

„Ein anderes Mal, Dad“, sagt Ace freundlich.

Er nimmt ihre Hand und führt sie zu einem Trampolin am Rand des Gartens.

„Wir haben ein kleines Trampolin für sie gekauft“, erklärt Mrs. Carter. „Ich hoffe, es gefällt ihr.“

Das ist zu viel. Erst ein Baby-Pool und jetzt noch ein Trampolin. Ich fühle mich überfordert.

Eine Angestellte in Livree kommt und bietet uns etwas zu trinken an. Ich nehme einen Kaffee. Luna krabbelt auf die Sprungfläche und schon bald ist der Garten von ihren vergnügten Schreien erfüllt.

„Den Lärm von Kindern habe ich vermisst“, sagt Mrs. Carter. „Ace, unterhalte dich doch mit deinem Vater, du hast ihm sehr gefehlt.“

Ace starrt mich an und ich lächle ermutigend. Ich mag es, wie er versucht, mich zu beschützen. Mein ganzes Leben lang musste ich das für andere tun. Mit Ace sind die Rollen auf einmal vertauscht. Es ist ein schönes Gefühl, dass sich mal jemand um mich kümmert.

„Erzähl mir von dir“, sagt Mrs. Carter. „Was machst du so? Woher kommen deine Eltern?“

Wow! Ich gebe lächelnd meine Antwort. „Also, ich arbeite als Barkeeper im Alma.“ Ich bin stolz darauf, dass ich ohne fremde Hilfe zurechtkomme. An der Bar zu arbeiten, ist gar nicht so einfach.

„Du arbeitest in einer Bar?“, fragt Mrs. Carter ein wenig zu laut.

„Ja, in einer Cocktailbar. Schon seit einigen Jahren.“ Ich zögere allerdings, ihr von meinen Eltern zu erzählen. Es ist nicht so einfach, zuzugeben, dass man den eigenen Vater nicht kennt und dass die Mutter eine Alkoholikerin ist.

„Was ist mit deinen Eltern?“, fragt sie und lächelt mich ermutigend an.

Ich liebe Ace und er liebt mich. Ich bin die Mutter ihrer Enkelin. Wir sind eine Familie. Ich treffe eine spontane Entscheidung. „Ich wurde von meiner Mutter allein aufgezogen. Ich habe eine Schwester namens Vanessa, die als Krankenpflegerin arbeitet. Unseren Vater kennen wir nicht.“

„Eure Mutter muss sehr stolz sein, was aus ihren beiden Töchtern geworden ist“, sagt Mrs. Carter.

„Meine Mutter ist zu sehr mit ihren eigenen Problemen beschäftigt, um auf uns stolz zu sein“, sage ich mit einem kleinen Lachen, um ihr zu signalisieren, dass mir das egal ist. „Aber ich bin sehr stolz auf Vanessa.“

„Oh“, sagt Mrs. Carter. Es klingt eher nach einer Frage.

Ich schäme mich, aber es ist nicht zu ändern. Ich bin nicht für meine Mutter verantwortlich, nur für mich. „Meine Mutter war Alkoholikerin, als wir Kinder waren.“

Mrs. Carter nickt einfach nur. Ich sehe keine Verurteilung in ihrem Blick, aber auch kein Mitgefühl. Nicht, dass ich das erwartet hätte, aber es wäre schön zu wissen, was sie denkt. Sie kann ihre Gefühle gut verbergen.

„Ich bin sicher, du weißt von Aces Treuhandfonds“, sagt sie und schaut mich weiterhin fest an.

Ich habe keine Ahnung, wovon sie redet. Ich antworte nicht und sie hält mein Schweigen wahrscheinlich für ein Ja.

„Hat er dir gesagt, dass er nur Zugriff darauf bekommt, wenn er verheiratet ist?“

„Nein, davon weiß ich nichts. Aber wir haben auch nicht die Absicht zu heiraten. Wir haben darüber noch gar nicht geredet und wir haben es ganz sicher nicht eilig. Wir genießen die Zeit zusammen mit unserer Tochter."

Das scheint sie zufriedenzustellen. Luna, ihr Vater und Großvater kommen kurz darauf zurück. Sie sieht glücklich aus und hält immer noch die Hand ihres Großvaters.

„Möchtest du eine Tour durch das Haus vor dem Mittagessen?", fragt Ace und ich sage sofort ja.

„Luna kann hier bei uns bleiben", sagt Mr. Carter.

Luna fühlt sich längst hier zu Hause und rennt im Kreis herum, die Arme ausgebreitet wie Flügel. Ace nimmt meine Hand und wir gehen ins Haus.

Es ist kaum vorstellbar, dass in diesem riesigen Haus nur zwei Menschen leben. Die Küche passte eher zu einem Fünf-Sterne-Hotel mit all den Geräten. Ich zähle bei unserem Rundgang durch das Haus vier livrierte Angestellte.

Wir gehen eine große Treppe hinauf, das Geländer ist hübsch mit Blumenmustern verziert. Es fühlt sich an, als würden wir in den Himmel hinaufsteigen. Oben gibt es eine atemberaubende Bibliothek. Ich hätte nichts dagegen, mich mit diesen wunderschönen Büchern eine Weile lang einschließen zu lassen.

Es gibt hier oben ein weiteres Wohnzimmer und einige Schlafzimmer.

„Das war mal mein Zimmer", sagt Ace und zieht mich in ein großes Zimmer mit zwei Betten. Er schließt die Tür und nimmt mich in seine Arme. Er küsst mich leidenschaftlich und ich schmiege mich seufzend an ihn.

„War das die ganze Zeit dein Plan?", frage ich lachend, als wir nach Luft schnappen.

„Natürlich. Ich kann keine zwei Stunden durchhalten, ohne dich zu küssen."

Ich löse mich aus seinen Armen und schaue mich im Zimmer um. „Hast du dir das Zimmer mit Declan geteilt? Es ist sehr groß für einen kleinen Jungen."

„Nein, wir mussten nicht teilen. Meine Mutter bestand darauf, dass jeder von Anfang an sein eigenes Zimmer hatte. Ich hatte nachts oft Angst allein in dem großen Zimmer."

Das verstehe ich. Ich gehe zum Fenster und sehe hinaus. Unten spielen Luna und ihr Großvater Fußball und ich muss lächeln. Genau das möchte ich für sie. Eine Beziehung zu ihren Großeltern. So hat sie immer jemanden um sich, der für sie da ist.

Ich vermute, dass Mrs. Carter und ich niemals gute Freunde werden. Als ich ihr sagte, dass ich in einer Bar arbeite, änderte sich etwas. Als hätte sie ihren Respekt verloren, den sie vorher für mich hatte. Was für ein Blödsinn. Das ist eine ehtliche Art, sein Geld zu verdienen.

Ich weiß nicht, ob es das war oder die Tatsache, dass ich die Wahrheit über meine Mutter gesagt hatte. Auf jeden Fall hat sich etwas an ihr geändert.

„Er kann gut mit ihr umgehen", sagt Ace und kommt zu mir ans Fenster.

Ich lache leise und sehe zu, wie Luna dem Ball nachläuft. „Kann er." Ich muss an ein paar Dinge denken, die Ace mir über seinen Vater erzählt hat. „Er war nicht so mit dir und Declan?"

„Überhaupt nicht. Das Alter hat ihn milder gestimmt", sagt Ace mit Bedauern in der Stimme.

Ich nehme seine Hand und drücke sie. „Immerhin gibt er sich Mühe." Ich wünschte, ich könnte dasselbe über meine Mutter sagen.

„Ja, das tut er. Ich hatte schon Bedenken, dich mit meiner Mutter alleinzulassen. Ich hoffe, sie hat sich anständig benommen?“

Ich kann ihm nicht sagen, dass ich nun von dem Treuhandfonds weiß. Da Ace so zurückhaltend mit persönlichen Informationen ist, wäre er verärgert über seine Mutter und ich möchte nicht an einem Streit zwischen den beiden schuld sein. „Es war okay.“

Ich trete hinter ihn, lege ihm meine Arme um die Taille und lehne meinen Kopf gegen seinen starken Rücken. Es fühlt sich gut an, Teil eines Paares zu sein. Mit Ace zusammen fühle ich mich stark. Mit ihm an meiner Seite habe ich das Gefühl, alles bewältigen zu können, was das Leben mir bringt.

Kapitel Achtundzwanzig

Ace

Lexis Haut ist am Morgen noch zarter, falls das überhaupt möglich ist. Ich knabbere an ihrer empfindlichen Haut zwischen Ohr und Hals. Ich lasse Küsse über ihr Kinn hinunter zum Hals wandern. Im Halbschlaf biegt sie den Rücken durch, ich umfasse ihre Brüste und knete sie sanft, dann nehme ich einen ihrer Nippel in den Mund.

Ich habe heute frei und gehe meiner liebsten Freizeitbeschäftigung nach. Liebe machen mit meiner Freundin. Lexi und ich sind nun offiziell ein Paar. Unsere Beziehung ist klar definiert. Wir sind zusammen. Der Gedanke ist beängstigend und erhebend gleichermaßen. Ich kann nicht verhindern, dass ich mir Sorgen mache, ob etwas schiefgehen könnte.

Ich bin klug genug zu wissen, dass dieser Gedanke eine Folge meiner vergangenen Beziehungen zu Frauen ist. Irgendetwas geht immer schief. Manchmal ist es einfach schlechtes Timing, manchmal ist es einfach Pech. Wie sonst sollte ich die Tatsache erklären, dass ich keine einzige erfolgreiche Beziehung hatte, die eines natürlichen Todes gestorben ist?

Manche sind fremdgegangen, andere waren an einer festen Bindung nicht interessiert. Lexi ist anders. Vor allem anderen macht die Tatsache, dass sie Mutter ist, die Sache grundsätzlich ernsthafter. Außerdem hat sie ein Herz aus Gold. Sie geht nicht einfach los und tut den Menschen weh, die sie liebt.

Ihr Stöhnen dringt durch meine Gedanken und ich kehre in die Gegenwart zurück, was beim Anblick ihrer Schönheit keine Schwierigkeit darstellt.

„Oh, Ace“, stöhnt sie.

Ich küsse und lecke ihre köstlichen Rundungen und arbeite mich hinunter zu ihrer Pussy. Ich liebe ihren Geruch am Morgen. Sie riecht wie der Frühling nach einem rauen Winter. Wie nach Hause zu kommen.

Ich öffne ihre feuchten Schamlippen und lecke über ihre Klitoris. Ihr Stöhnen ist wie liebliche Musik in meinen Ohren. Es wird lauter und lauter, bis daraus ein Wimmern wird.

Ich stecke erst einen, dann einen zweiten Finger in sie hinein. Sie bewegt sich auf meinen Fingern und ihre Pussy umklammert sie wie einen Gefangenen.

„Mehr", sagt sie. „Ich will mehr."

Ich ziehe meine Finger aus ihrer Pussy heraus und ersetze sie durch meinen Schwanz.

„Ja!", schreit Lexi, als ich sie ausfülle.

Ich atme tief durch und bewege mich in ihr ohne Eile. Ich blicke hinunter auf ihren leicht geöffneten Mund und beuge mich herab für einen schnellen Kuss. Sie sieht umwerfend aus mit dem aufgefächerten Haar auf dem Kissen und ihren vor Lust glänzenden Augen.

„Oh, Ace, ich komme gleich", ruft sie.

Ihre Worte dringen direkt bis in meinen Schwanz. Ich erhöhe das Tempo meiner Stöße.

„Ja, bitte."

Ich liebe es, wenn Lexi so in unser Liebesspiel abtaucht, dass sie anfängt zu betteln, ohne es zu merken.

Sie schreit auf und ihr Körper erschauert. Meine Stöße kommen kurz und schnell. Sie krallt ihre Nägel in meinen Rücken, aber ich spüre keinen Schmerz. Heißer Saft schießt mir in den Schwanz, ich kann mich nicht länger zurückhalten. Ich explodiere tief in ihr und ergieße mich, bis ich komplett leer bin.

„Ich liebe dich“, murmle ich und spüre, wie mich sogleich der Schlaf wieder überkommt.

Als ich das nächste Mal erwache, ist es vom Klang des vibrierenden Handys. Verschlafen greife ich danach und werfe blinzelnd einen Blick auf das Display. Ich setze mich auf, als ich die Nummer der Station erkenne. Ich nehme den Anruf entgegen.

Es ist Collins der stellvertretende Chef. „Du musst sofort kommen. Wir haben ein Großfeuer am Schuhkarton.“

Mir gefriert das Blut in den Adern. Der Schuhkarton ist ein Häuserblock bis zu fünfzig Etagen hoch, in dem tausende von Menschen leben.

„Was ist los?“, fragt Lexi und reibt sich die Augen.

„Ein Brand im Schuhkarton. Ich muss los.“ Ich springe aus dem Bett, eile unter die Dusche und bin drei Minuten später wieder da. Ich brauche keine zehn Minuten, dann bin ich bereit zum Aufbruch.

Lexi befindet sich im Wohnzimmer und schaut die Nachrichten an. Der Bildschirm zeigt Bilder des riesigen Gebäudekomplexes, umgeben von Rauch und Flammen.

„Pass auf dich auf“, sagt sie mit zitternder Stimme.

Ich fahre mit überhöhter Geschwindigkeit raus zur Feuerwache. Der Chef kommt kurz danach an. Angesichts seiner schmutzigen Uniform und seines verbissenen Gesichtsausdrucks nehme ich an, dass er direkt vom Brandort kommt.

„Es sieht übel aus“, sagt er mit tiefem Bedauern in der Stimme. Wir machen uns fertig und verlassen in voller Montur die Wache. Die Sirenen hallen durch die verlassenen Straßen.

Wir riechen den Rauch bevor wir am Schuhkarton ankommen. Als wir in Sichtweite sind, schnappen wir alle entsetzt nach Luft. Das Gebäude ist rußgeschwärzt, Rauch steigt aus allen Fensteröffnungen. Das Feuer scheint sich auf die oberen Etagen zu konzentrieren.

Ich starre sprachlos auf das Feuer. Ich habe in Afghanistan vieles mitansehen müssen, aber so etwas noch nicht. Mein Herz schlägt schwer in meiner Brust bei dem Gedanken, dass dort noch Menschen drin sein könnten.

Verängstigte Menschen, verzweifelt auf Hilfe hoffend und wartend. Ohne Luft zum Atmen.

Der Wagen hält und wir springen raus. Auf dem Rasen sitzen Feuerwehrleute, deren Gesichtsausdruck mir nur allzu vertraut ist. Es ist der Ausdruck von Menschen, die mehr gesehen haben, als sie je wollten.

Wir übernehmen die Arbeit der Crew, die bisher im Gebäude nach Überlebenden gesucht hat. Wir legen die Atemmasken an und ich bin zu beschäftigt, um mir über irgendetwas anderes Gedanken zu machen. Die Ausrüstung muss genau geprüft werden, jeder bekommt ein Update, dann müssen wir ins Gebäude.

Ich sehe die Angst in den Augen der Kollegen, als wir hineingehen. Den meisten geht es wie mir, sie haben noch nie ein Feuer in so einer Größenordnung miterlebt. Ich habe keine Angst. Meine Zeit in Afghanistan hat mich darauf vorbereitet, gefährlichen Situationen ohne Angst zu begegnen. Aber einige der Kameraden sehen sich nun zum ersten Mal mit der eigenen Sterblichkeit konfrontiert.

Wenn ich doch nur die Möglichkeit hätte, ihnen zu sagen, dass dies die falsche Einstellung ist, um sich in eine gefährliche Situation zu begeben. Der Tod ist durchaus eine Möglichkeit, aber sich darüber jetzt zu sorgen, macht einen unaufmerksam und ineffektiv.

Ich begebe mich an die Spitze des Trupps und leuchte voraus. Es ist dunkel und verraucht, Wasser läuft von der Decke. Wir haben einen klaren Einsatz: ab dem zehnten Stockwerk nach Menschen zu suchen.

Ich blende alles aus, was nicht zur Erfüllung meiner Aufgabe gehört. Die Gedanken an Lexi und Luna drängen sich auf, aber ich kann es mir nicht leisten, jetzt an meine Mädels zu denken. Ich verdränge die beiden aus meinem Kopf. Ich muss einen Job erledigen, es gibt Menschen, die darauf angewiesen sind.

Die Treppe hinaufzukommen, ist gar nicht so einfach. Man sieht schlecht und die Hitze ist kaum noch auszuhalten. Wir kommen nur langsam voran und mit jeder Sekunde, die vergeht, befürchte ich, dass jemand das mit seinem Leben bezahlen muss.

Wir kommen an einer Wohnungstür vorbei, die brennend am Boden liegt. Im Inneren der Wohnung sieht nichts mehr wohnlich aus. Das Mobiliar ist verbrannt, alles ist schwarz oder zu Asche zerfallen.

Mir war klar, dass es passieren würde, aber als es dann so weit ist, trifft es mich doch wie ein Steinschlag aus heiterem Himmel. Ich drücke gegen eine Badezimmertür. Sie lässt sich nicht öffnen, ich ramme mit der Schulter dagegen. Sie gibt nach und fliegt auf. Auf dem Boden liegt ein Mann. Ich leuchte ihm ins Gesicht. Seine Haut ist verrußt, seine Gesichtszüge sind verzerrt.

Das ist erst der Anfang. Wir markieren jede Person, auf die wir treffen. Keiner ist am Leben. Ich reagiere nur noch automatisch. Einige Kollegen müssen sich übergeben, anderen laufen Tränen über das Gesicht, aber wir müssen weiter.

Fünf Stunden später werden alle Rettungskräfte aus dem Gebäude beordert. Es ist zu gefährlich und könnte jeden Moment einstürzen.

Unsere Crew macht sich auf den Rückweg zur Wache. Gegen neun am

Abend komme ich nach Hause. Ich bin müde, verdreckt und niedergeschlagen. Ich dachte, ich hätte in Afghanistan alles gesehen, aber es war niederschmetternd, so viele Menschen auf einmal ihr Leben lassen zu sehen.

Lexi kommt an die Tür, als sie mich hört. „Hi."

„Hi", sage ich. „Ich kann dich nicht umarmen, ich bin zu schmutzig. Ich gehe erst einmal duschen."

„Bist du okay?", fragt sie und schaut mich skeptisch an.

„Es war schlimm da draußen", sage ich. Meine Stimme ist brüchig vom vielen Schreien und zu vielen Gefühlen.

Ich gehe direkt ins Bad und ziehe mich aus. Ich will nur noch unter die Dusche. Ich habe das Gefühl, der Schmerz, dem ich heute begegnet bin, klebt mir an den Kleidern.

Allein im Bad, während das Wasser über meinen Körper läuft, kann ich endlich nachgeben und den Tränen freien Lauf lassen. Ich weine um die Männer, Frauen und Kinder, die auf so sinnlose Weise ihr Leben verloren haben. Ich weine für die Angehörigen, die von der Vorstellung der letzten Minuten ihrer geliebten Menschen auf lange Zeit heimgesucht werden.

Die Ereignisse des Tages kehren in meine Erinnerung zurück. Wir haben über hundert Tote gezählt. Alle fort. Ich sehe ihre Gesichter und Körper.

Aus der Ferne höre ich eine Tür aufgehen, aber ich bin zu sehr in meiner Trauer gefangen. Dann gleitet die Tür der Duschkabine auf und wieder zu. Ich rieche Lexis Duft. Ihre zarten Hände legen sich um meine Taille und ihr warmer Leib presst sich gegen meinen Rücken. Ich drehe mich um und nehme sie in die Arme, lasse mich von ihrer Nähe trösten.

„Ist schon gut", sagt sie immer wieder, bis ihre Worte in meinem Hirn ankommen und die Traurigkeit zurückdrängen. „Möchtest du darüber reden?“

Ich lächle sie an. „Es geht schon wieder.“ Ich kann ihr das nicht antun. Zu erzählen, was ich erlebt habe, würde ihr meinen Horror aufbürden und das wäre nicht fair. Ich wurde dafür ausgebildet, sie nicht. „Es reicht schon, dass du da bist.“

Ich werde mir ihrer Nippel bewusst, die gegen meine Brust drücken und ich werde von Begehren erfüllt. Ich lege meine Hände auf ihren üppigen Hintern und presse meinen Mund auf ihren. In dem Moment verschwindet der Kummer und ich verliere mich in der Süße ihres Körpers.

„Nimm mich, Ace“, murmelt sie. Sie ahnt wohl, wie dringend ich alles vergessen muss. Sie dreht sich herum und stützt sich mit den Händen an der Wand ab. Ich spreize ihre Arschbacken und reibe mit der Spitze meines Schwanzes über ihre Spalte.

Sie stöhnt laut auf, als ich sie mit meinem Schwanz necke.

„Bitte.“ Sie will es ebenso dringend wie ich.

Ich dringe langsam in sie ein, bis ich ganz drin bin. Sie drängt ihren runden Hintern gegen mich, bis ich nicht tiefer in sie komme.

Ich packe ihre Hüften, halte sie fest und finde einen Rhythmus. Ich schließe die Augen und genieße die süße Flucht vor der Wirklichkeit in Lexis Wärme.

Ich halte nicht lange durch, zumal ihre Pussy meinen Schwanz fest umklammert und eine unglaubliche Reibung erzeugt. Lexi stößt Lustschreie aus, die schnell zu einem Wimmern werden. Ich lege einen Arm um sie, greife zwischen ihre Beine und spiele mit ihrer Klitoris. Mehr braucht es nicht, um sie zum Höhepunkt zu bringen.

Ihre Pussy verkrampft sich und ihr Körper erschlafft. Ich halte sie fest und stoße weiter in sie, bis ich so heftig komme, dass mein Körper erschauert. Als ich leer bin, hebe ich Lexi sanft hoch, unter den Duschstrahl und wasche sie sanft.

Anschließend trocknen wir uns ab und gehen zu Bett. Lexi liegt auf meiner Brust und schon bald geht ihr Atem sanft und gleichmäßig. Der Mond wirft silberne Strahlen auf das Bett und im Halbdunkel betrachte ich Lexi und streiche ihr das Haar aus dem Gesicht.

Womit habe ich sie nur verdient? Sie ist schön, stark und klug. Die Bilder in meinem Kopf sind weg. Stattdessen empfinde ich eine neugewonnene Wertschätzung für mein Leben. Lexi und Luna haben meine Welt bunt gemacht.

Als meine Augenlider schwerer werden, werde ich nicht von Bildern aus der Vergangenheit heimgesucht. Und als ich aufwache, ist es bereits Morgen. Körper und Geist sind gut erholt.

Kapitel Neunundzwanzig

Lexi

Mein Herz ist schwer, als ich höre, was der Neffe von Feuerwehrmann Hudson vorliest. Der Junge erzählt, was für ein großartiger Onkel Turner war und wie gern er mit ihm Fußball gespielt hat.

Eine Rede nach der anderen wird vorgetragen und am Ende habe ich das Gefühl, ihn gekannt zu haben. Seine Frau spricht als Letzte. Sie steht da vorn, ihre zwei Töchter an der Hand, acht und sechs Jahre alt. Sie schaut fassungslos auf den polierten roten Helm auf dem Sarg.

Als könnte sie nicht recht glauben, wie es so weit hatte kommen können. Partner von Feuerwehrleuten wissen im Grunde von dem Risiko, ihren geliebten Menschen eines Tages zu verlieren, aber die Realität sieht eben doch ganz anders aus.

Ihre Stimme bricht, als sie davon erzählt, was für ein wundervoller Ehemann und Vater er war. Am Ende ihrer Rede laufen mir Tränen über das Gesicht. Ace nimmt meine Hand und drückt sie.

Es hätte ebenso gut auch Ace sein können, der dort gestorben ist. Irgendwann wird er es vielleicht sein. Vier Feuerwehrleute haben an jenem Tag ihr Leben verloren, drei weitere befinden sich im Krankenhaus.

Ich weiß, dass das ein lebensgefährlicher Job ist, aber heute wird mir das erst so richtig bewusst. Aces Arbeit ist riskant. Er könnte eines Tages morgens zur Arbeit gehen und dann nicht mehr nach Hause kommen. Das Zittern setzt ein, als wir im Auto sitzen und zum Friedhof fahren.

Wir folgen der Prozession, angeführt von Feuerwehrautos und Polizeiwagen. An den Straßenrändern stehen Menschen, die linke Hand auf der Brust aus Respekt für einen Mann, der sein Leben für sein Land gegeben hat. Erneut treten mir Tränen in die Augen angesichts dieser Demonstration der Liebe und des Respekts für Feuerwehrmann Hudson Turner.

„Das war schlimm", sagt Ace und meint den Gottesdienst.

Ich nicke. „Stimmt. Die Kinder werden nun ohne Vater aufwachsen."

„Das ist ein Risiko, das wir bei der Feuerwehr wissentlich eingehen. Es geht um mehr als nur den Job. Wir wollen der Gemeinschaft dienen."

Die Panik in meiner Brust löst sich langsam auf. Er hat offenbar ausführlich darüber nachgedacht, bevor er diesen Job angenommen hat. Wenn ich ihm sagen würde, wie viel Angst ich an dem Tag hatte, als er zu dem Brand ausgerückt ist, wäre es reiner Egoismus. Und das wäre nicht fair.

Die Beerdigung ist ebenso traurig wie die Trauerfeier in der Kirche. Irgendwann blicke ich nur noch zu Boden, ich kann den Anblick der Trauernden nicht länger aushalten. Hudson Turner wird mit allen Ehren, die er als Held verdient hat, beigesetzt.

Nach der Beerdigung fahren wir alle zur First Bar, wo die Kameraden von Aces Wache sich zu seinen Ehren auf ein Bier treffen.

Sobald wir reinkommen, fühlt es sich an, als kämen wir nach Hause. Ace wird von allen umarmt und ich werde ebenso warmherzig begrüßt, obwohl ich doch keiner von ihnen bin. Alle stehen in kleinen Gruppen herum und jemand reicht mir ein Glas Wein, für das ich mich mit einem Lächeln bedanke.

Die Stimmung ist nüchtern und traurig.

„Hi, Lexi."

Es ist Deanna, die Frau vom stellvertretenden Chef. Ihre Augen sind rot geändert und ich nehme an, ich sehe ebenso aus. Wir wissen alle, dass es auch unsere Partner hätten sein können, die zu Grabe getragen wurden.

„Hi", sage ich.

„Möchtest du dich zu uns setzen?", fragt sie und ich folge ihr zu einem Tisch in der Ecke, wo sie mit den Frauen und Freundinnen sitzt.

Ich kann mir durch den Job in der Bar Namen gut merken, daher begrüße ich alle mit Namen.

Da ist Brooke, Jasons Frau, ihre Freundin Marian, eine freche, lustige Frau. Janet, die Frau von Lucas und natürlich Mila und drei weitere Frauen, die ich noch nicht kenne.

Das Gespräch dreht sich um den heutigen Tag und wie schwer es sein muss für Turners Frau.

„Das, was wir alle befürchten", sagt Mila.

„Wir sollten etwas organisieren", sagt Priscilla Green, die Frau des Chefs. Sie ist etwas älter als wir anderen.

Wir stimmen alle zu und überlegen, was wir tun könnten und an welchem Tag. Wir einigen uns darauf, am Samstagnachmittag zu ihr zu gehen und jeder bringt etwas zu essen mit.

Ich mag den Zusammenhalt der Frauen und bin froh, ein Teil von ihnen zu werden. Wir besprechen, wer was mitbringt, wir wollen ja nicht alle dasselbe mitbringen.

Ein Kellner kommt und nimmt unsere Bestellungen entgegen. Die Unterhaltung ist locker. Es ist beruhigend, mit Leuten zusammen zu sein, die verstehen, was es bedeutet, mit einem Feuerwehrmann liiert zu sein.

Wir reden über den Tag, als es gebrannt hat und wie groß unsere Angst war. Deanna lässt sich meine Handynummer geben, die anderen ebenfalls. Es tut gut, eine Solidargemeinschaft zu haben. Irgendwann blicke ich auf und bemerke, dass Ace mich intensiv anschaut. Mein Herz macht einen Sprung. Wir verstehen uns wortlos.

Es spielt keine Rolle, dass wir uns an verschiedenen Enden des Raumes befinden. Die Entfernung verschwindet einfach. Uns verbindet etwas, das ich nicht erklären kann. Aber ich weiß jetzt, was es heißt, seinen Seelenverwandten gefunden zu haben.

Wir verlassen die Bar gegen halb fünf. Wir haben mit Helen vereinbart, dass wir gegen sechs zu Hause sind. Nach vielen Umarmungen machen wir uns auf den Weg zum Auto.

„Du hast tolle Freunde“, sage ich zu Ace.

„Du gehörst nun auch dazu.“

„Ja“, sage ich lächelnd. Es ist ein schönes Gefühl, dazuzugehören. Ich war noch nie Teil einer Gruppe. Es waren immer nur Vanessa und ich. Mir wird bewusst, wie sehr sich meine Welt erweitert hat, seit ich mit Ace zusammen bin.

„Warst du denn in der Schule nie in einem Verein?“

„Nein. Ich hatte nie Zeit für so etwas. Ich musste schnell nach Hause nach der Schule, um das Essen für uns zu machen und zu sehen, ob unsere Mutter noch am Leben war.“ Ich stelle mich meiner Kindheit, die Bitterkeit löst sich langsam auf.

Ich kann nicht ändern, was einst war. Aber ich habe zumindest alles getan, was ich konnte. Ich denke, Vanessa und ich haben das ganz gut hingekriegt.

„Du wurdest zur Ersatzmutter, als du selbst noch ein Kind warst.“

„Ja, aber so bin ich zu dem Menschen geworden, der ich heute bin. Ich kann mich um Luna kümmern, weil ich diese Erfahrung bereits mit Vanessa gemacht habe.“

„Das muss schrecklich gewesen sein.“

„War es, aber wir haben es überlebt.“ Ich wechsle das Thema, ich will nicht länger über meine Mutter reden.

Nicht an einem Tag, an dem wir einen Mann beerdigen mussten, der sein Leben für die Gemeinschaft geopfert hat. Menschen wie meine Mutter nehmen immer nur, sie beuten die Gemeinschaft aus, werden zur Last. Nein, sie verdient es nicht, dass wir uns mit ihr befassen.

Ich denke an Hudson Turners Kinder. „Hast du mal darüber nachgedacht, wie viele Kinder du so grundsätzlich möchtest?“, frage ich. Denken Männer über so etwas überhaupt nach?

Ace antwortet nicht sofort. Als er es endlich tut, klingt seine Stimme traurig. „Ich habe früher an Kinder gedacht. Bevor ich nach Afghanistan ging und bevor Stacy und ich uns getrennt haben.“

Der Name klingt vage vertraut. Dann fällt es mir wieder ein. „War das nicht die Frau, die bei Park und Rachel zu Besuch war, als wir zum Barbecue eingeladen waren?“

„Ja, genau die. Rachel hat sich hinterher dafür entschuldigt. Sie hatte nicht damit gerechnet, dass ich eine Frau mitbringen würde.“

Sofort bin ich von Eifersucht erfüllt.

„War sie deine Highschool-Liebe?“

„Ja. Wir träumten davon zu heiraten und eine Familie zu gründen. Sie wollte zwei und ich wollte vier Kinder.“

Ich schlucke schwer. Meine Brust brennt. „Warum habt ihr euch getrennt?“

Er braucht lange für die Antwort, ich rechne beinahe schon nicht mehr damit. Wir sind fast zu Hause. Die Dunkelheit im Wagen ist eine Art Sicherheitsnetz.

Was auch immer der Grund ist, wir reden über Dinge, über die wir sonst nie reden. Der Verkehr fließt zäh und wir bewegen uns im

Schritttempo.

„Ich habe sie mit Declan in einer kompromittierenden Situation erwischt“, sagt Ace.

Ich schnappe nach Luft. „Mit Declan?“

„Ja.“ Seine Stimme klingt seltsam distanziert. „Die ganze Sache war ein riesiges Missverständnis, aber das wusste ich damals noch nicht.“

Aber Declan und Ace stehen sich sehr nahe. Aber es ist schon richtig. Als ich damals nach Ace suchte, standen Declan und Ace nicht gerade gut zueinander und Declan hatte nicht einmal die Möglichkeit, Kontakt zu ihm aufzunehmen.

„Es stellte sich heraus, dass Declan und Park Stacy in einem Club mit einem Typen gesehen hatten, mit dem sie dann auch nach Hause ging.“

Ich bin verwirrt. „Ich verstehe es nicht.“

Ace schaut mich an und grinst. „Ja, es ist ein wenig kompliziert. Declan war der Ansicht, er müsste mir zeigen, was für eine Schlampe meine Verlobte war. Er hat mit ihr rumgemacht, damit ich es mit eigenen Augen sehen würde.“

„Wäre es nicht einfacher gewesen, es dir einfach zu sagen?“

Ich kann mir nicht vorstellen, mit Miles herumzumachen, um Vanessa zu beweisen, dass er ein Mistkerl ist.

Ace lacht. „Für einen normalen Menschen, sicher. Aber Declan hat seine eigene Art, die Dinge zu erledigen. Aber wir haben das geklärt.“

Mir wird kalt. Ich habe Ace nicht erzählt, dass es Declan war, der zu meiner Rettung kam, als ich mit Luna schwanger war. Die Geschichte mit Stacy verkompliziert die Sache jetzt noch zusätzlich. Ich verdränge das alles. Ich werde es ihm sagen, wenn der Moment passend ist.

„Egal, wir sprachen gerade von Kindern. Luna hat erneut den Wunsch nach vielen Kindern in mir entfacht. Aber das hängt natürlich davon ab, was du möchtest.“

Mir bleibt die Luft weg. *Er will mehr Kinder mit mir haben!*

Glücksgefühle überkommen mich. Trotz dieses anstrengenden Tages bin ich glücklich und freue mich auf die Zukunft. Ich war mir nicht sicher, wohin sich unsere Beziehung entwickelt. Es ist schön zu wissen, dass er ebenso langfristig denkt wie ich. Ich lege meine Hand auf sein Bein, einfach, weil ich ihn berühren muss.

Er legt seine Hand auf meine.

Kapitel Dreißig

Ace

Es dauert etwa zwei Wochen, bis in der Wache so etwas wie Normalität einkehrt. Einigermaßen. Es ist sieben Uhr morgens und in der überfüllten Küche trifft sich die vorige Schicht mit der nächsten.

Wir witzeln herum und ich trinke lächelnd meinen Tee. Das erinnert mich an die Zeit in Afghanistan. Trotz der anstrengenden Aufgabe war die Kameradschaft es wert. So ist es auch hier.

Als die Kameraden nach und nach gehen, fällt mir auf, dass Lucas ziemlich schweigsam ist. Er sieht aus, als hätte er nicht gut geschlafen. Der Chef kommt rein und wir unterhalten uns, aber auch er wirft Lucas immer wieder verstohlene Blicke zu.

Bald darauf werden wir zu einem Einsatz gerufen. Ein Verkehrsunfall. Zum Glück gibt es keine Toten, aber es ist schon schlimm. Wir kehren zurück in die Wache, aber kurze Zeit später gibt es erneut Alarm.

Es gibt eine Demonstration vor einer Abtreibungsklinik und die Stimmung droht zu eskalieren. Wir stellen das Fahrzeug am Straßenrand ab und eilen den Polizisten zu Hilfe. Noch befindet sich ausreichend Abstand zwischen den Linien.

Anfangs bleibt es noch friedlich, die Demonstranten schreien laut, dann wird plötzlich aus ihrer Mitte ein Stein auf die Polizisten geworfen. Dann noch einer. Binnen weniger Minuten herrscht das totale Chaos.

Die Polizei setzt Tränengas ein. Es klingt wie Gewehrsalven. Wir setzen Wasserwerfer ein, um die Polizei zu unterstützen.

Da fällt mein Blick auf Lucas. Er hält sein Bein fest, als wäre er angeschossen worden. Gemeinsam mit einem Kameraden packen wir ihn bei den Armen und führen ihn ein Stück zurück. Der Chef ist direkt hinter uns.

Sobald wir in Sicherheit sind, legen wir ihn hin.

Seine Augen sind weit geöffnet. „Wir haben bald kein Wasser mehr!", schreit er. Er deutet auf etwas, das nur er sehen kann. „Es stürzt gleich ein. Raus! Wir müssen alle hier raus."

Er presst sich die Hände auf die Ohren. Ich knie mich neben ihn.

„Es ist vorbei, Lucas. Es ist vorbei! Du bist in Sicherheit", sage ich wieder und wieder.

„Wurde er getroffen?", fragt der Chef.

Ich schüttle den Kopf. „Nein, das ist es nicht", sage ich kaum hörbar zu ihm.

Eine halbe Stunde später hat sich die Lage beruhigt und die Menge wurde aufgelöst. Lucas hat seinen Anfall überstanden und es scheint ihm wieder besser zu gehen.

Später in der Nacht stößt Mike im Schlafraum einen markerschütternden Schrei aus und reißt uns alle aus dem Schlaf.

Im Verlauf der nächsten Woche passiert das erneut. Nach dem Ende der Schicht ruft der Chef mich in sein Büro. Ich gehe hinein und schließe die Tür hinter mir.

„Was denkst du, was hier los ist?", fragt er mich mit besorgter Miene.

Offenbar bin ich der Einzige, der nicht von dem Feuer im Schuhkarton beeinträchtigt wurde. Die Kameraden hingegen gehen alle auf dem Zahnfleisch. Bei jeder Schicht erwischt es irgendeinen.

Ich habe mit Lexi darüber gesprochen und sie hat ein wenig recherchiert. Offenbar ist PTBS nicht nur häufig bei Soldaten anzutreffen, sondern auch bei Feuerwehrleuten. Das Feuer, die vielen Toten bei dem

Brand, das war überwältigend. Keiner von uns hat jemals so etwas erlebt.

Ich sage dem Chef das alles. Er hört aufmerksam zu und nickt gelegentlich. „Ich hatte ein Treffen mit den Leitern der anderen Feuerwachen in LA und es scheint eine erhöhte Selbstmordrate zu geben. Wir müssen etwas unternehmen."

Ich spreche nicht gern über meine Therapie, erst recht nicht mit den Kollegen. Wahrscheinlich möchte ich nicht für ein Weichei gehalten werden. Wer geht denn schon zur Therapie? Aber es geht um Menschenleben. Da ist es mir dann egal, ob ich als Weichei gelte, wenn es Lucas und den anderen hilft.

„Ich bin wegen meiner eigenen psychischen Probleme in Behandlung", sage ich. „Und es hilft mir sehr. Ich hatte schon lange keinen Anfall mehr."

Wir besprechen, was getan werden kann. Wir unterhalten uns beinahe eine Stunde lang und am Ende beschließt der Chef, einen psychologischen Berater zu engagieren, jemand, der die Dynamik einer Feuerwache versteht und den Druck, den die Arbeit mit sich bringt.

PTBS war immer etwas, wofür ich mich geschämt habe, aber heute ist es endlich mal für etwas gut.

„Du kommst spät, ich wollte dich schon anrufen", sagt Lexi, als ich später am Morgen nach Hause komme.

Ich küsse sie und Luna hängt sich an meinen Hals. Ich nehme sie ihrer Mutter ab.

„Der Chef wollte etwas mit mir besprechen."

„Oh. Ist alles in Ordnung?"

„Ja, alles gut." Ich setze mich mit Luna auf das Sofa. Sie spielt mit meinem Bart, ihrem neuesten Lieblingsspielzeug.

Ich erzähle Lexi ein wenig von dem Gespräch mit dem Chef.

„Ich bin stolz auf dich. Du hättest dich auch davor verschließen können.“

„Ja, aber dann hätte ich nicht mehr ruhig schlafen können. Ich weiß, wie es sich anfühlt, still zu leiden.“

Lexi kommt näher, ich lege einen Arm um sie und ziehe sie zu mir heran. Es ist Samstag und sie muss heute nicht arbeiten, aber sie hat vor, die Witwe von Hudson Turner zu besuchen, zusammen mit den anderen Feuerwehrfrauen. Ich bin froh, dass sie dort Anschluss gefunden hat.

So eine Solidargemeinschaft ist wichtig. Menschen sind eben keine Einzelgänger. Wir brauchen einander. Als ich aus Afghanistan zurückkehrte, war ich der Ansicht, niemanden zu brauchen. Aber mit Lexi und Luna, den Kameraden auf der Wache, mit Park und meinem Bruder bin ich viel glücklicher.

„Was bringst du zum Essen mit?“, frage ich.

„Pastete. Ist schon im Ofen.“

„Sie werden das mögen. Ich mag alles, was du kochst.“

„Ich weiß“, sagt sie und tätschelt meinen Bauch.

„Ha! Auf der Wache kann man gar kein Fett ansetzen.“ Nach jeder 24-Stunden-Schicht gehe ich meistens noch ins Fitnessstudio.

Ich kann nicht widerstehen und streiche über ihr Kinn, dann ziehe ich sie zu einem Kuss zu mir heran.

„Mama Kuss“, sagt Luna.

„Ja, ich küsse deine wunderschöne Mama.“

Luna rutscht von meinem Schoß und geht zu ihrem Lieblingsplatz am Fenster. Dort spielt sie am liebsten, weil sie dann auch jederzeit aus dem Fenster schauen kann.

„Warte, ich will dir etwas zeigen." Lexi springt auf, gerade als ich sie auf meinen Schoß ziehen will.

„Hey", protestiere ich und sie geht lachend weg. Dann kommt sie mit dem Laptop zurück und setzt sich zu mir.

„Du erinnerst dich, dass wir darüber sprachen, wie man den Kindern in Afghanistan helfen könnte?"

Auf dem Bildschirm sind Fotos von afghanischen Kindern. Sie lächeln. Mir geht das Herz auf.

„Ich habe diese Wohltätigkeitsorganisation gefunden für Kinder, die ihre Eltern im Krieg oder wegen Hunger und Krankheit verloren haben. Man unterstützt dabei ganz speziell ein Kind und alle drei Monate bekommt man ein Update, wie es ihm geht", erklärt Lexi.

Ich bin interessiert.

Lexi ruft ihre E-Mails auf. „Ich habe mit einer der Direktorinnen der Organisation gemailt und ihr unser Interesse signalisiert."

Sie öffnet einen Dateianhang und das Foto von zwei Jungs erscheint. Es sind Zwillinge, ich schätze sie auf etwa fünf Jahre. „Das sind Abdul-Ali und sein Bruder Imad. Sie haben ihre Eltern durch Selbstmordattentäter verloren und werden von der Organisation betreut."

Die beiden Jungs lächeln in die Kamera. Wenn ich könnte, würde ich sie von dort wegholen, zu mir nach Hause. Aber das geht nicht. Also ist es das Nächstbeste, ihnen eine Ausbildung zu finanzieren.

„Wir machen das", sage ich zu Lexi.

„Willst du nicht erst einmal wissen, was es kostet?"

„Es ist mir egal. Wir können es uns leisten. Danke, Lexi. Das bedeutet mir sehr viel."

Ich kann meinen Blick nicht von den Jungs abwenden. „Luna hat dann

Brüder in einem fernen Land."

„Genau", sagt Lexi leise.

Wir unterhalten uns eine Weile, dann muss Lexi sich auf den Weg machen. Ich gehe in die Küche und fülle Luna einen Becher Milch ab. Wir setzen uns auf die Couch, während sie ihre Milch trinkt. Bald darauf schläft sie ein und ich trage sie in ihr Zimmer.

Ihre Nickerchen sind wie ein Uhrwerk. Sie schläft um elf am Vormittag und dann wieder um vier am Nachmittag.

Ich betrete unser Schlafzimmer, gerade als Lexi aus dem Bad kommt. Gierig lasse ich meinen Blick über ihre Brüste schweifen, dann hinunter zu ihren Schenkeln. Ich schließe die Tür und gehe zu ihr. Sie sieht meinen Gesichtsausdruck und rennt um das Bett herum.

„Ich kenne diesen Blick, Ace", sagt sie.

„Welchen Blick?", frage ich unschuldig. „Ich wollte dir gerade beim Föhnen helfen."

„Schon erledigt."

„Was ist mit deinem Rücken?"

Sie lacht. „Was soll damit sein?"

„Ich möchte ihn dir eincremen. Da ist diese eine Stelle, an die du nie selber drankommst. Sie ist ganz trocken."

„Mmm", macht sie. „Ich weiß nicht, ob ich dir trauen kann. Ich muss gleich los."

„Ich passe auf, dass du nicht zu spät kommst, versprochen." Ich werde mich beeilen. Mein Schwanz ist schon hart.

Lexi holt die Creme vom Nachttisch und lässt das Handtuch fallen. Mir stockt der Atem. Mein Blick ist auf ihren runden Hintern gerichtet. Ich ziehe schnell mein T-Shirt aus, dann die Hose und die Boxershorts.

Ich spreize ihre Schenkel und knie mich dazwischen. Sie reicht mir die Lotion und ich nehme etwas davon auf die Hand. Ich reibe ihre Schenkel damit ein, mit kreisenden Bewegungen arbeite ich mich zur Innenseite vor.

Ich habe nicht viel Zeit. Ich schiebe meinen Kopf zwischen ihre Beine und lasse meine Zunge über ihre Pussy kreisen. Es ist von hinten nicht so einfach, aber binnen weniger Sekunden wackelt Lexi mit ihrem wundervollen Hintern, während ich sie lecke.

Ich bearbeite sie mit der Zunge und den Fingern, bis sie bereit für mich ist. Ich schiebe mein Becken zwischen ihre Schenkel und gleite in sie. Sie drängt ihren Hintern gegen mich und nimmt meinen Schwanz noch tiefer in sich auf.

„Oh Gott, oh Gott", schreit sie, als ich heftig in sie stoße.

Meine Finger klammern sich an ihre Hüften, während ich es ihr hart besorge. Ich spüre, wie sie erschauert. Mein Körper nimmt das Signal auf, meine Eier ziehen sich zusammen. Ich verliere mich so sehr in ihrem Körper, dass ich mich wohl nicht einmal von ihr lösen könnte, wenn der Alarm losginge.

Ihre Pussy verkrampft sich um meinen Schwanz. Mehr brauche ich nicht. Als ich komme, erschüttert mich der Orgasmus bis in die Zehenspitzen. Lexi schreit auf, dann erschlafft sie. Ich liege auf ihrem Rücken, aber ich passe auf, dass mein Gewicht sie nicht niederdrückt.

„Ich glaube nicht, dass ich das Bett jetzt verlassen kann", stöhnt sie.

Ich kichere und ziehe meinen Schaft langsam aus ihrer heißen Pussy. „Oh doch, du kannst." Mit neuer Energie stehe ich auf. Lexi rutscht zur Bettkante und ich hebe sie hoch.

„Los, schnell duschen."

Sie steht unter dem Wasserstrahl und ich seife sie sanft ein. Sobald wir sauber sind, wickle ich ihr ein Handtuch um.

„Besser?“, frage ich und lege mich auf das Bett, um ihr beim Anziehen zuschauen zu können.

Sie grinst. „Viel besser. Ich mag es, wie du meinen Rücken einreibst.“

„Ja, das ist mein Fachgebiet.“

Als sie fertig angezogen ist, dreht sie sich um die eigene Achse. „Wie sehe ich aus?“

„Soll ich dir zeigen, was ich meine?“

Lexi schaut mich entsetzt an und bewegt sich Richtung Tür. „Nein, nein.“

Kapitel Einunddreißig

Lexi

Die letzten Wochen waren ohne Frage die schönsten in meinem Leben. Je besser ich Ace kennenlerne, desto mehr verliebe ich mich in ihn. Ich bin froh, dass er Lunas Vater ist. Das Schicksal hat eine gute Wahl für mich getroffen.

„Du lächelst so? Warum?“, fragt Liz, eine der Kellnerinnen, als sie mit einem Tablett sauberer Gläser aus der Küche kommt.

Ich zucke mit den Achseln. „Ich freue mich nur, dass ich am Leben bin, schätze ich.“

„Schön für dich“, sagt sie und räumt die Gläser an ihren Platz.

Es ist wirklich ein Glück. Ich kann das beurteilen. Ich habe einen Großteil meines Lebens mit Überleben zugebracht, nicht mit Leben. Ich bekomme ein schlechtes Gewissen. Ich habe seit einer Woche nicht mehr mit Vanessa gesprochen. Ich habe ihr ein paar Nachrichten geschickt, mehr aber nicht.

Ich werde sie später anrufen. Aber ich bin in letzter Zeit so beschäftigt. Je mehr Menschen ich in mein Leben lasse, desto mehr nehme ich eben auch an sozialen Anlässen teil.

Aber als wir Sarah Turner besucht haben, war auch ich traurig. Wir haben mit ihr geweint, als sie uns erzählte, dass sie schon eine Ahnung hatte, bevor sie die Nachricht überhaupt erreichte. Aber hinter all der Trauer schimmert auch so etwas wie Stolz durch.

Eine der Frauen, Elizabeth, eine ältere Witwe, hat erzählt, dass auch sie ihren Ehemann im Dienst verloren hat. Ich war froh, sie zu sehen, denn das hieß, dass man auch danach noch in der Gemeinschaft blieb und willkommen war.

Ich empfinde es als Privileg, dazuzugehören. Aber ich darf es nicht übertreiben. Vanessa soll nicht das Gefühl haben, dass sie ihre Schwester und ihre Nichte verloren hat. Ich muss darauf achten, sie öfter zu sehen.

Kurz bevor meine Schicht anfängt, ruft Aces Mutter mich an und fragt, ob sie Luna am Samstag zum Lunch abholen darf. Ich sage zu, denn ich wüsste keinen Grund, warum sie das nicht tun sollte. Ich bin aber erleichtert, dass sie mich nicht eingeladen hat. Seitdem sie mich bei unserem ersten Besuch so ausgehorcht hat, fühle ich mich in ihrer Gegenwart unwohl.

Ich mag vieles sein, aber ich bin kein Idiot. Ich kann zwischen den Zeilen lesen. Ich habe ihre Botschaft laut und deutlich verstanden. Sie denkt, ich habe mir ein Kind von Ace anhängen lassen, um ihn finanziell auszunutzen. Da wäre der nächste Schritt natürlich eine Ehe. Falsch gedacht.

Heiraten steht bei mir nicht auf dem Plan. Ich bin mit unserer Beziehung glücklich, so wie sie ist. Ich will nichts machen, was die derzeitige Situation aus dem Gleichgewicht bringt. Ich weiß, dass Ace nicht so denkt wie seine Mutter, aber ich möchte auch nicht, dass er je glaubt, ich wäre an seinem Treuhandfonds interessiert.

Ich möchte einfach nur mit ihm zusammen ein glückliches Kind aufziehen und ihr vielleicht noch ein oder zwei Geschwisterchen schenken. Ich war immer froh, Vanessa zu haben, auch wenn es für mich viel Arbeit bedeutete, als wir noch klein waren. Aber dafür hatte ich immer eine Freundin fürs Leben, das war es mir wert.

Die Bar füllt sich, die Stammgäste am Mittwoch treffen nach und nach ein. Ich unterhalte mich, frage nach Kindern und der Arbeit. Dann höre ich mit halbem Ohr zu, als Madge, eine Frau mittleren Alters, mir von einem

Mann erzählt, den sie in der Woche davor kennengelernt hat.

„Er hat versprochen anzurufen. Hat er aber bisher nicht“, klagt sie.

Aus dem, was sie mir erzählt hat, habe ich geschlossen, dass er bereits bekommen hat, was er wollte. Ich bezweifle, dass sie je wieder von ihm hören wird. Aber natürlich sage ich ihr das nicht. Ich bin kein Psychologe. Ich bin Barkeeper. Mein Job ist es, den Gästen gute Laune zu machen und zum Trinken zu animieren.

„Warte doch erst einmal ab. Manche Typen brauchen etwas länger. Von wegen Vorfreude und so.“

„Meinst du wirklich?“

Ihr hoffnungsvolles Gesicht lässt mich beinahe zusammenbrechen. Das war ich vor zwei Jahren. Wenn ich Madge jetzt anschaue, sehe ich, warum die Typen nach einer Nacht nicht wiedergekommen sind. Es ist der verzweifelte Ausdruck. Das macht einfach keinen Mann an.

„Bestimmt“, sage ich und komme mir wie ein totales Arschloch vor, aber ich will ihr auch nicht den Abend verderben.

Zum Glück erfordert ein anderer Gast meine Aufmerksamkeit und als ich das nächste Mal mit Madge spreche, ist sie wieder ganz zufrieden.

Es ist gegen drei, als ich aufblicke und meine Mutter im Eingang sehe. Am Arm eines Mannes den man nur als harten Kerl bezeichnen kann. Er hat sein Haar zu einem Pferdeschwanz zusammengebunden, ist über und über tätowiert und seine Jeans ist schmutzig.

Meine Mutter klammert sich an ihn, als sei er ein Prinz. Sie kommt lächelnd mit ihm an den Tresen.

„Butch“, sagt sie mit einer Kleinmädchenstimme, die mich um Jahre zurückwirft.

Ich erinnere mich an die Männer, die sie mit nach Hause brachte.

Männer, mit denen sie in dieser grauenvollen Stimme sprach. Ich verstand als Kind nicht, warum sie nicht normal mit den Typen reden konnte. Und ich verstehe es auch jetzt noch nicht.

„Das ist meine Tochter. Ich habe dir von ihr erzählt." Sie beugt sich an sein Ohr und flüstert viel zu laut. „Sie ist mit diesem reichen Typen verheiratet."

„Mom!", keife ich.

Ich merke, dass die anderen Gäste sich zu uns umdrehen und zwinge mich zu einem falschen Lächeln. Butch starrt mich auf eine Weise an, die mir einen Schauer über den Rücken jagt. Ich ermahne mich, dass ich kein Kind mehr bin. Ich bin eine erwachsene Frau, die in der Lage ist, sich zu schützen.

„Was machst du hier?", frage ich meine Mutter so freundlich wie möglich.

„Butch trinkt gern und ich wollte, dass du ihn kennenlernst", sagt sie in flirtendem Ton.

Mir wird schlecht. Ich beuge mich vor. „Trinkst du etwa wieder?"

Sie schaut mich beleidigt an. „Natürlich nicht."

Sie bestellt eine Flasche Wasser, aber mir entgeht nicht der sehnsüchtige Blick auf den Whisky auf Eis, den ich Butch serviere. Ich bin wütend darüber, dass sie ihren Typen ins Alma mitgebracht hat. Es gibt nichts Schlimmeres, als die eigene Mutter dabei zu beobachten, wie sie einen Typen anbaggert.

Die Zeit zieht sich wie Kaugummi. Ich schaue alle paar Minuten auf die Uhr und kann es kaum erwarten, endlich gehen zu können. Als es fünf Uhr ist, haue ich ab, als wäre der Leibhaftige hinter mir her.

Eigentlich will ich direkt nach Hause, aber dann mache ich doch einen Umweg und fahre zu meiner Schwester. Ich bin erleichtert, als ich ihren

Wagen in der Einfahrt sehe. Bei ihren Arbeitszeiten ist das keine Selbstverständlichkeit.

Ich stelle den Wagen ab, gehe zur Tür und öffne sie. Ich sollte Vanessa daran erinnern, lieber abzuschließen. Diese Gegend hier ist nicht die Beste.

Ich finde sie weinend im Wohnzimmer.

„Vanessa!“ Ich eile zu ihr. „Was ist passiert?“ Ich setze mich neben sie und nehme sie in den Arm.

„Es ist Miles“, schnieft sie. „Er ist weg. Er meinte, mein Leben wäre ihm zu viel Drama.“

„Oh, Vanessa, das tut mir so leid.“

„Ich finde nie so einen guten Mann wie du“, sagt sie und putzt sich die Nase.

„Das ist doch Unsinn! Das dachte ich ja auch früher, aber das stimmt einfach nicht. Du bist klug und schön und der netteste Mensch, den ich kenne.“

Sie lächelt mich durch den Tränenschleier an. „Danke, Lexi. Was würde ich nur ohne dich machen?“

„Das musst du dich nicht fragen, denn ich bin ja da. Wird es denn gehen?“ Ich mache mir Sorgen um Vanessa. Meistens kommt sie zurecht, aber gerade, wenn es um Männer geht, wirkt sie oft so verletzlich.

„Ich komme schon klar, versprochen. Ich muss nur mal alles rauslassen“, sagt sie.

„Verstehe ich. Die Therapie hat Ace auch geholfen.“

Sie macht große Augen. „Du meinst, ich soll eine Therapie machen, weil mein Freund mich abserviert hat? Lexi, ich bin doch nicht die erste Frau, die verlassen wurde und dann rumheult.“

Ich sage ihr nicht, dass es nicht normal ist, sich immer solche Loser als

Freunde auszusuchen. Vanessas Auswahl lässt immer arg zu wünschen übrig.

„Nein“, sage ich und lächle. „So meinte ich das nicht. Es ist aber doch so, dass wir beide eine Menge Altlasten mit uns herumschleppen.“

„Du meinst, wir sind emotional zerrüttet.“

„Genau das meine ich.“

„Und was ist mit dir? Gehst du auch zu einer Therapie?“

„Vielleicht. Beziehungen sind schwer für uns.“

„Meinst du?“

Wir schauen uns verstehend an. Sie ist der einzige Mensch, der weiß, wie es in mir aussieht, und umgekehrt.

Wir reden über Luna und Ace.

„Ich freue mich so für dich, Lexi“, sagt sie. „Niemand verdient das mehr als du.“

„Ich warte die ganze Zeit darauf, dass irgendein Damoklesschwert auf mich fällt“, sage ich.

„Tu das nicht. Das wird nicht passieren. Genieße es doch einfach. Ace ist ein wundervoller Mensch. Und du auch.“

„Du hast mir gefehlt“, sage ich und drücke sie noch einmal fest.

„Du mir auch.“

Eine Weile hängen wir unseren Gedanken nach. „Weißt du, sosehr ich Miles auch vermissen werde, irgendwie bin ich doch froh, dass er nicht mehr hier wohnt. Es hat mich ziemlich genervt, dass ich ständig zwischen ihm und Mom vermitteln musste.“

„Die beiden sind gar nicht miteinander warm geworden, was?“ Ich widerstehe der Versuchung, ihr zu sagen, dass das auch für mich gilt.

„Nein. Wie Wasser und Öl“, sagt Vanessa seufzend.

„Wo wir gerade von Mom reden. Wusstest du, dass sie sich mit jemandem trifft? So ein Biker-Typ namens Butch?"

„Ja. Er kommt gelegentlich hierher. Er ist einer der Gründe, warum Miles sich beklagt hat. Mom und der Typ streiten sich viel."

„Jetzt schon?"

Sie nickt. „Du weißt ja, wie sie ist."

„Das weiß ich nur zu gut." Mom verliert schon bei der kleinsten Provokation die Selbstbeherrschung und ihre Erwartungen an ihre Dates sind immer viel zu hoch.

Ich erinnere mich, dass ich als Kind oft Mitleid mit den Typen hatte. Ich wusste nicht viel über Männer, aber mir war schon damals klar, dass Moms Erwartungen immer viel zu hoch waren. Er musste springen, wenn sie rief. Und wenn er nur mal für eine Stunde verschwand, war gleich die Hölle los.

Oder wenn sie ihn anrief und er nicht dranging. Im Grunde erwartete sie von einer Beziehung, den anderen praktisch zu besitzen.

„Er ist ein Trinker", sage ich.

„Ich weiß. Mom hat versprochen, dass sie nichts trinken wird."

„Und du glaubst ihr?"

„Nein."

„Gut. Stell dich darauf ein. Damit schützt du dich selbst." Ich bin die Expertin, wenn es um Mom geht. Sie hat mein Herz so oft gebrochen, dass ich mir nie wieder gestatten werde, ihretwegen die geringsten Hoffnungen zu hegen. „Hat sie dir gesagt, wo sie die letzten Jahre gesteckt hat?"

Keine Ahnung, woher diese Frage auf einmal kommt.

„Nein. Ich habe nicht gefragt und sie hat nichts gesagt. Sie würde sowieso nur lügen, wenn ich frage."

Ich schaue sie bewundernd an. „Du überraschst mich immer wieder, Vanessa."

„Was Mom angeht, musste ich eben erwachsen werden. Ich habe immer gedacht, es wäre kaltherzig von dir, dich nicht darum zu scheren, wie es ihr geht oder ob sie irgendwann wiederkommt. Aber ich weiß jetzt, dass du dich nur selbst geschützt hast."

Angesichts all dieser Erinnerungen wird mir das Herz schwer. Stundenlang habe ich aus dem Fenster geschaut und mir gewünscht, sie würde heimkommen, aber mich gleichzeitig auch davor gefürchtet. Und dann die Sorge vor dem Jugendamt.

Mom hat diese Angst in uns gestreut. Sie hat uns erzählt, die Leute vom Jugendamt würden uns ihr wegnehmen. Und auch wenn sie vollkommen unverantwortlich war, so war sie doch unsere Mutter. Die einzige Verwandte, die wir hatten.

Manchmal hasse ich sie wirklich.

Sie hat gern mit unseren Gefühlen gespielt.

„Wie läuft es auf der Arbeit?", frage ich.

Sie strahlt. „Gut, sehr gut. Ich habe gerüchteweise gehört, dass ich befördert werden soll."

Während sie davon erzählt, frage ich mich, ob ich je einen Job haben werde, der mich so glücklich macht wie die Krankenpflege Vanessa.

Kapitel Zweiunddreißig

Ace

Ich habe das Wochenende frei und freue mich, denn heute nehme ich meine Mädels mit zum Boot. Ich freue mich darauf, denn Park hat mir gesagt, dass gemeinsame Freunde von uns, Sebastian und seine Frau Claire, für ein paar Tage in der Marina in Santa Monica zu Gast sind. Ich möchte Lexi gern mit ihnen bekannt machen.

Auf dem Weg zur Bucht erzähle ich ihr von den beiden. Sie ist fasziniert. Wenn ich mich nicht verrechnet habe, dann leben die beiden seit nunmehr fünf Jahren ausschließlich auf ihrem Boot. Sie sind damit um die ganze Welt gereist und haben einen Sohn von drei Jahren.

„Sie leben immer nur auf dem Boot?“, fragt Lexi.

Ich grinse angesichts ihres erstaunten Tons. „Es gibt eine Menge Leute, die so etwas machen.“

„Wow! Könntest du das auch?“, fragt sie.

„Macht dir das Angst? Dass ich eines Tages meine Sachen packen könnte, um auf mein Boot zu ziehen?“, frage ich lachend.

„Nein, ich finde es nur spannend. Es klingt eigentlich gar nicht so schlecht. Allein die Vorstellung, keine Termine zu haben und nicht irgendwo erwartet zu werden.“

„Klingt, als wäre das etwas für dich.“

„Für einen Monat oder so hätte ich kein Problem damit. Ich war noch nie im Urlaub. Ich habe immer gearbeitet, außer als ich zwei Monate im Mutterschutz war.“

„Das ist dann aber auch kein Urlaub gewesen.“

Von solchen Bemerkungen kann ich mir ein immer genaueres Bild von Lexis Leben machen. Hier war ein kleines Mädchen, das sich gezwungen sah, die Verantwortung ihrer Mutter zu übernehmen, als sie selbst noch ein Kind war.

Sie hat sich um die Schwester gekümmert und wurde praktisch zu ihrer Mutter. Nach der Schule musste sie sich auf ihr eigenes Geschick verlassen, einen Job finden und der kleinen Schwester mit dem hart verdienten Geld helfen, damit die ihren Traumberuf als Krankenpflegerin verwirklichen konnte.

Die Schwester absolvierte das College und wurde Krankenpflegerin. Lexi begegnete einem Mann, nämlich mir, der sich nur an ihrem Körper bediente und dann verschwand. Als sie endlich hätte ein wenig entspannen können, war sie stattdessen schwanger.

So gesehen hatte Lexi niemals eine Zeit zum Durchatmen und Nachdenken, was sie mit ihrem Leben eigentlich anfangen will. Sie ist nie zur Ruhe gekommen. Hatte niemals jemanden, der sich um sie gekümmert hat. Ich möchte das jetzt für sie sein. Ich will mich um sie kümmern.

Die Vorstellung klingt aufregend, aber ich behalte sie für mich. Ich muss erst noch daran arbeiten, bis es so klingt, dass sie wirklich ja sagt.

„Ich freue mich darauf, deine Freunde kennenzulernen“, sagt sie.

„Ich mich auch.“

Lexi schlägt ihre Beine unter und liest ein Buch. Mir ist schon aufgefallen, dass sie immer ein Buch in der Handtasche hat. Sie liest alle möglichen Arten von Büchern. Romane, aber auch Sachbücher. Ich mag es, wie sie sich vollständig in ein Buch vertiefen kann.

Ihre Stirn ist gerunzelt und eine Augenbraue leicht hochgezogen. Als wir in Santa Monica sind, halten wir kurz am Pizzarestaurant.

„Ich springe nur schnell in den Buchladen nebenan, während du dich mit deinem Bruder unterhältst“, sagt sie und lässt mich mit Luna zurück.

„Wir müssen über Geld reden“, sagt Declan.

Ich habe das lange vor mir hergeschoben, aber es wird Zeit, dass wir über meinen Anteil vom Verkauf des Maklerbüros reden. Zumal ich jetzt auch an Lexi und Luna denken muss.

Wir vereinbaren einen richtigen Geschäftstermin in der kommenden Woche. Lexi kommt mit einem kleinen Paket zurück. Ohne Zweifel ein Buch.

Declan besteht darauf, uns Pizza unserer Wahl mitzugeben.

„Wir kommen doch wieder“, sage ich.

„Man kann nie genug Pizza haben“, sagt er. „Ich habe für Luna eine eingepackt, die wird ihr schmecken. Ganz speziell für den empfindlichen Gaumen.“

Wir sagen kurz hallo zu Rachel im Büro der Segeltouren. Park ist in der Marina. Als wir dort ankommen, befindet er sich gerade an Bord der Serenity. Nach der Begrüßung geht Lexi nach unten und verstaut die Pizza in der Küche.

„Ich sehe, ihr habt die kleine Lady mitgebracht, sagt Park und strubbelt Luna durch das Haar. „Sie wird Spaß daran haben. Kacy liebt es. Sie starrt stundenlang ins Wasser.“

„Wie geht es ihr?“, frage ich.

„Sie wird zu schnell groß.“

Während wir uns über seine Tochter unterhalten, wird mir bewusst, wie schnell die Zeit vergangen ist. Gerade haben wir uns doch noch über Clubs und Partys unterhalten. Jetzt reden wir über Kinder.

„Rachel und ich haben uns Sorgen um dich gemacht, als da dieses große Feuer war“, sagt Park.

Wir hatten uns kurz danach ein paar Nachrichten geschickt, aber ich war zu beschäftigt, um ihm mehr mitzuteilen, als eine schnelle Info, dass es mir gutgeht. Jetzt habe ich ein schlechtes Gewissen, dass ich mich anschließend nicht mehr gemeldet habe.

„Ich habe vergessen anzurufen", sage ich. „Es war einfach zu viel los. Wir haben ein paar Kameraden verloren."

„Du suchst dir aber auch die schwersten Jobs aus", sagt Park und die ernste Stimmung verfliegt wieder.

„Irgendjemand muss es tun", scherze ich. „Sind Sebastian und Claire noch hier?"

„Ja, kommt wir gehen rüber und sagen hallo. Ich habe ihnen gesagt, dass ihr heute kommen wollt."

Ich rufe nach Lexi und wir gehen durch die Marina zu ihrer Jacht. Die ist beeindruckende zwölf Meter lang. Park kündigt uns rufend an und wir gehen an Bord.

Sebastian taucht aus der Kajüte auf, gefolgt von seiner Frau Claire. Wir begrüßen uns freudig, umarmen einander und ich stelle ihnen Lexi und Luna vor. Sie erzählen, dass sie gerade von den Fidschi-Inseln zurückgekommen sind.

Claire gibt Lexi eine Tour durch das Boot und zeigt ihr all die Sicherheitsvorrichtungen, die sie für ihren Sohn installiert haben. Es gibt rundherum Netze und der Junge trägt immer eine Rettungsweste, wenn er an Deck ist. Auf See wird er außerdem angeschnallt.

Als wir später auf dem Wasser sind, reden wir über diese Begegnung.

„Ich würde zu gern eine Weile damit verreisen, aber dauerhaft könnte ich nicht auf dem Boot leben", sagt Lexi.

„Geht mir auch so. Ich würde das Festland doch vermissen."

Ich stehe am Ruder, Lexi entspannt sich auf einem der Ledersitze, während Luna neben ihr im tragbaren Kindersitz schläft.

Wir fahren zu unserer Lieblingsbucht, bleiben dieses Mal aber an Bord. Wir möchten Luna das Beiboot noch nicht zumuten. Wir genießen das Treiben auf den Wellen und dazu die Pizza.

Das Wasser ist ruhig und klar. Die Wellen bewegen uns sanft. Mir wird bewusst, dass mein Leben noch nie so perfekt war wie in den letzten Monaten. Und das liegt an Lexi und Luna.

Ich werfe Lexi einen Blick zu. Sie spürt das und schaut mich lächelnd an. Lexi ist so eine sanfte Seele. Sie ist ein Teil von mir geworden und ich kann mir ein Leben ohne sie nicht mehr vorstellen.

In einem seltenen Anfall von Spontaneität stelle ich meine Wasserflasche beiseite und nehme ihre Hand. Ich drehe sie herum und küsse die zarte Haut. Ich wünschte, ich hätte das vorher durchgeplant, aber bis zu diesem Augenblick habe ich nicht einmal an Heirat gedacht.

Der Grund dafür ist Stacy. Ich war zu dem Schluss gekommen, dass Heirat nichts für mich ist. Ich hatte das abgehakt. Aber wenn ich nun Lexi anschaue, dann merke ich, wie groß der Unterschied in meinen Gefühlen für die beiden ist.

Lexi komplettiert mich. Sie gibt mir das Gefühl, zur Ruhe zu kommen. Mit Stacy hatte ich immer das Gefühl, mich auf einem Marathon zu befinden. Dank Declan ist es mir gelungen, gerade noch rechtzeitig in Deckung zu gehen.

„Lexi, du und Luna, ihr habt mich zu dem glücklichsten Mann der Welt gemacht. Ihr habt mich komplettiert.“ Ich atme tief durch. Ich möchte das wirklich. Ich will, dass sie zu mir gehört. „Lexi Allen, willst du mir die Ehre erweisen und meine Frau werden?“

Ihr Gesichtsausdruck verändert sich. Sie sieht schockiert aus. Nicht gerade die Reaktion, auf die ich gehofft hatte. „Lexi?"

Sie lächelt nervös und senkt den Blick. Sie wird doch nicht etwa nein sagen?

„Wow!", sagt sie. „Damit habe ich nicht gerechnet." Wieder lacht sie nervös auf.

„Was sagst du dazu, Lexi? Wir drei sind doch ein super Team."

Luna entscheidet sich genau in diesem Moment, aufzuwachen. „Mama?", ruft sie.

Ich liebe meine Tochter, aber in dem Moment wünsche ich mir, dass sie weitergeschlafen hätte. Lexi beschäftigt sich mit Luna, wechselt ihre Windel und gibt ihr etwas Obst zum Essen.

Ich bin innerlich angespannt und befürchte, dass sie nein sagen wird. Vielleicht findet sie, dass alles zu schnell geht. Das mag sogar richtig sein. Aber wenn man die eine Person gefunden hat, mit der man den Rest seines Lebens verbringen will, warum sollte man dann noch Zeit verschwenden?

Als sie fertig ist, reicht sie mir Luna. Ich stehe auf und schnalle sie in ihrem Kindersitz an. Dann halte ich sie an die Reling, damit sie ins Wasser schauen kann. Sie wedelt aufgeregt mit ihren kleinen Armen herum.

„Es gefällt ihr", sagt Lexi und gesellt sich zu uns.

„Sieht so aus." Meine Stimme klingt angespannt. Man macht nicht alle Tage einer Frau einen Heiratsantrag. Wir stehen schweigend da und schauen den Wellen zu. „Ich hätte gern eine Antwort auf meine Frage, Lexi", sage ich leise.

Ich höre, dass sie scharf die Luft einzieht.

Mein Herz rast. Ich stelle mir ein Leben ohne Lexi und Luna vor und gerate in Panik. Ich tue etwas, das ich sonst nie mache. Ich rede, ohne vorher nachzudenken.

„Ich dachte, es wäre doch schön, wenn du nicht mehr arbeiten müsstest, sondern dich mal ausruhen könntest. Ich sorge für dich und Luna. Du hast immer gearbeitet. Es wäre doch mal eine schöne Erholung für dich. Ohne Zeitplan, ohne Termine.“

Lexi starrt mich an, als hätte ich den Verstand verloren. Sie blinzelt einige Male, als könne sie ihren Augen nicht trauen.

„Wovon zur Hölle redest du? Warum sollte ich aufhören zu arbeiten? Damit ich von dir abhängig bin? Verletzlich, deinen Launen und Wünschen ausgeliefert? Vergiss es.“

Ich schlage mir gegen die Stirn. Ich kann nicht fassen, wie falsch das gelaufen ist. „So meine ich das doch nicht. Willst du mich denn nicht heiraten?“

Falsch, ganz falsch. Wäre Declan jetzt hier, würde er sich lachend am Boden rollen, wenn er sähe, wie dämlich ich mich anstelle.

„Hast du das die ganze Zeit geplant? Luna und ich ziehen zuerst bei dir ein, dann überredest du mich, meinen Job aufzugeben, dann heirate ich dich? Egal, was ich eigentlich möchte?“, keift sie.

„Nein, natürlich nicht? Du solltest mich besser kennen.“ Ich verliere die Fassung. Lexi kennt mich doch. Sie kann nicht glauben, dass ich so etwas tun würde.

Und dann macht sie auch noch einen Schritt zurück, *als wäre ich eine Gefahr!*

„Ich habe nicht vor, jemals zu heiraten. Falls das also dein Ziel ist, dann solltest du dir jemand anderes suchen“, sagt sie kalt.

„Du hättest einfach nur nein sagen müssen“, sage ich knapp.

Sie schaut weg. Eben gerade dachte ich noch, sie empfindet genau wie ich. Dass sie auch ihr Leben mit mir verbringen möchte. Ich bin verletzt.

Wir stehen da und starren auf das Meer hinaus, eng beieinander, und doch meilenweit voneinander entfernt.

„Lass uns zurückfahren", sage ich. Es gibt keinen Grund, noch länger hierzubleiben. Die Magie ist weg.

Lexi und ich haben immer Streit, wenn wir auf dem Meer sind. Das ist das zweite Mal, aber dieses Mal ist es noch schlimmer. Sie hat mich zurückgewiesen.

Kapitel Dreiunddreißig

Lexi

Mein Herz ist schwer vor Bedauern. Es ist drei Tage her, dass Ace mir einen Antrag gemacht hat. Die Stimmung zwischen uns ist angespannt. Er fehlt mir und mir ist inzwischen klar, dass ich mal wieder überreagiert habe. Ich komme mir blöd vor, wenn ich daran denke, was ich ihm alles vorgeworfen habe.

Heute ist auf der Arbeit nicht viel los und ich habe schon alles mehrfach geputzt und poliert. Dann hole ich mein Handy aus der Tasche. Ich muss Abbitte leisten für mein Verhalten. Aber erst schicke ich noch eine Nachricht an Vanessa und frage, ob sie am Abend auf Luna aufpassen kann. Dann schicke ich Ace eine Nachricht.

Hi, hättest du Lust auf einen Drink heute Abend?

Er antwortet sofort. Er hat frei und wollte sich zum Mittag mit Declan in der First Bar treffen.

Wer passt auf Luna auf?

Mein Herz schmilzt. Ich schäme mich, wenn ich an all die schlimmen Dinge denke, die ich ihm vorgeworfen habe. Dabei ist er so verantwortungsvoll.

Vanessa übernimmt das.

In dem Fall gern.

Soll ich in die First Bar kommen?

Gut.

Mir wird schmerzlich bewusst, dass seine Nachrichten sehr emotionslos klingen. Aber was habe ich auch erwartet? Ich habe seinen

Heiratsantrag abgelehnt. Aber das ist nicht einmal das Schlimmste.

Ich habe es auf eine gefühllose, sogar gehässige Weise getan. Ich hätte einen sanfteren Weg finden müssen, um nein zu sagen. Ich stelle mir die Reaktion seiner Mutter vor, wenn er ihr gesagt hätte, dass ich seinen Antrag angenommen hätte. Sie hätte auf jeden Fall vermutet, dass ich es wegen des Treuhandfonds getan hätte.

Es gibt nichts Erniedrigenderes, als wenn jemand annimmt, man wäre nur des Geldes wegen mit jemandem zusammen. Hätte sie mir vorgeworfen, dass ich verzweifelt nach Liebe suche, hätte sie recht gehabt. Aber nach Geld?

Ich habe keine Ahnung von Treuhandfonds und es ist mir auch vollkommen egal. Das hat mit meinem Leben nichts zu tun. Solche Sachen sind nur wichtig für reiche Leute. Nicht für den Rest von uns.

Ich bin froh, als es etwas voller in der Bar wird und ich nicht mehr die ganze Zeit grübeln kann. Nach der Arbeit habe ich keine Zeit, um nach Hause zu fahren und mich umzuziehen. Ich trage nur schnell etwas frischen Lippenstift auf und kämme mich.

Ich bin sehr nervös, als ich die First Bar betrete. Als wäre dies mein erstes Date. Ich gehe am Tresen vorbei und grüße Jim. Er fragt nach Luna und deutet auf einen Tisch am Fenster, wo Declan und Ace sitzen. Ich bestelle bei ihm ein Glas Wein und gehe zu den beiden Männern.

Declan steht auf, als ich am Tisch ankomme. „Das ist mein Stichwort, um aufzubrechen", sagt er lächelnd. Er drückt mich kurz an sich. „Schön, dich zu sehen, Lexi."

„Gleichfalls."

Als er weg ist, stehe ich unentschlossen da und weiß nicht, wie ich Ace begrüßen soll. Er löst das Problem, indem er aufsteht und mich sanft auf den Mund küsst.

Er trinkt einen Schluck Bier, Jim bringt meinen Wein.

„Danke." Meine Stimme klingt komisch.

„Wie war die Arbeit?", fragt Ace.

„War okay. Das Übliche."

Wir schweigen. Ace scheint das nicht zu stören. Ich muss den ersten Schritt machen.

„Ich möchte mich entschuldigen", sage ich.

Er zieht eine Augenbraue hoch. „Wofür?"

Meine Lippen sind trocken, ich lecke darüber, während ich meine Antwort zurechtlege. „Dafür, wie ich mich am Samstag aufgeführt habe."

„Kein Grund, sich zu entschuldigen. Du hast nur gesagt, was dir auf dem Herzen lag."

Mir wird bewusst, dass es schlimmer ist, als ich befürchtet hatte. Er denkt, dass ich ihn nicht liebe. Aber das kann ich nicht zulassen. Mir bleibt keine Wahl, ich muss alles erklären. Ich muss ihm den wahren Grund nennen, warum ich seinen Antrag abgelehnt habe.

„Ich wollte ja sagen, aber ich konnte nicht."

„Warum nicht?" Er schaut mich skeptisch an.

Ich bekomme Zweifel. Was, wenn ich damit das Verhältnis zu seinen Eltern beschädige? Wo sie sich doch gerade erst wieder vertragen haben?

„Ich möchte nicht, dass irgendjemand denkt, ich würde dich deines Treuhandfonds wegen heiraten", sage ich leise.

Ace erstarrt. „Treuhandfonds?"

Ich schlucke schwer. „Ja. Deine Mutter hat mir erzählt, dass du Zugriff darauf bekommst, wenn du heiratest. Sie hat unterstellt, dass dies der Grund für mich sei, mit dir zusammen zu sein."

Ace flucht leise vor sich hin. Ich bin erleichtert, dass er selber nie auf diesen Gedanken gekommen ist. „Meine Mutter ist der materialistischste Mensch, den ich kenne. Aber warum hast du mir das nicht erzählt?“

Ich senke den Blick. „Weiß ich nicht.“

Er seufzt schwer. „Ich habe auch einen Fehler gemacht. Ich hätte dir davon erzählen sollen. Wir sollten keine Geheimnisse voreinander haben.“

Mein Herz stockt. Ich sollte ihm sagen, dass Declan uns unterstützt hat, aber bevor ich etwas sagen kann, fährt Ace schon fort und der Augenblick ist vorbei.

„Wir hatten schon immer solche Fonds. Und sobald ich als Vater in Lunas Geburtsurkunde eingetragen bin, bekommt sie auch einen.“

Ich bin sprachlos.

„Es stimmt also, ich habe einen Treuhandfonds, aber darüber denke ich nie nach. Ich möchte lieber einen Beitrag zur Gesellschaft leisten. Außerdem bekomme ich Geld von Park und Rachel dafür, dass sie das Boot vermieten. Declan hat einen Großteil meines Geldes angelegt.“

Ich schaue ihn an, als wäre er ein Außerirdischer. Er hat keine Summen genannt, aber das muss er auch gar nicht. Ich kann mir nicht vorstellen, wie es ist, so viel Geld zur Verfügung zu haben. Das ist jenseits meiner Vorstellungskraft.

„Ich hatte keine Hintergedanken, als ich dir vorschlug, deinen Job aufzugeben und dich mal eine Weile zu erholen. Ich dachte, du könntest dir dann in Ruhe überlegen, was du mit deinem Leben anfangen willst“, sagt Ace leise. „Mir ist klar geworden, dass du das bisher nie tun konntest. Jemals. Daher dachte ich, es wäre etwas, das ich gern für dich tun würde.“

Als er fertig ist, habe ich Tränen in den Augen. Ich komme mir vor wie ein totales Miststück. Warum muss ich immer das Schlimmste von den Leuten annehmen?

Es ist eigentlich ein richtig nettes Angebot und das sage ich ihm auch.

Aber ich muss erst einmal darüber nachdenken. Den Job aufzugeben, ist beängstigend. Ich bin zwar nicht emotional daran gebunden, aber das ist mein Sicherheitsnetz. Von Ace abhängig zu sein, wäre ein Kontrollverlust, über den ich lieber gar nicht nachdenken möchte.

„Ich würde dich nicht im Regen stehenlassen", sagt Ace nüchtern. „Ich werde meinen Anwalt beauftragen, dir eine monatliche Summe auf dein Konto zu überweisen."

Ich will protestieren, aber Ace winkt ab.

„Du bist die Mutter unseres Kindes. Ich möchte, dass du dich finanziell abgesichert fühlst."

Mir fehlen die Worte. Für Luna bin ich bereit, das anzunehmen. Es fühlt sich seltsam an, Geld zu bekommen, für das ich nicht gearbeitet habe. Ich nehme mir vor, Declan anzurufen. Er muss mit Ace reden. Nur er kann das tun.

„Wie läuft die Arbeit?", frage ich.

Wir wohnen zwar zusammen, aber wir haben in den letzten Tagen kaum miteinander geredet. Ich lege meine Hand auf seine, während er berichtet.

„Lass uns das nie wieder tun", sage ich mit zitternder Stimme, als mir bewusst wird, was wir Gutes zwischen uns geschaffen haben.

Es ist so leicht mit ein paar unbedachten Worten und mangelndem Vertrauen zu zerstören.

„Einverstanden. Wir sind erwachsen und sollten in der Lage sein, über unsere Probleme zu reden."

Wir reden und reden, bis wir nach Hause müssen, um Vanessa abzulösen. Ich habe ein schlechtes Gewissen, als ich sehe, dass Luna schon schläft.

„Alles gut“, flüstert Vanessa, als wir im Flur stehen und durch die Tür spähen. „Ihr beide brauchtet mal Zeit für euch. Mach dir keine Sorgen.“

Sie hat recht. Für Luna ist es auch wichtig, dass ihre Eltern sich gut verstehen und lernen, sich wie eine Familie zu verhalten. Vanessa und ich kehren ins Wohnzimmer zurück. Sie zieht mich auf die Couch.

„Lexi, ich muss dir sagen, dass Mom wieder angefangen hat zu trinken. Sie behauptet allerdings, es wäre nicht so“, flüstert sie.

Große Enttäuschung überkommt mich. Insgeheim hatte ich doch gehofft, dass sie es dieses Mal wirklich ernst meint, von ihrer Sucht loszukommen. Das Muster ist immer wieder dasselbe. Sie und Butch werden es richtig krachen lassen, jeden Abend ausgehen, betrunken heimkommen, aufwachen, weiter saufen und dann hoffentlich die Stadt verlassen.

Ich wünschte, sie würden jetzt schon abhauen.

„Es tut mir so leid, Vanessa.“ Sie ist diejenige, die mit dem Horror derzeit leben muss.

„Ich überlege, ob ich vorübergehend ausziehe“, sagt sie. „Den Abend hier mit Luna zu verbringen, hat mich darin bestätigt, dass es besser wäre. Ich kann nicht mehr in dem Haus bleiben, Lexi.“

„Wohin willst du denn ziehen? Ich könnte Ace fragen, ob du in das Gästezimmer ziehen kannst.“

„Nein!“, sagt Vanessa. „Ich habe schon etwas gefunden. Ein kleines möbliertes Apartment für Pflegekräfte von außerhalb. Man kann zu Fuß zum Krankenhaus gehen.“

Die Dinge ändern sich wirklich. Aber manchmal sind Veränderungen ja auch etwas Gutes.

„Mach dir keine Sorgen um mich, Lexi. Es geht mir gut, ich freue mich darauf. Es ist für mich das erste Mal, von zu Hause weg zu sein.“

„So ging es mir, als ich hier eingezogen bin."

Wir reden noch ein wenig, dann begleite ich sie zum Auto und drücke sie fest an mich. Ich liebe sie so sehr.

Zurück im Haus treffe ich Ace in der Küche an, wo er Kaffee für uns kocht. Ich setze mich auf einen Hocker an der Kücheninsel und bewundere meinen Mann.

„Ist alles in Ordnung mit Vanessa?", fragt er.

„Mom hat wieder mit dem Trinken angefangen."

Zunächst sagt Ace gar nichts. Er rührt Zucker in seinen Kaffee und setzt sich zu mir. „Hast du mal mit ihr über eine Entzugsklinik gesprochen?"

„Einmal. Sie ist ausgerastet. Sie will nicht einsehen, dass sie eine Alkoholikerin ist, weil sie ja Phasen hat, wo sie ohne auskommt, so wie in den letzten Monaten."

„Es kann nicht schaden, es noch einmal anzusprechen", sagt Ace.

„Meinetwegen."

Es ist schon seltsam, wie die Ängste aus der Kindheit sich in unser Hirn eingebrannt haben. Ich erinnre mich noch daran, wie ich meiner Mutter mal sagte, dass wir keine gebackenen Bohnen mehr hätten, und sie hat mit einer Bratpfanne nach mir geworfen. Hat mich nur um Haaresbreite verfehlt. Dieselbe Angst wie vor der fliegenden Bratpfanne hatte ich auch, als ich ihr vorschlug, einen Entzug zu machen.

„Ich kann dabei sein, wenn du es ihr sagst. Wäre dir das lieber?", sagt Ace.

Ich blicke ihn erstaunt an. Kann er etwa Gedanken lesen? „Das wäre mir wirklich lieber."

Wir trinken unseren Kaffee, ich gehe unter die Dusche, sehe noch einmal nach Luna und gehe dann zu Ace ins Bett. Es ist so schön, in seinen Armen zu liegen und mich seinen Küssen und Streicheleien hinzugeben.

Es ist so leicht, seinen Antrag anzunehmen. Aber ich brauche noch etwas Zeit. Zeit, um mich an uns beide als Paar zu gewöhnen. Um all die Unwägbarkeiten zu bedenken, die ich mir immer wieder ausmale.

Wir lieben uns langsam, als hätten wir alle Zeit der Welt. Was ja irgendwie auch stimmt. Wir haben die ganze Nacht für uns, um den Abgrund, der sich zwischen uns aufgetan hatte, wieder zu überbrücken. Ich nehme mir vor, meine Ängste besser in den Griff zu bekommen und erwachsener damit umzugehen.

„Ich liebe dich so sehr, Lexi“, flüstert Ace mir ins Ohr, als er in mich eindringt und uns vereint.

„Ich liebe dich auch, Ace.“

Kapitel Vierunddreißig

Ace

Ich habe den Vormittag mit Luna im Garten und auf dem Spielplatz verbracht. Als ich sie Helen übergebe, ist es bereits Zeit für ihr Mittagessen und den Mittagsschlaf. Ich habe einen Termin mit meinem Anwalt und brauche Lexis Konto-Daten.

Ich schicke ihr eine Nachricht, bevor ich unter die Dusche gehe. Ich fühle mich gut und pfeife vor mich hin, es ist ein gutes Gefühl, für meine Mädels vorsorgen zu können, um sie finanziell abzusichern.

Bevor ich unter die Dusche gehe, werfe ich noch einen Blick auf mein Handy. Lexi hat noch nicht geantwortet. Vielleicht, wenn ich aus der Dusche komme.

Aber da ist immer noch keine Nachricht von ihr gekommen. Ich ziehe mich an und schaue ein weiteres Mal auf mein Handy. Es ist kein Grund, sich Sorgen zu machen, in der Bar herrscht oft zu viel Trubel, als dass sie Zeit hätte, auf ihr Handy zu schauen. Ich erinnere mich, ihre Kontounterlagen in einer Schublade gesehen zu haben. Einen Moment lang zögere ich jedoch.

Ich glaube nicht, dass es ihr etwas ausmachen würde, denke ich dann. Ich öffne die Schublade und hole den Ordner heraus. Das ist genau, was ich suche. Ich hole mir Papier und Stift, um die Kontodaten zu notieren, aber dann fällt mir etwas ins Auge.

Der Name meines Bruders. Declan Carter. Ich halte das Blatt in die Höhe. Bestimmt spielen meine Augen mir nur einen Streich. Nein. Ich gehe weitere Kontoauszüge durch und da taucht der Name immer wieder auf. Jeden Monat geht eine Zahlung von ihm auf Lexis Konto ein.

Mir gefriert das Blut in den Adern. Es muss eine vernünftige Erklärung geben, warum mein älterer Bruder seit einem Jahr Geld an meine Freundin überweist.

Mir wird schlecht. Ich habe das Gefühl, in einem Albtraum festzustecken. Ich denke hin und her, aber mir fällt keine logische Erklärung ein. Er ist nicht Lunas Vater. Aber warum sollte er sonst monatlich Geld bezahlen? Übelkeit steigt in mir auf. Ich renne ins Bad und übergebe mich ins Klo.

Ich verstehe es nicht. Aber der Beweis liegt hier schriftlich vor mir. Es ergibt jedoch keinen Sinn. Warum sollte Lexi mit mir zusammen sein, wenn Declan Lunas Vater ist? Alles in mir sträubt sich gegen diese Vermutung. Luna ist meine Tochter!

Aber warum überweist Declan Lexi dann regelmäßig Geld? Mir dröhnt der Schädel. Die Ereignisse von vor zwei Jahren fallen mir wieder ein. Stacy knutschend mit Declan. Dann seine Erklärung, dass er das getan hätte, um mir zu beweisen, dass sie eine Schlampe war.

Ich habe seine Erklärung einfach hingenommen. Ich habe nicht einmal Park gefragt, ob das alles so stimmt. War ich die ganze Zeit ein Vollidiot? Hat mein Bruder Lexi geschwängert und sie dann einfach weitergereicht?

Ich möchte das nicht glauben, aber welche andere logische Erklärung gibt es denn? Wenn alles ganz harmlos ist und es eine vernünftige Erklärung für die Überweisungen gibt, warum hat Lexi mir dann nichts davon gesagt?

Um mich herum dreht sich alles, ich sinke zu Boden. Ich werde Luna verlieren! Ich könnte so tun, als hätte ich diese Kontoauszüge nie gesehen. Aber ich bin kein Heuchler. Ich könnte nicht so tun, als wäre alles in Ordnung, während ich innerlich vor die Hunde gehe.

Ich muss hier raus. Ich kann Lexi jetzt nicht in die Augen schauen. Ich schicke Park eine Nachricht, während ich in den Fahrstuhl steige. Hoffentlich ist mein Boot gerade frei. Park antwortet, dass Serenity nicht gebucht ist.

Ich muss einen klaren Kopf bekommen und das geht nur auf dem Meer. Ich fahre nach Santa Monica, widerstehe aber der Versuchung, Vollgas zu geben. Mein Job bei der Feuerwehr hat mich gelehrt, nicht die Kontrolle zu verlieren, wenn die Gefühle übermächtig werden.

Die meisten Unfälle passieren durch Alkohol oder Unachtsamkeit. Also fahre ich vorschriftsmäßig und komme heil in Santa Monica an. Ich stelle den Wagen ab, gehe aber nicht gleich zur Marina, sondern marschiere in Declans Pizzeria.

Ohne zu klopfen, begebe ich mich direkt in sein Büro. Er blickt erstaunt auf und erhebt sich.

„Ace, ich wusste ja gar nicht …"

Bevor er den Satz beenden kann, haue ich ihm mitten in die Fresse. Er geht zu Boden.

„Sag es mir, Declan! Wessen Tochter ist Luna? Ist sie von dir?", schreie ich und merke dann, dass ich nicht bereit bin, die Antwort auf diese Frage zu hören.

Ich brauche Luna. Sie muss meine Tochter sein. Ich könnte es nicht ertragen, wenn Declan mir sagt, dass er ihr Vater ist. Ohne ein weiteres Wort gehe ich wieder. In der Marina ist alles für mich vorbereitet. Zum Glück ist Park beschäftigt. Er will mit einer Gruppe hinausfahren und stellt keine Fragen.

Als ich an Bord bin, setzt der Schmerz meines gebrochenen Herzens ein. Ich dachte, ich hätte das hinter mir, nachdem ich Declan mit Stacy erwischt hatte. Aber das war nichts im Vergleich zu dem Schmerz, den ich jetzt empfinde. Mein ganzes Glück wurde mir aus den Händen gerissen.

Heute Morgen war ich noch ein völlig anderer Mensch.

Meine Welt, meine Zukunft, alles war in sicheren Bahnen. Ich war glücklich, ich hatte eine eigene Familie. Jetzt stehe ich vor den Trümmern meiner Existenz. So viele Dinge ergeben auf einmal Sinn. Lexis Zögern, mich zu heiraten.

Wenn sie Declan liebt, was will sie dann von mir? Hat sie nur versucht, Zeit zu überbrücken, bis Declan sich irgendwie entscheidet? Declan war nie gut mit Beziehungen. Wollte er nichts von Lexi und sie hat sich nach der nächstbesten Möglichkeit umgesehen?

Aber das ergibt keinen Sinn. Wann sind sie sich begegnet? Ich habe Lexi zuerst getroffen. Wann genau ist Declan auf der Bildfläche erschienen? Mir dreht sich der Kopf, ich bekomme gleich eine Migräne. Ich zwinge mich, an gar nichts mehr zu denken.

Stattdessen konzentriere ich mich auf die Weite des Meeres. Fünf Minuten später bin ich aber immer noch zu aufgewühlt. Ich atme tief durch. Ich versuche alles, um meine Ruhe wiederzufinden. Aber immer wieder kreisen meine Gedanken um Lexi und Declan. Was ist wirklich passiert? Ist mein Bruder bösartig genug, um ein Kind mit einer Frau zu zeugen und mich dann in dem Glauben zu lassen, dass es von mir ist?

Ich behaupte, die menschliche Natur gut zu verstehen. Lexi ist ein guter Mensch. Kann ich mich da so getäuscht haben? Ist es denkbar, dass ich mich wieder mit einer Betrügerin eingelassen habe? Kann ein Mann so viel Pech haben?

Meine Gedanken quälen mich. Ich fühle mich wie ein Pendel, von einem Extrem ins andere schwingend. Einerseits glaube ich nicht, dass Lexi so gemein sein könnte, aber dann wird mir wieder bewusst, wie wenig wir voneinander wissen. Meine Gedanken werden unerträglich.

Ich habe den dringenden Wunsch, vor ihnen zu fliehen und steuere das Boot zu einer kleinen Insel, wo ich vor Anker gehe. Dann ziehe ich mich bis auf die Boxershorts aus und springe ins Wasser. Ich schwimme zur Insel und drehe mich um, sobald ich Land unter den Füßen habe.

Ich schwimme hin und zurück, bis ich so erschöpft bin, dass ich mich nur mit Mühe wieder an Bord hieven kann. Ich liege auf dem Deck, schaue zum Himmel und endlich überkommt mich die ersehnte Ruhe. Die Gedanken werden klarer. Ich hätte Declan nicht schlagen dürfen, jedenfalls nicht, bevor ich nicht die ganze Wahrheit kenne.

Ich bin ganz falsch an die Sache herangegangen. Ich habe mich von meinen Gefühlen leiten lassen. Ich hatte all das getan, was Lexi und ich beschlossen hatten, nicht zu tun. Ich bin weggelaufen, anstatt mit ihr zu reden. Aber das hier ist anders, rede ich mir ein. Ich muss zurück. Es ist noch nicht zu spät, um mit Declan oder Lexi zu reden.

Aber ich kann mit der Jacht in der Marina bleiben und bis zum Morgen warten.

Es ist bereits Mitternacht, als ich mit dem Boot zurück in die Marina komme. Am Steg läuft ein Mann auf und ab. Als ich näher komme, stelle ich zu meinem Erstaunen fest, dass es sich um Declan handelt. Er springt an Bord, sobald ich nahe genug bin.

„Du schlägst mich nicht gleich wieder, oder?“, fragt er, als er nach hinten zum Steuer kommt.

„Nein“, sage ich und klinge so müde, wie ich mich fühle.

„Lexi macht sich Sorgen um dich“, sagt Declan.

Ich vertäue das Boot sicher und schaue dann Declan an. Er sieht nicht aus wie jemand, der ein schlechtes Gewissen haben müsste.

„Ich sollte dir stattdessen auch eine reinhauen“, sagt er. „Denkst du wirklich so schlecht von mir, dass ich dich glauben ließe, mein Kind wäre deines? Was ist aus uns geworden, Ace? Nein, was ist aus dir geworden?“

Seine Stimme ist voller Schmerz. Niemand kann so etwas vortäuschen. Ich hatte unrecht. Ich fahre mir mit den Fingern durch das Haar.

„Ich vertraue dir, Ace. Du bist mein Bruder und ich würde dir mein Leben anvertrauen, egal unter welchen Umständen. Aber du vertraust mir nicht."

Ich weiß nicht, was ich dazu sagen soll. Ich weiß nur, dass ich Antworten brauche. „Ich verlange eine Erklärung."

„Okay, sollst du haben. Ich war damals gerade damit beschäftigt, mit einem potenziellen Käufer für unser Immobilienbüro zu verhandeln, als ich einen Anruf erhielt."

Ich bemühe mich, das Ganze zeitlich einzuordnen.

„Eine hysterische Frau war in der Leitung. ‚Carter?', fragte sie. Erst später ist mir aufgefallen, dass sie auch deinen Vornamen genannt hat, aber in dem Moment habe ich nur den Nachnamen wahrgenommen."

„Lexi hat dich angerufen?"

„Als Nächstes sagte diese Frau: ‚Du wirst Vater.' Ich muss zu meiner Schande gestehen, dass ich ohnmächtig wurde", sagt Declan.

„Du bist ohnmächtig geworden?"

„Das wärst du auch, wenn dir irgendeine Frau erzählt hätte, dass du Vater wirst, obwohl du etwa ein Jahr lang gar keinen Sex mehr hattest", sagt Declan.

Ich lache, zum einen über seine Geschichte, zum anderen, weil ich so unendlich erleichtert bin. Ich hatte unrecht. So unrecht.

„Und nein, es war nicht Lexi, es war ihre Schwester Vanessa. Also tat ich, was jeder verantwortungsbewusste Bruder tun würde. Ich habe mich mit den beiden Frauen getroffen und sie während der Schwangerschaft in deinem Namen unterstützt."

Und wie unrecht ich hatte. Ich bekomme ein schlechtes Gewissen. Declan wird mir das niemals verzeihen. Ich selbst werde es mir auch nicht verzeihen. Ich habe falsche Schlüsse gezogen, obwohl ich ihm mehr vertrauen kann als jedem anderen Menschen auf der Welt.

„Ich habe deinen Treuhandfonds benutzt, um ihr regelmäßig Geld zukommen zu lassen, aber das Geld kam über den Umweg meines Kontos."

Mit jeder Minute schäme ich mich noch mehr. Ich bin aber erleichtert, dass es mein Geld war, das Lexi bekommen hat. Ich komme mir wie ein Vollidiot vor. Ich weiß nicht, was ich sagen soll.

„Der einzige Grund, warum ich dir jetzt keine reinhaue, ist der, dass dich das, was ich jetzt sagen werde, umbringen wird. Ich war dabei, als Luna zur Welt kam", sagt Declan.

„Was? Du warst dabei? Du Glückspilz", sage ich voller Ehrfurcht. „Wie war das? War sie sehr winzig? Hat sie sofort geschrien?"

Declan kichert. „Sie hat nicht sofort geschrien. Ihre kleinen Augen haben sich genau umgeschaut. Hat mich an dich erinnert. Tapfer und klug. Aber manchmal eben auch dumm. Letzteres gilt nur für dich."

Ich bin so dankbar, dass ich Declan umarme. „Danke, dass du das für mich getan hast."

„Ja."

„Es tut mir so leid, Declan. Ich war ein Idiot."

„Ja, allerdings. Aber wir mögen dich trotzdem. Man wird dich ja nicht mehr los."

Ich atme tief durch. In den letzten Stunden habe ich alles an Gefühlen durchlebt, was man sich nur vorstellen kann. Ich bin körperlich und emotional am Ende.

„Lexi ruft mich jede halbe Stunde an. Sie liebt dich, Mann."

Wieder bekomme ich ein schlechtes Gewissen. Ich werfe einen Blick auf die Uhr. Es ist zu spät, um jetzt noch nach Hause zu fahren. Ich werde auf dem Boot übernachten und morgen zurückfahren.

„Meinst du, sie nimmt mich zurück?", frage ich.

„Sicher. Aber du musst schon zu Kreuze kriechen." Er grinst. „Darauf stehen die Frauen."

„Ja." Bloß ist Lexi eben nicht wie andere Frauen. Sie ist kompliziert und einfach, süß und ernst, zart und zäh. Sie ist ein wandelnder Widerspruch und ich kann ihre Reaktionen nie vorhersagen.

Kapitel Fünfunddreißig

Lexi

Ich habe meine traumatische Kindheit überstanden, indem ich mich emotional von meiner Mutter entfernt habe. Ich werde auch das hier überstehen. Ich hatte die ganze Nacht Zeit, mich gedanklich damit zu befassen und als ich am Morgen Aces Schlüssel an der Haustür höre, bin ich bereit. Ich habe Helen für heute abgesagt. Es geht nur um Luna und mich.

Das Erste, was Ace ins Auge fällt, sind die Koffer im Wohnzimmer. Er bleibt stehen und starrt sie an, dann schaut er mich an, auf dem Sofa sitzend, als hätte ich nicht eine unendlich schwierige Entscheidung zu treffen gehabt. Sein schockierter Gesichtsausdruck lässt mich beinahe an meiner Entscheidung zweifeln, aber ich ermahne mich, dass es ums Überleben geht.

Und als Überlebende treffe ich eben Entscheidungen und bleibe dann dabei. Die Vorstellung, dass ich beinahe zugesagt und meinen Job gekündigt hätte, um mich selbst zu finden, das hätte mich in echte Schwierigkeiten gebracht. Aber zum Glück habe ich meinen Job noch, ich habe einen Platz zum Schlafen und ich kann mich um meine Tochter kümmern.

„Was ist das?“, fragt er und starrt erst auf die Koffer dann wieder zu mir. „Lexi?“

Unerwartet trifft mich der Schmerz. Ich beiße mir auf die Unterlippe, um das Zittern zu unterdrücken. „Luna und ich ziehen aus. Wir ziehen wieder nach Hause.“ Ich schaffe es, meine Stimme normal klingen zu lassen.

„Warum?“ Ace starrt mich eindringlich an.

Es mag eine Lappalie sein, jemanden zu verlassen, weil er ohne ein Wort das Haus verlassen hat und man sich zu Tode sorgt. Ich habe nach den Erfahrungen mit meiner Mutter tiefe Einblicke in das Verhalten anderer Menschen gewonnen.

Was ich mit Sicherheit weiß, ist, dass Menschen nur selten ihre Gewohnheiten ändern. Ace wird mir immer wieder das Herz brechen. Sobald es Probleme gibt, wird er davonlaufen, so wie jetzt. Dieses Mal war es vielleicht nur für eine Nacht. Beim nächsten Mal ist es vielleicht eine ganze Woche oder mehr. Er ist nach unserem ersten Sex immerhin für zwei Jahre weggelaufen.

Ich bin nicht bereit, so zu leben. Und ich werde meine Tochter nicht solchen Ungewissheiten aussetzen. Das habe ich alles endlos oft durchgemacht. Luna wird glücklich aufwachsen, wenn ich es irgendwie einrichten kann. Sie wird hoffentlich nie so etwas erleben wie ich.

Ace geht zu Luna, küsst sie und sie umarmt ihn fröhlich. Ich sehe uns beide aneinander geklammert im Wohnzimmer sitzen und die ganze Nacht warten, ob er heimkommt. Voller Sorge, ob es ihm gutgeht. Ob ihm etwas passiert ist.

Zum Glück ist Luna noch klein. Der Zeitpunkt zu gehen, ist richtig.

Er kommt zu mir und setzt sich mir gegenüber. „Es tut mir leid, dass ich dir nicht vertraut habe, Lexi.“

Mein Herz gerät ins Stolpern. Ich möchte ihn beschützen, zu ihm gehen und ihn in die Arme schließen. Ich ignoriere das. Dass Ace angenommen hat, Declan und ich hätten miteinander geschlafen, ist nicht das Problem.

Declan hat mir alles erzählt, was gestern passiert ist und ich kann nachvollziehen, dass er zu dem Schluss gekommen ist. Die Beweislage ließ eine solche Vermutung zu. Und wir hätten ihm von Anfang an über die finanzielle Unterstützung die Wahrheit sagen müssen.

„Bitte geh nicht." Er fährt sich mit den Fingern durch das Haar. Das wird mir fehlen.

Eine Menge Dinge werden mir fehlen. Wenn er mich morgens streichelt. Sein kalter Körper, wenn er nach einer langen Schicht zu mir ins Bett kommt. Die süßen Worte, die er mir ins Ohr flüstert, wenn er denkt, dass ich schlafe.

Ich verschließe mein Herz davor. Jetzt ist nicht die Zeit für nostalgische Anwandlungen. Damit kann ich mir die einsamen Nächte später noch versüßen, wenn ich allein bin.

„Ich kann nicht mit jemandem zusammen sein, der bei dem ersten Anzeichen von Problemen davonrennt", sage ich betont ruhig.

„Ich musste weg, Lexi. Ich brauchte Zeit und Ruhe, um nachzudenken", sagt Ace und beugt sich vor.

Meine Brust ist wie abgeschnürt. „Du hättest mir trotzdem Bescheid sagen können. Eine einfache SMS hätte schon gereicht."

„Sieh es doch mal aus meiner Perspektive, Lexi", sagt er und wird lauter. „Du hast gerade scheinbare Beweise gefunden, dass zwischen deinem Bruder und deiner Freundin etwas läuft. Hättest du ihr geschrieben?"

Es klingt logisch. Ein normaler Mensch würde das einsehen. Aber ich bin nicht normal. Für mich klingt das anders. Ich kann nicht mit der Angst leben, dass er eines Tages so wütend ist, dass er einfach nicht mehr zurückkommt. Ich weiß, wie das ist, mit so einer Angst zu leben.

Ich habe die letzte Nacht mit dieser Angst zugebracht. Habe mir Sorgen gemacht. Fühlte mich verloren und ausgeliefert. Das will ich nie wieder erleben. Ich stehe auf. „Es tut mir leid, Ace. Ich kann das nicht."

„Bitte tu das nicht, Lexi. Wir können eine Lösung finden", sagt er.

Mein Herz hält das nicht aus. Wenn meine Zeit mit Ace mir irgendetwas klargemacht hat, dann die Tatsache, dass ich für eine Beziehung nicht geeignet bin. Mein Herz ist zu verhärtet. Ich kann nicht leicht vergeben. Eine andere Frau könnte mit solchen Ängsten leichter umgehen.

Ich aber nicht. Ich bin dafür nicht geschaffen. Ich verstehe sein Bedürfnis, von hier wegzukommen. Allein zu sein, um über alles nachzudenken. Aber ich kann nicht verstehen, warum er mir das nicht einfach mitteilen kann. Um mir meine Ängste zu nehmen. Ich hatte doch nicht vor, mich an ihn zu klammern, während er mit sich ins Reine kommt.

„Hilfst du mir, die Sachen zum Auto zu tragen?", frage ich höflich. Ich habe so viel wie möglich in die beiden Koffer gestopft.

Ich kann den Rest später holen. Ace sieht mir wohl an, dass es mir ernst ist.

Er steht auf und steckt die Hände in die Hosentaschen. „Ist es das jetzt gewesen mit uns, Lexi? Wir zerreißen unsere Familie, weil wir unsere Probleme nicht miteinander lösen können?"

Mir kommen die Tränen und der Schmerz in meiner Brust nimmt zu. „Wir haben zu viele Probleme. Es spricht einfach zu viel gegen uns. Wir haben die ganze Sache auf dem falschen Fuß angefangen und kriegen es einfach nicht hin."

„Doch wir könnten das, Lexi. Du musst nur daran glauben, wir sind gar nicht so schlecht", sagt Ace.

„Es tut mir leid. Ich habe meine Entscheidung getroffen." Ich wische mir mit dem Handrücken die Tränen weg. „Du findest sicher jemand anderes."

Ich weiß nicht, warum ich das sage. Eifersucht erfasst mich bei der

Vorstellung, Ace könnte eine andere Frau sehen.

Seine Gesichtszüge verhärten sich. „Soll ich mir dann auch eine andere Tochter suchen?"

***

Ace folgt uns mit seinem Wagen und trägt uns daheim die Koffer bis zur Tür. Ich liebe ihn so sehr, mein Herz springt in tausend Stücke. Mache ich einen Fehler?

Dann erinnere ich mich wieder an die Qualen der letzten Nacht. Ich male mir Szenarien aus, die mich ängstigen. Ich denke an die Nacht, als wir Luna gezeugt haben und Ace ohne ein einziges Wort für zwei Jahre verschwunden ist.

Er hat es nicht einmal seiner Familie erzählt. Ist einfach verschwunden. Ace ist kein Mensch, auf den ich mich verlassen kann. Er ist süß und warmherzig und stark – wenn er da ist. Aber wenn sein Verstand ihm sagt, es ist Zeit abzuhauen, dann tut er das, ohne auch nur einen einzigen Blick zurückzuwerfen oder Bescheid zu sagen.

Und mit diesem Ace kann ich nicht leben.

Es ist neun Uhr in der Frühe und ich sehe, wie sich einige Vorhänge in den Häusern ringsum bewegen. Das stört mich nicht. Vanessa und ich waren schon immer Ziel von Geschwätz.

Ich trage Luna zum Eingang, wo Ace auf uns wartet. Er nimmt mir Luna ab.

„Du kannst sie jederzeit sehen", sage ich.

„Helen wird sich weiter um sie kümmern?"

„Ja."

„Bist du sicher, dass dies das ist, was du willst?“ Seine Augen sind gerötet und geschwollen.

Natürlich ist das nicht das, was ich möchte. Aber es ist das, was ich tun muss. Auf einmal bin ich dankbar für das Leben, das ich hatte. Es ermöglicht mir, schwierige Entscheidungen zu treffen, auch wenn sie wehtun.

Aber wenn ich Ace anschaue, bin ich nicht stolz auf mich. Ich möchte in Tränen ausbrechen. Ich möchte mich in seine Arme stürzen. Stattdessen nicke ich einfach. „Danke für alles.“

Er öffnet den Mund, um noch etwas zu sagen, scheint es sich dann aber anders zu überlegen. Er gibt mir Luna zurück.

„Soll ich dir die Koffer ins Haus tragen?“

„Nein, wir kommen zurecht, danke.“ Auf einmal ist alles so formell. Geradezu geschäftsmäßig.

Er küsst Luna noch einmal und schaut sie so verloren an, dass ich fast meine Meinung ändere. Er dreht sich um und geht langsam zum Auto. Tränen treten mir in die Augen. Mir wird bewusst, was ich verloren habe. Das war meine Chance auf Liebe und Glück.

Aber der Preis war mir zu hoch. Ich drehe mich um und öffne die Haustür. Sobald ich drin bin, rieche ich den widerlichen Geruch von schalem Alkohol.

Was habe ich getan, frage ich mich, während ich auf das Chaos im Wohnzimmer starre. Der Tisch ist voller Bierdosen, Teller mit Essensresten stehen in Bierpfützen. Wieder steigen mir Tränen in die Augen. Luna zappelt herum, die möchte auf dem Boden abgesetzt werden.

Ich halte sie fest an mich gepresst, blind vor Tränen, und gehe zum Schlafzimmer. Zum Glück ist es noch genau so, wie ich es hinterlassen habe. Ich bin vorbereitet und habe für Luna Essen mitgenommen. Ich gebe es ihr und drücke sie an mich. Es ist noch nicht ihre Schlafenszeit, aber sie schläft dennoch ein.

Ich lege sie auf das Bett und schleiche leise aus dem Zimmer. Die nächsten Stunden verbringe ich damit, alles zu putzen und aufzuräumen. Als ich mit der Küche fertig bin, wacht Luna auf. Das Haus sieht jetzt wieder einigermaßen ordentlich aus. Ich hole sie und sie schaut sich um, als sei sie verwundert, wieder in ihrem alten Zuhause zu sein.

„Es tut mir leid, Baby“, sage ich ihr später beim Mittagessen.

Unsere Welt ist wieder kleiner geworden. Das Haus wirkt trübe und einsam. Ich wünschte, Vanessa wäre noch hier. Dann höre ich Schritte und Mom kommt in das Wohnzimmer und reibt sich die Augen. Sie bleibt stehen, als sie uns sieht.

„Was zur Hölle soll das denn?“

Ihr Haar ist zerzaust und das Nachthemd lässt keinen Raum für Fantasie. Ich kann ihren Alkoholatem bis hierher riechen.

Bevor ich antworten kann, kommt Butch ins Zimmer, in Shorts und ohne Shirt.

„Was macht die denn hier?“, fragt er meine Mutter.

„Ace und ich hatten Streit und ich bin nach Hause gekommen“, sage ich.

„Du hast gesagt, wir hätten das Haus für uns allein“, sagt Butch.

Mom dreht sich zu ihm und legt einen Arm um seine ausladende Hüfte. „Das dachte ich auch, aber mach dir keine Sorgen deswegen. Wir könnten doch diese Reise machen, von der du gesprochen hast. Wie wäre das?“

„Was für eine Reise?“, frage ich.

Mom schaut mich finster an. „Das geht dich nichts an.“

Ich seufze und füttere weiter meine Tochter. Sie verschwinden ohne eine Erklärung am Nachmittag. Ich stelle keine Fragen. Ich komme mir wie ein Gast in meinem eigenen Haus vor. Ich gehöre nicht mehr hierher.

Ich habe mich verändert, ich bin nicht mehr derselbe Mensch. Am Abend ruft Mrs. Carter mich an.

„Lexi, wie geht es dir? Wie geht es Luna?“ Sie klingt besorgt.

„Wir kommen zurecht“, sage ich. Ich weiß nicht, ob sie im Bilde ist und will nichts Falsches sagen.

„Wir waren gestern Nachmittag bei euch und Ace hat uns erzählt, was passiert ist. Mein Sohn ist ein Idiot, aber er hat ein gutes Herz.“

Ich schlucke schwer. Ich würde sie zu gern fragen, wie es Ace geht, wie er mit unserer Abwesenheit zurechtkommt. Vermisst er uns?

„Möchtest du zu uns kommen und hier wohnen? Das Haus ist zu groß für uns zwei und wir würden uns freuen, Luna und dich bei uns zu haben.“

Kapitel Sechsunddreißig

Ace

Michael und Lucas sind die Letzten, die gehen. Es ist drei Uhr nachmittags und ich bin vor zwei Stunden in die First Bar gekommen, mit der Erklärung, Mittagessen zu wollen, aber vor allem musste ich mal aus der Wohnung raus.

„Pass auf dich auf", sagen die beiden und winken mir zum Abschied zu.

Ich bin noch beim ersten Bier und trinke nebenbei ein Wasser.

„Ist alles in Ordnung, Ace?", fragt Jim.

„Geht schon."

Er zieht sich zurück. Mein Elend ist kein Geheimnis. Ich kann es kaum erwarten, dass meine Schicht anfängt. Das ist das einzige, an dem ich mich seit zwei Wochen aufrecht halte. Ich rede mir ein, dass Frauen sowieso nur Probleme machen und ich ohne sie besser dran bin.

Aber das stimmt nicht. Lexi war nicht so. Sie war süß und warmherzig und sie und Luna haben mein Leben ausgefüllt wie sonst nichts. Sie sind ein Teil von mir geworden.

Meine Wohnung war früher meine Zuflucht, aber jetzt erinnert mich dort alles an Lexi und Luna.

Ich sehe Lexi vor meinem geistigen Auge. Ich sehe sie lachen. Wie sie sich über den Herd beugt, um das Essen abzuschmecken. Wie sie morgens aufwacht und lächelt, wenn sie mich sieht. Ich verstehe nicht, wie sie das alles einfach wegwerfen konnte, weil ich eine Nacht außer Haus verbracht habe.

Ich fühle mich einsam und verletzt und habe es satt, mich so zu fühlen. Dreimal habe ich Luna diese Woche besucht. Ich gehe hin, wenn Lexi bei der Arbeit ist. Sie scheint glücklich zu sein und das ist die Hauptsache.

Ich hatte mir Sorgen um die beiden gemacht, wenn sie mit Lexis Mutter und diesem Butch unter einem Dach leben müsste, aber Helen hat mir erzählt, dass die beiden abgehauen sind. Ich weiß, Lexi hätte nie zugelassen, dass die beiden Luna etwas antun, aber ich hatte trotzdem schlaflose Nächte deswegen.

Die Tür zur Bar geht auf, aber ich schaue nicht hin. Den ganzen Nachmittag ist ein Kommen und Gehen. Ich bin so in Gedanken verloren, dass ich nichts merke, bis Declan sich mir gegenüber hinsetzt.

„Ich dachte mir schon, dass ich dich hier finde", sagt er und trinkt einen Schluck Bier. Dann starrt er mich an. „Sie hat sich noch nicht wieder eingekriegt?"

„Das wird sie auch nicht", sage ich.

„Zu blöd. Sie war so eine großartige Frau."

„Bist du hier, um alles noch schlimmer zu machen?"

„Weißt du, was dein Problem ist? Du gibst zu schnell auf. Du kämpfst gar nicht richtig."

Schmerz fährt mir bis in die Lungen. Ich ignoriere Declan.

„Die Frau liebt dich, Ace."

„Sie ist ein Sturkopf."

„Wirklich? Ich denke, sie versucht nur, sich und Luna zu beschützen. Es ist nicht das erste Mal, dass du einfach abhaust, wenn du Probleme hast. Welche Frau will mit so jemandem zusammen sein?"

Er hat meine ungeteilte Aufmerksamkeit. „Wie meinst du das?"

„Du hast mit ihr geschlafen und sie direkt danach verlassen. Und später hast du es wieder getan."

„Ja, aber ich habe ihr doch erklärt, wieso. Ich brauchte Zeit, um über meine Probleme nachzudenken."

„Du kapierst das wirklich nicht, was? Okay, stell dir mal vor, du wärst Lexi. Jedes Mal, wenn du Streit mit deinem Freund hast, haut er ab und sagt nicht, wohin er geht oder wann er wiederkommt."

Ich muss zugeben, das klingt nicht gut.

„Du lebst mit der ständigen Angst, dass er eines Tages vielleicht nicht nur ein oder zwei Nächte verschwindet, sondern für immer", sagt Declan.

„Das ist doch lächerlich. Ich würde Lexi und Luna nicht verlassen. Ich müsste verrückt sein, um so etwas überhaupt zu denken."

„Woher soll sie das denn wissen? Sie weiß nur, dass du es schon mal getan hast und es jederzeit wieder tun könntest."

Mir bleibt die Luft weg, als ich es kapiere. Ich bin ein Idiot. Und dann ist da noch etwas, von dem Declan nicht einmal weiß. Lexis Vergangenheit. Sie ist damit aufgewachsen, enttäuscht zu werden, von den ewigen Versprechungen ihrer Mutter, die sie nie eingehalten hat.

Sie weiß, dass Menschen etwas versprechen und dann nicht einhalten. Genau dasselbe habe ich auch getan. Ich habe versprochen, nie wieder einfach abzuhauen, ohne ein Wort zu sagen. Und dann habe ich es doch getan. Es kam mir nicht wie eine große Sache vor, aber für Lexi ist das ein Wortbruch.

Es ist, als hebe sich ein Vorhang. Ich verstehe nun, warum sie gehen musste. Es ist nicht so, dass sie mich nicht genug liebt oder weil ich ihr nicht vertraut habe. Sie ist gegangen, um unsere Tochter zu schützen. Ich bin stolz auf sie. Luna wird hoffentlich so wie sie, wenn sie groß ist.

Eine Frau, die bereit ist, schwierige Entscheidungen zu treffen, um ihre Familie zu beschützen.

„Willst du weiterhin hier sitzen und dümmlich grinsen oder gehst du endlich los, um Lexi und Luna zurückzugewinnen?"

Ich hatte Declan total vergessen. Ich stehe auf. „Ich bin schon unterwegs."

„Lass dich nicht abwimmeln", sagt Declan.

Ich klopfe ihm auf die Schulter. „Danke."

Er winkt mich fort.

***

Lexi ist mit einem Gast beschäftigt, als ich die Cocktailbar betrete. Als sie mich sieht, erstarrt sie, als hätte sie einen Geist gesehen. Ich lächle sie an wie jeder normale Gast.

Sie kommt nicht sofort zu mir, sondern bedient weiter den anderen Gast, dann hat sie keine Wahl mehr, als sich um mich zu kümmern. Aber sie kommt sofort zum Punkt.

„Was willst du hier, Ace?"

Ich bin zu beschäftigt, um zu antworten. Ich präge mir jedes Detail ihres schönen Gesichts ein. Die Erinnerung daran, wie es sich anfühlt, sie zu küssen. Ihren warmen weichen Körper unter mir. Ihr Stöhnen, wenn sie mich anbettelt, nicht aufzuhören.

Ihr Flüstern zu hören, dass sie mich liebt, als traue sie sich nicht, das laut zu sagen. Ich schaue sie an, sehe ihren sinnlichen Mund, der gerade Ungeduld signalisiert. Ich muss es schaffen, sie zu überzeugen, uns noch eine Chance zu geben. Was wir haben, ist zu besonders, um es uns einfach entgleiten zu lassen.

Lexis Kollegin kommt zu ihr und flüstert ihr etwas zu. Lexi nickt. „Danke“, sagt sie und deutet auf mich. „Komm.“

Ich folge ihr nach draußen bis zum Parkplatz hinter dem Haus. Sie geht zu ihrem Auto, lehnt sich dagegen und verschränkt die Arme vor der Brust.

„Rede.“

„Du bist so wunderschön“, sage ich.

Ihre Züge werden sanfter.

„Es tut mir leid, dass ich in deine privaten Unterlagen geschaut habe.“

„Das ist mir vollkommen gleich!“, keift sie.

„Es tut mir leid, dass ich dir nie die Gelegenheit gegeben habe, mir die wahren Gründe zu erklären“, fahre ich fort.

Ich suche nach einem Anzeichen für Ermutigung. Es gibt keines. Ich bin beschossen worden, habe eine Bombenexplosion erlebt, aber ich hatte noch nie so viel Angst wie jetzt.

„Ich hätte nicht gehen sollen, ohne dir ein Wort zu sagen.“

Sie nickt. „Das klingt schon ganz anders.“

„Ich habe dir Angst gemacht und ich verspreche, dass ich das nie wieder tun werde. Wenn du möchtest, kann ich mir einen Peilsender umbinden.“

Sie lacht. Meine Anspannung lässt etwas nach.

Dann wird sie wieder ernst. „Ich kann so nicht leben, Ace. Egal, wie sehr ich dich liebe.“

Mein Herz macht einen Hüpfer. „Das musst du auch nicht, Lexi. Ich werde nicht mehr weglaufen. Ich würde nur noch zu dir laufen, nicht mehr weg von dir.“

Ihre Unterlippe fängt an zu zittern. Ich mache einen Schritt auf sie zu und lege meine Hände um ihre Taille. „Ich liebe dich. Ich kann nicht ohne Luna und dich leben. Bitte kommt nach Hause."

„Ich kann nicht glauben, dass ich tatsächlich darüber nachdenke", sagt Lexi. „Aber du fehlst uns auch."

Tränen laufen ihr über das Gesicht. Sie blickt mich an. „Ich habe Angst, Ace. Ich weiß nicht, ob ich für eine Beziehung geeignet bin."

„Das geht mir auch so, Lexi. Ich habe auch meine Probleme. Aber gemeinsam schaffen wir das. Wir sind stark zusammen."

Sie nickt und ich ziehe sie an mich. Wir klammern uns aneinander. „Es tut mir so leid, Ace. Ich hätte es dir nicht verheimlichen dürfen. Keine Geheimnisse mehr."

„Ich verstehe, warum du es getan hast. Keine Geheimnisse mehr", sage ich und lege ihr meine Hände auf die Wangen. „Du machst mich so glücklich."

„Du machst mich auch glücklich."

Ich nehme ihre Hand. „Komm, wir holen Luna und fahren nach Hause."

Kapitel Siebenunddreißig

Lexi

Sechs Monate Später

Ich habe die Anweisung, im Schlafzimmer zu bleiben und mich nicht zu bewegen. Ace zieht Luna nach dem Baden an. Wir haben Pläne auszugehen und ich bin bereit. Ich bin schon ganz ungeduldig. Ich weiß nicht, was die beiden vorhaben. Ich weiß nicht, ob ich noch mehr Feierlichkeiten verkrafte.

Letzte Woche war Lunas Geburtstag und wir haben das ganze Wochenende gefeiert. Wir sind mit der Jacht rausgefahren. Unsere längste Fahrt bisher. Wir sind bis Catalina Island gesegelt, haben dort in einem kleinen Gasthaus in den Bergen übernachtet und sind am nächsten Tag zurückgefahren.

Wir haben im Grunde die letzten sechs Monate gefeiert. Wir sind eine richtige Familie geworden. Ich bin stolz auf Ace. Wir hatten ein paar Auseinandersetzungen und er ist nicht ein einziges Mal abgehauen. Ich bin auch stolz auf mich selbst, weil ich keine voreiligen Schlüsse gezogen habe oder in Panik geraten bin, wenn es mal rauer zuging.

Ich lerne, was es bedeutet, sich auf eine Beziehung einzulassen. Man muss sich seinen Ängsten stellen, sich dem Partner öffnen. Ich arbeite seit drei Wochen nicht mehr. Anfangs war es seltsam, ohne Plan für den Tag aufzustehen, aber inzwischen bin ich dankbar für dieses Geschenk.

Langsam aber sicher finde ich mich selbst. Ich mache lange Spaziergänge und gehe oft in Buchläden. Ich liebe Bücher. Ich weiß immer noch nicht, was ich mit meinem Leben machen will, aber Ace sagt mir immer wieder, dass es keine Eile hat. Ich mache Urlaub. Es ist ein tolles Gefühl.

Meine Mutter war für vier Monate verschwunden und zu unserer Überraschung tauchte sie irgendwann wieder auf, müde und verhärmt. Wir haben sie überreden können, endlich in eine Entzugsklinik zu gehen und da ist sie nun.

Vanessa und ich haben sie einige Male dort besucht. Sie sieht besser aus, wenn auch etwas schwächlich. Die Leute dort haben uns versichert, dass das normal ist, wenn jemand endlich einsieht, wie sehr der Alkohol ihr Leben und die Menschen um sie herum beeinträchtigt hat.

Wir hatten auch eine Familienrunde dort. Es gab viele Tränen und es war schwer, manche Erinnerungen auszuhalten, aber es hat uns allen dreien gut getan. Ich hatte das Gefühl, mir sei eine große Last von den Schultern genommen worden.

Vanessa genießt es, ihre eigene Wohnung zu haben. Sie ist gern mit den anderen Pflegekräften und Kollegen aus dem Krankenhaus zusammen. Solange sie glücklich ist, bin ich es auch.

„Fertig, Mama?“, fragt Ace an der Tür.

„Fertig?“, wiederholt Luna.

„Ja!“, rufe ich und halte gespannt die Luft an. Ich habe keine Ahnung, was als Nächstes kommt.

Luna kommt herein wie ein kleines Model auf dem Laufsteg, mit einer Hand an der Hüfte. Ich kichere. „Du siehst so hübsch aus, Spatz.“

Ihr Dad ist direkt hinter ihr. Luna kommt zu mir und ich merke, dass sie ein neues T-Shirt trägt. Ace muss es ihr gekauft haben. Es stehen Worte vorne drauf. Ich setze mich auf und lese sie.

Mama, willst du meinen Daddy heiraten?

Ich blickte vom T-Shirt zu Luna und dann zu Ace und breche in Tränen aus.

„Das sind Freudentränen", erklärt Ace Luna. „Jetzt geben wir ihr den Ring."

Ace reicht mir eine kleine Schachtel. Ich öffne sie und kann durch den Tränenschleier kaum den Ring darin erkennen.

„Ja, ja", sage ich. „Ich heirate dich." Ist es möglich, so glücklich zu sein?

Luna und er springen auf das Bett und wir umarmen uns alle. Ich habe keinerlei Angst mehr. Ich fühle nur noch Zufriedenheit. Wir waren immer eine Familie, aber jetzt machen wir es offiziell.

Wir gehören zusammen.

Ende.

Über Sarah

Sarah schreibt seit ihrem sechzehnten Lebensjahr und hat schon mehrere Bestseller auf Amazon veröffentlicht. Egal, ob die Männer in ihren Büchern Milliardäre, Bad Boys oder beides sind - sie liebt es über heiße Kerle zu schreiben, die gleichzeitig ihre Liebste beschützen und herausfordern; ebenso wie über die Frauen, nach denen sie sich sehnen. Ihre unterhaltsamen Geschichten sind immer heiß und aufregend, mit vielen Wendungen und einem garantierten Happy End - genau so, wie es auch nach einem wilden Ritt im Schlafzimmer sein sollte, wenn du verstehst, was ich meine ;-)

Kontaktiere Sarah direkt auf Facebook und erhalte den Liebesroman "Die Rückkehr des Milliardärs" gratis oder scanne hier den QR-Code!

Printed in Poland
by Amazon Fulfillment
Poland Sp. z o.o., Wrocław

70676113R00179